Die Chronik der geistigen Welten

Ein Bei-Buch zu der **The Dark Truth** *Reihe*

Geschrieben von Jenny Pelinka

Buchbeschreibung:

Luraja die Königin der Wanderer hat die Aufgabe, die unterschiedlichen Welten zu bereisen und sich um die Probleme zu kümmern, die dort auftreten. Als eine seltsame negative Energie auftaucht, gerät der Kosmos immer weiter ins Chaos. Luraja erzählt von ihren Aufträgen in dieser Zeit und stellt dar, mit welchen Herausforderungen sie zu kämpfen hatte und was für weitreichende Folgen die damaligen Ereignisse für die Gegenwart und die Zukunft haben …

Über den Autor:

Die junge Autorin wurde am 02. März 1994 in Passau in Niederbayern geboren. Sie lebt und arbeitet selbstständig in Bayern. Neben ihrer großen Leidenschaft, dem Schreiben von Büchern und Kurzgeschichten, produziert sie außerdem Hörbücher. Ihre Projekte sind unter jennypelinkaauthor.com zu finden.

Die Chronik

der geistigen Welten

Bibliografische Information der Deutschen Nationalbibliothek:
Die Deutsche Nationalbibliothek verzeichnet diese Publikation in der Deutschen
Nationalbibliografie. Detaillierte bibliografische Daten sind im Internet über
www.dnb.de abrufbar.

Jenny Pelinka
c/o AutorenServices.de
Birkenallee 24
36037 Fulda

Verlag:
BoD · Books on Demand GmbH, In de Tarpen 42, 22848 Norderstedt, bod@bod.de
Druck:
Libri Plureos GmbH, Friedensallee 273, 22763 Hamburg

ISBN: 978-3-8423-6244-4

Inhaltsverzeichnis

Jede Welt ist ein winziger Tropfen.

Doch alle vereint bilden sie das riesige

Meer, das wir Kosmos nennen ...

Vorstellung der Autorin

Mein Name ist Luraja und ich bin die Anführerin der Wanderer, die auch als Königin bezeichnet wird. Der Begriff hat aber nichts mit Herrschaftsansprüchen zu tun, sondern ist ein Titel, so wie es bei den Engeln beispielsweise unterschiedliche Fürsten gibt.

Ich bin das einzige Lichtwesen, das weibliche Züge besitzt, und meine Fähigkeiten sind besonders.

Im Vergleich zu anderen Wanderern kann ich manche Dinge, die sie nicht können, ähnlich wie es bei den Engeln in den unterschiedlichen Fürstentümern verschiedene Fähigkeiten gibt.

Ich bin der erstgeschaffene Wanderer, der die stärksten Gaben besitzt.

Ich lebe schon seit vielen Zeitaltern und erfülle meine Aufgaben, die ich von Jesus und Gott oder auch manchmal den Engelfürsten bekomme.

Ich liebe die Natur, habe die Gabe mit Tieren zu sprechen und bin in der Lage den Gefühlszustand jeglichen Lebewesens zu spüren und mich mit ihnen zu verbinden. Diese Eigenschaft bringt den Nachteil mit sich, dass ich mich selbst nicht abschirmen kann und alle Energien durch mich hindurchfließen.

Für meine Arbeit ist das allerdings wichtig.

Ich reise zu anderen Welten, um dort Probleme ausfindig zu machen. Diese können Energien, die Landschaft aber auch die Wesen selbst betreffen, die dort leben.

Jegliche Störung, egal welcher Art verzerrt das Gesammtenergieniveau in einer Welt. Diese Änderungen werden auf einem Überwachungsschirm angezeigt. Verändert sich etwas, werden die Wanderer ausgeschickt, um sich die Lage vor Ort anzusehen.

Ich habe solche Aufträge entgegengenommen und auf die anderen Wanderer verteilt, außerdem bin selbst in die Welten gereist, um dort meine Arbeit zu tun.

Unterstützt wurde ich dabei von Gandolin. Er ist eine andere Art Wesenheit, die man Bewahrer nennt. Sie sind dafür zuständig, das Energieniveau in der entsprechenden Welt zu analysieren und dann mithilfe eines Energiesteins das Energielevel des Wanderers anzupassen, denn nur so kann sich diese Wesenheit frei in anderen Welten bewegen ohne energetische Schwierigkeiten zu bekommen. Dies ist darauf zurückzuführen, dass sich der Wanderer wie bereits erwähnt nicht abschirmen kann.

Jeder Wanderer benötigt seinen Bewahrer, der ihn auf seinen Missionen begleitet.

Gandolin ist, wie ich, der Erste seiner Art und somit derjenige mit den größten Fähigkeiten.

Gott achtete immer darauf, dass die geistige Stärke derjenigen die miteinander arbeiten zusammenpasst, denn wenn das nicht der Fall wäre, könnte Gandolin mir nicht ausreichend Schutz bieten, da ihm Fähigkeiten fehlen würden.

Aus diesem Grund muss die Energie der Wesen gleich hoch sein, damit alles funktionieren kann.

Wohl auch aus diesem Grund hat Gott mich und Luceriel zusammengeführt, denn auch er ist der Erstgeschaffene seiner Art.

Die Engel stehen in der energetischen Ordnung höher als die Wanderer, dennoch ist der Unterschied nicht allzu groß.

Ich selbst habe miterlebt, wie die anderen Wanderer und die weiteren Licht und Tierwesen geschaffen wurden.

In dem großen Führer der Wesenheiten sind alle Wesen erklärt und beschrieben. Meiner Kenntnis nach wurde er von Raphael geschrieben, der ebenfalls die Chronik der geistigen Tiere verfasst hat. Beides ist in der Bibliothek im dritten Himmel zu finden. Die Originalausgaben sind bei Raphael unter Verwahrung, doch es wurden mittlerweile Abschriften zur Einsicht angefertigt.

Es war für mich immer eine große Faszination zu sehen, wenn Gott wieder eine neue Art erschaffen hat. Man wusste nichts Genaues darüber. Es war im Gespräch, das eine weitere Art kommen soll, doch welche es jeweils war, erfuhr man erst, wenn die Wesen dann da waren.

Natürlich kennt nicht jeder jeden, denn es gibt unzählbar viele Wesen in den Himmeln.

Die Himmel wurden zuerst geschaffen. Der Dritte, dann der Zweite, dann der Erste. Anschließend wurden die unterschiedlichen Arten der Wesenheiten geschaffen, so wie es in dem großen Führer der Wesenheiten verzeichnet ist.

Erst nach der Schaffung der Himmel und aller Wesen, die darin wohnten, schuf Gott Welten und Galaxien und die darin lebenden Wesen. Diese Welten sind geistiger Natur und nicht physisch.

In den kommenden Kapiteln werde ich die Unterschiede erläutern und auch in den Erklärungen hinten im Buch gibt es eine kurze Zusammenfassung einiger Begriffe.

Bevor diese Welten erschaffen wurden, war ich damit beschäftigt, zu lernen, und half hin und wieder im Tempel aus. Als dann die ersten Welten und ihre Wesenheiten geschaffen worden waren, kam Jesus zu mir und sagte, meine Aufgabe und auch die der anderen Wanderer könnte nun beginnen. Ich bekam meine notwendige Ausrüstung und wurde darin eingeführt, was ich für meine Aufgabe brauchte. Auch wurde mir Gandolin vorgestellt, mit dem ich in Zukunft zusammenarbeiten sollte. Meine Werkzeuge waren dabei unterschiedliche Ringe, die ich im Folgenden näher erklären werde:

An meinem rechten Zeigefinger steckt ein etwas breiterer, weißer Ring. Er steht für die Reinheit meiner selbst und die Verbindung, die Gott mit mir geschlossen hat.
Der Ring an meinem rechten Daumen ist Silber und hat dunkellilafarbene Ränder.
Er hilft mir die Probleme, in den unterschiedlichen Welten ausfindig zu machen und zu analysieren.
Der Ring an meinem kleinen rechten Finger ist silberfarben. Auf ihm sitzt ein tropfenförmiger Diamant, der fliederfarben ist. Er kann die Farbe zu einem satten Rosa wechseln. Ihn benötige ich, um mit Gandolin zusammenzuarbeiten. Er hat einen fast identischen Ring. Wir brauchen sie, um

die Synchronisierung vorzunehmen. Außerdem kann ich ihn damit rufen.

An meiner linken Hand trage ich noch zwei weitere Ringe, die für meine Aufgaben wichtig sind.

Einen davon an meinem Zeigefinger.

Er ist aus zwei S-förmigen Ornamenten zusammengesetzt und in seiner Mitte befindet sich ein dunkler lilafarbener Edelstein. In seinem Inneren wabert ein weißlicher Nebel herum, der mal lichter und dann wieder klarer ist.

Ich kann damit den Schleier der Zeiten lüften und Sequenzen in der Vergangenheit die ich erlebt habe, noch einmal sehen, oder aber die Zukunft betrachten. Das Thema ist sehr komplex, denn er bildet nicht nur eine Zukunft ab, sondern alle, die möglich sind. Welche davon eintritt, hängt von Entscheidungen ab. Es gibt allerdings unumstößliche Ereignisse in der Zukunft, die auf jeden Fall passieren. Bildet er eine solche ab, leuchtet er in einem hellen Fliederton und erwärmt sich.

Der letzte Ring sitzt auf meinem kleinen Finger an der linken Hand. Er ist sehr dezent. Er besteht aus glänzendem Silber und sieht aus wie eine Ranke. In seiner Mitte befindet sich ein winzig kleiner, klarer Diamant. Er ist dafür da, meinen

Geist von schädlichen Einflüssen zu reinigen und bietet vor weiteren Verunreinigungen einen gewissen Schutz.

Die eben beschriebenen Ringe sind mein Werkzeug und Jesus sagte mir damals, als ich sie erhalten habe, dass ich sie nicht mehr ablegen soll. Daran halte ich mich bis heute. Es gibt keinen Moment, an dem ich sie nicht getragen hätte.

So ausgestattet, habe ich meine Aufgabe angetreten, die ich eine lange Zeit gemacht habe. Dann allerdings gab es ein Ereignis, das alles auf den Kopf gestellt hat. Was den Menschen unter Sündenfall bekannt ist, war eine Intrige, derjenigen Geister die vor vielen Zeitaltern bereits begonnen hatten zu rebellieren. Anfang davon war das fehlerhafte Verhalten des Erstgeschaffenen, der immer mehr Wesen mit sich in das Verderben riss. Der Auslöser hierfür ist den Menschen jedoch unbekannt und wird in der Zeit des Endes wieder offenbar. Viele Änderungen wird es dann geben und die Menschen auf Erden werde nicht mehr wissen wie ihnen geschieht.

Dieses Buch soll sich jedoch auf die geistigen Gefilde beziehen. Es ist eine Auflistung und Beschreibung der Welten, in denen ich meinen Dienst tat. Ein anschließendes Kapitel wird darüber erzählen, welche Aufgabe ich nach dem Sündenfall übernommen habe, die ich auch jetzt noch ausführe. Es ist der Einsatz auf der Erde, der insbesondere für die letzte Zeit und das Endgericht wichtig werden wird. Denn ich bin nicht nur bestimmt, zwischen den Welten zu wandern, sondern auch durch die Zeit. Somit ist der Sinn dieses Buches, meine Aufgabe und vor allem die Welten dem Leser näher zu bringen. Damit das gelingt, werde ich nun in dem nächsten Kapitel die Gattung der Wanderer etwas ausführlicher beleuchten.

Die Art der Wanderer

Die Wanderer sind Lichtwesen. Sie unterstehen Gott und Jesus und dienen ihnen mit ihren Fähigkeiten. Sie sind energetisch die zweithöchste Art der Lichtwesen, die existiert. Ihre Erschaffung liegt zwischen den Engeln und den Bewahrern, welche die Erste und dritte energetische Art darstellen.

Ich bin die Königin, also der energetisch stärkste Wanderer mit den meisten Fähigkeiten. Meine Stärken liegen im analysieren und planen. Außerdem besitze ich herausragende künstlerische Talente. Eine besonders hohe Empathie, die Begabung Gefühle von anderen zu spüren und die Sprache der Tierwesen zu verstehen gehört ebenfalls zu meinen Gaben.

Die Art der Wanderer ist in Klassen gegliedert, in denen es unterschiedliche Stände gibt. Dies stellt sich wie folgt dar:

Wanderer 1. Klasse: die ersten 12, direkt unter der Königin eingesetzt. Sie werden als Weißsilberadel bezeichnet.

Wanderer 2. Klasse: die meisten Wanderer. Sie werden als Blausilberadel bezeichnet.

Wanderer 3. Klasse: Die restlichen 10. Sie werden als Grausilberadel bezeichnet.

Die Königin ist von den 3. Klassen ausgenommen und ihnen übergeordnet.

Die Wanderer der 1. Klasse bilden den Silberrat.

Aus allen 3 Klassen sind darüber hinaus jeweils 3 bestimmt, die den Vorstand der Klasse bilden und oftmals in Gruppen reisen, wenn der Auftrag es erfordert.

Hat das Problem Bestand, oder kann nicht richtig bestimmt werden, wird die Königin hinzugezogen.

Die Königin nimmt auch die Arbeiten der anderen ab, indem sie ihr Siegel setzt. Außerdem koordiniert und plant sie die Einsätze der Wanderer. Das war als Königin meine Aufgabe.

Wenn eine Unregelmäßigkeit in den Energien einer Welt festgestellt wurde, haben mir Gott, Jesus oder die Erzengel Bescheid gegeben.

Ich habe mir angesehen, um welche Aufträge es sich handelt und dann die passenden Wanderer beauftragt, sich die Sache anzusehen. Manchmal hat Jesus auch direkt zu mir gesagt, dass ich selbst dorthinreisen soll. Wie so ein Auftrag abläuft, wird in den folgenden Kapiteln dargestellt. Ich werde dabei eine Welt nach der anderen abarbeiten und meine jeweilige Aufgabe dort darstellen.

Gyanom

Gyanom ist eine Zwischenwelt. Das bedeutet, sie liegt zwischen zwei Dimensionen und stellt dort einen energetischen Übergang dar. Sie ist zum Großteil unbewohnt. Nur ein paar Arbeiter leben dort, die Scrambs genannt werden. Es sind Wesenheiten ohne feste Form, die sich aber meist als humanoide Nebelwesen zeigen. Sie können hell leuchten und unterstützen die Lichtwesen bei ihrer Arbeit, allen voran die Wächter die an den Übergängen wachen und den Durchtritt gewährleisten. Wächter sind ebenfalls Lichtwesen, die für die Überwachung von Energien zuständig sind.

Die meisten von ihnen sind mittlerweile abgefallen, weshalb es immer unsicherer an den Übergängen wird.

Gyanom war eine der ersten Zwischenwelten, die Gott erschaffen hat. Ihr Energieniveau ist relativ gering und sie ist mehrströmig aufgebaut. Das eine ist wichtig, damit auch Wesen mit einem niedrigen Energielevel den Übergang nutzen können. Mehrströmig bedeutet, das mehrere

Ströme von unterschiedlichen Kräften in der Welt verlaufen und ineinanderübergehen.

Das hat den Sinn, dass die Energien von zwei, manchmal auch mehr Dimensionen dort zusammenlaufen und sich die Wesen, die von einer Dimension kommen, auf die andere vorbereiten können. Wanderer haben diese Fähigkeit des Ausgleichs von sich aus nicht. Deswegen benötigen wir unsere Bewahrer. Im Gegenzug dafür können wir aber problemlos zwischen vielen unterschiedlichen Welten und Dimensionen hin und herwandern. Die meisten Wesen können lediglich zwischen zwei Dimensionen oder aber den Welten in einer Dimension hin und her reisen. Manche können ihre Welt auch gar nicht verlassen.

Gyanom ist eine relativ kleine Zwischenwelt. Von der Fläche beträgt sie circa ein Viertel der Oberflächengröße der Erde. Sie hat zwei Hauptausgänge, die jeweils in eine Dimension führen. Der eine Durchgang führt in die Batonum-Dimension. Sie ist relativ klein und umfasst lediglich 38 Welten, die aber alle bewohnt sind.

Der zweite Durchgang führt in die Kursamon-Dimension. Sie ist mittelgroß, umfasst 138

Welten, wobei es belebte und rein energetisch existierende Welten darin gibt. Rein energetische Welten sind Welten, die unbewohnt sind, aber in denen wichtige Energiepunkte liegen die Ströme in der jeweiligen Dimension fixieren. Sie sind essentiell, um das Gleichgewicht in einer Dimension aufrecht zu halten.

Die Ausgänge in Gyanom führen in die Welten der jeweiligen Dimensionen. An die Ausgänge schließen somit Tunnel an, die zu der entsprechenden Welt führen. Zu der Batonum-Dimension führen 38 Kanäle. Jeder davon leitet den Reisenden zu der jeweiligen Welt.

Zu der Kursamon-Dimension führen 138 Tunnel, denn zu ihr gehören 138 Welten.

Wie Welten in Dimensionen zusammengefasst werden, hängt mit ihrer Zusammensetzung, der Aufgabe und den dort herrschenden Energien zusammen.

Ich werde nun von einem Einsatz erzählen, den ich in der Gyanom-Zwischenwelt hatte.

Da das Leben wie bereits erwähnt in den Zwischenwelten begrenzt ist und sehr viele Energien dort fließen und ineinander übergehen, gibt es jede Menge Stellen, an denen Probleme auftauchen können.

Es war Michael, der mich an jenem Tag zu dem großen Hologramm rief. Er zeigte mir, um welche Welt es sich handelte, die Probleme verursachte. Der normalerweise grüne Punkt auf der Anzeige blinkte rot und gab ein lautes Piepen von sich, wann immer er aufleuchtete. Ich ging zu der Tafel und ließ mit meiner Hand eine Nahaufnahme der Welt erscheinen. Es gab dort keine festen Strukturen und alles leuchtete in einem nebligen Blau, ebenso die Gestalten, die an dem Ort lebten. Die Energien flossen in unterschiedlich leuchtenden Bahnen über die felsig wirkende Ebene, so wie es sein sollte. Dann jedoch erkannte ich ein Zucken und das Leuchten der Energiebahnen verstummte kurz, ehe es sich wieder zeigte. Irgendwo musste also ein Fehler vorhanden sein.

Alle anderen Wanderer waren bereits auf Mission, denn zu der Zeit war sehr viel los gewesen.

Ich beschloss also, selbst dahin zu reisen, und gab über meinen Ausgleichsring Gandolin Bescheid, der etwas später ankam und mein Energieniveau, mit dem in der Zwischenwelt synchronisierte. Das alles dauerte nur wenige Minuten und wir waren sehr bald reisebereit.

Es gibt dabei 3 Arten zu reisen:

Die erste ist über die dementsprechenden Reisekanäle an den gewünschten Ort zu gelangen. Vom dritten Himmel aus, kann man durch einen Tunnel in jede Welt reisen. Dies obliegt aber nur den Lichtwesen, die Fähigkeiten hierfür besitzen.

Eine zweite Möglichkeit ist die Reise durch ein Portal. Grundvoraussetzung dafür ist allerdings, dass der Durchgang in der Welt zu der man reisen möchte, bereits aktiviert ist. Das ist bei Portalen der Fall, die fest an einen Ort eingerichtet wurden, oder aber bei Tore, die für den einen Zweck gebaut werden und dann wieder verschwinden. Dies kann von Engeln, Jesus, Gott oder auch Wesen in der entsprechenden Welt vollzogen werden. Diese Reiseart ist schneller als die Erste, allerdings nur bedingt einsetzbar.

Wir, die Wanderer, nutzen daher am liebsten die dritte Möglichkeit: die mehrdimensionale Teleportation.

Diese Fähigkeit haben nicht alle Lichtwesen. Dabei wird der Zielort ausgemacht, analysiert und anvisiert. Dann überträgt man die Energien von dem einen Ort zum anderen und schon ist man dort. Diese Möglichkeit kostet viel Kraft und ist auch nicht von jedem Lichtwesen durchführbar. In Wanderer und Bewahrerkreisen, nennen wir diese Methode „springen". Man benötigt einiges an Übung, doch wenn man es kann, ist es sehr nützlich, denn das Reisen geht schneller. Innerhalb einer Welt oder in den Himmeln ist es ebenfalls möglich, zu springen. Das kostet dann auch nicht so viel Kraft. Als Regel gilt: Je mehr Dimensionen jemand überwinden möchte, und je weiter der Weg ist, den er zurücklegen will, desto mehr Energie benötigt er. Das ist wichtig zu berücksichtigen, denn man hat neben seinem Auftrag, den man zu erledigen hat, auch noch den Rückweg, den man zurückspringen muss. Deshalb ist es wichtig, sein Energielevel zu kennen und sich gut einschätzen zu können.

Wie bei mir und Gandolin ersichtlich, ist es auch möglich, zusammen zu springen. Dabei führt einer an und zieht die anderen mit. Das funktioniert auch für Gruppen. Bei uns beiden leitet Gandolin immer den Sprung, denn er hat bereits das Grundenergieniveau der Welt und meines analysiert. Für ihn ist es nun ein Kinderspiel uns dorthinzubringen. Ich halte mich dafür an ihm fest, denn das macht den Übertrag um einiges leichter. Je mehr Kontakt man hat, desto besser, schneller und energieschonender funktioniert das Springen.

Nun aber, fahre ich mit dem Bericht zu meinem Auftrag fort:

Als wir in Gyanom angekommen waren, spürte ich bereits eine Disharmonie in den dort fließenden Energien. Da Gandolin meinen Körper mit dem Energieniveau synchronisiert hatte, spürte ich jede Abweichung davon. Der Bewahrer sorgt immer dafür, dass die Kräfte um mich herum konstant bleiben, damit ich mich frei bewegen kann und keine Probleme bekomme. Zuvor aber startete ich eine Analyse. Das heißt, ich fühlte mich in die Disharmonie ein um zu sehen, woher sie rührt. Ich bewegte mich ein gutes Stück von unserem Ankunftsort weg und sprang mit Gandolin einige Male, bis ich dem Problem schließlich näherkam. Es schien von einem der Übergänge herzurühren, also machten wir uns auf den Weg dorthin. Kurz vor dem Durchgang sah ich es dann: Eine der Energielinien hatte sich mit einer nebenliegenden verkeilt und konnte nicht mehr klar fließen. Es war nur ein kleines Stück. Direkt vor dem Übergang in die anderen Dimensionen waren die Bahnen wieder entzweit, doch ihre Fließgeschwindigkeit war deutlich reduziert.

Ich trat näher, um das Problem zu identifizieren und herauszufinden, um welche Energien es sich handelte und wohin sie flossen. Da es sich an den Übergang einer Zwischenwelt befand, war klar, dass das Problem weite Kreise ziehen musste. Das erklärte natürlich auch die vielen Einsätze, die in der Zeit davor eingegangen waren.

Ich analysierte die Trägerenergien und verfolgte ihre Spur. Durch den Durchgang hindurch waren 15 Welten betroffen, die in der Batonum-Dimension lagen. Von der Kursamon-Dimension hingegen, waren es nur 7 Welten, die Auffälligkeiten zeigten. Ich konnte außerdem feststellen, dass sich die Disharmonie nach den Übergängen deutlich abschwächte, was ein gutes Zeichen war. Ich schrieb alles nieder und beschloss dann, mit Gandolin zurückzukehren, um alles Wichtige in die Wege zu leiten. Da es sich um verschiedene Kräfte handelte, die betroffen waren, entschied ich, gleich Raphael hinzuzuziehen, da das Wirken der unterschiedlichen Energien in den Welten sein Fachgebiet ist und er sich darüber hinaus mit den dort lebenden Wesenheiten auskennt.

Die Arbeiter wurden bis dahin angewiesen, die Durchgänge zu schließen, was sie auch befolgten.

Ich kehrte mit Gandolin zurück, gab jegliche Information, die ich beschaffen hatte, an Raphael weiter und schrieb dann wie üblich meinen Bericht.

Einsätze in Zwischenwelten wie Gyanom sind immer heikel, da man aufgrund der Schlüsselfunktion nie sagen kann, wie viele Welten am Ende betroffen sind. In diesem Fall war es händelbar und es ist wie meistens alles gut gegangen. Die Energien wurden entwirrt und stabilisiert und das Energieniveau in den Welten normalisierte sich schnell. Somit war dieser Auftrag erledigt und ich konnte mich um meine nächste Aufgabe kümmern.

Mortalis

Mortalis ist eine der kleinsten Welten, die existiert. Sie ist nur etwa so groß wie eine Großstadt, doch sie ist eine meiner Lieblingswelten. Sie liegt in der Zaunis-Dimension die 218 Welten umfasst und ist wie die meisten Welten dort belebt.

Mortalis zeichnet sich durch eine wunderschöne Landschaft aus mit saftigen Wiesen und Wäldern, die, so finde ich, der in den Himmeln schon sehr nahekommt. Sie ist eingeteilt in 5 große Bezirke, die Bepa, Nepa, Oka, Suka und Lika genannt werden.

In dieser Welt leben die Bitonaups, die so finde ich, eine gewisse Ähnlichkeit mit Pesingsnijol in den Himmeln aufweisen.

Von Bezirk zu Bezirk unterscheiden sich ihre Farbe und ihr Aussehen, doch eines ist immer gleich: Sie sind kniehoch, haben dichtes, zottiges Fell und einen breiten, langen Schnabel.

Anders als Pesingsnijol haben sie Pfoten, die jeweils 5 Zehen aufweisen, aber krallenlos sind.

In Bepa sind sie rot-braun und weisen weiße Flecken im Fell auf.

In Oka das in den bergigen Gebieten weiter oben liegt, sind sie reinweiß.

In Suka weisen sie eine orange Färbung auf und ihr Gesicht wie auch die Pfoten sind dunkelbraun.

In Lika sind sie weiß gefärbt und tragen braune bis dunkelbraune Streifen im Fell, nur die Tatzen sind reinweiß.

Im Gegensatz zu Pesingsnijol leben sie auf dem Boden in kleinen Holz oder Steinhütten, die überall in dieser Welt zu finden sind. Sie sind relativ schreckhaft, wodurch man nur selten, welche zu Gesicht bekommt. Meistens beobachten sie einen aus der Ferne und geben dann gluckende Laute von sich. Sie ernähren sich von den Beeren, die es dort in Hülle und Fülle gibt.

Ähnlich wie Pesingsnijol sind sie für das Harmonisieren von Energien zuständig und haben einen besonderen Draht zu den Pflanzen die dort leben.

Dies ist gut, nur wird es zum Problem, wenn durch etwas Disharmonie ausgelöst wird, welche die Wesen selbst nicht lösen können. Dann nämlich bricht eine Massenpanik aus, wie ich in meinem Einsatz erleben musste.

Mortalis ist eine geistige Welt mit der Möglichkeit der Materialisation. Das bedeutet, die Welt und alles, was auf ihr existiert, kann eine geistig feste Form annehmen. Es ist wie in den Himmeln bei uns Lichtwesen. Wir können geistig ohne feste Form existieren, haben aber auch eine feste geistige Form, die wir annehmen können. Das geistige Erscheinungsbild ist dabei immer gleich.

Es gibt noch zwei weitere Formen, nämlich geistig- physisch und rein physisch. In der Abstufung würde es sich wie folgt darstellen:

- Rein geistig (feinstofflich)
- Fest geistig (feinstofflich geordnet)
- Geistig physisch (feinstofflich mit festsofflicher Materialisierung)
- Rein physisch (feststofflich)

Diese Zustände sind in Existenzebenen eingeteilt:
- Rein geistig
- Geistig mit Möglichkeit der Materialisation
- Physisch/ irdisch

Es gäbe viel dazu zu sagen, doch ich werde mich den jeweiligen Zuständen widmen, wenn ich Welten beschreibe, die dort einzuordnen sind.

Mortalis ist eine geistige Welt mit der Möglichkeit der Materialisation, also der Annahme einer festen geistigen Form. So haben auch die Landschaft und seine Bewohner eine feste geistige Form.

In meinem Auftrag erfuhr ich direkt von Jesus, dass dort Hilfe benötigt wird und ich dorthinreisen sollte, da ich mit den Tierwesen sprechen kann. Ich rief also Gandolin, er synchronisierte meine Energien und wir machten uns auf den Weg.

Als wir dort auf einer der grünen Wiesen ankamen, drang sogleich schreckliches Geschrei an unsere Ohren und wir hielten uns reflexartig die Hände vor. Die Tierwesen waren in blanker Panik. Sie kreischten und liefen wild durcheinander über die Wiese.

Ich versuchte mehrmals, mit ihnen zu sprechen, doch es gelang mir nicht.

Dann allerdings kam mir eine Idee: Ich bat Gandolin, mein Energiefeld gleich zu stabilisieren und auszuweiten, sodass in einem runden Kreis von gut 5 Metern um mich herum Harmonie herrschte. Die Wesen bemerkten dies und drängten alle zu mir in den Kreis und beruhigten sich dort. Ich bat Gandolin, den Radius so gut es ging, zu vergrößern. Am Ende waren es gut 20 Meter die der Durchmesser betrug und die Wesen strömten in immer größerer Zahl zu mir. Es ging ihnen nun besser und das Geschrei von vielen war verstummt. Allerdings stand ich nun vor dem Problem, dass ich die Problemquelle nicht mehr analysieren konnte.

Ich beschloss dann, mit den Tierchen zu sprechen, um herauszufinden, was sie so erschreckt hatte. Eines der Wesen zeigte zu dem Wald, der sich am Rande der Wiese befand. Dort stand eine riesige Pflanze mit breiten Blättern und einem gewundenen Stamm. Da hinten, sagte es mir, wurzelte der Hauptbaum, der alle Energien trägt, und etwas wäre damit nicht in Ordnung.

Ich beschloss dorthinzugehen, gefolgt von den Tierwesen, die weiterhin in der Harmonie um mich herum badeten.

Dort angekommen sah ich einen der verworrenen grünen Äste, der auf den Boden gesunken war. Er war wohl durch irgendetwas abgebrochen worden.

Ich verstand das Problem sofort, denn wenn der Hauptträger der Energien beschädigt war, gab es eine Störung in den Bahnen, die er aussandte.

Auch für diesen Fall war mir klar, dass nur Raphael helfen konnte, denn er war der Spezialist für Energien und Tierwesen. Die Vegetation der unterschiedlichen Welt war ihm geläufig und so würde er mit den passenden Engeln darauf regieren können.

Ein Problem blieb allerdings: Wenn wir jetzt aufbrechen würden und das harmonische Feld verschwand, würden die Tierwesen wieder in Panik verfallen. Dafür gab es nur eine Lösung: Ich musste mit meinem Ring, den ich von Gott bekommen hatte um Hilfe bitten. Nur er konnte uns die Helfer schicken, die wir brauchten. Ich und Gandolin knieten also nieder und beteten. Wir brachten unser Problem vor Gott, er sagte uns Hilfe zu und bereits kurze Zeit später kam Raphael mit ein paar Gärtner und Tierpfleger an, die sich um die Tierwesen und die verletzte Pflanze kümmerten.

Gandolin und ich traten die Heimreise an und ich verfasste wie immer meinen Bericht.

Dieser Fall zeigt sehr gut auf, dass man manchmal erfinderisch sein muss, um ans Ziel zu kommen, und dass jeder Auftrag erneut eine Herausforderung darstellt.

Divarowef

Divarowef ist eine rein geistige Welt. Das bedeutet, sie ist geistig existent, hat aber keine feste Form und ist nicht in der Lage eine geistige Materialisation anzunehmen. Die Welt wird auch das Sternental genannt. Der Name rührt von den hellen Lichtern, die immer wieder in ihr aufleuchten. Sie wirken wie bunt glänzende Sterne am Nachthimmel. Diese Erscheinungen entstehen durch Berührungspunkte der Energien, die auf ihr fließen.

Eines Tages vernahmen ich und Michael ein sehr helles Leuchten auf der Hologrammtafel und kurz darauf setzten die dort lebenden geistigen Wesen einen Notruf ab. Sie heißen Bitumex und haben keine feste Form. Sie leben von den Energien in der Welt und sind die ganze Zeit in Bewegung.

Das grelle Leuchten, das von der Welt ausging, war so hell, dass es die anderen 80 Welten der Bufix-Dimension, in der sie liegt, bei weitem überstrahlte. Michael beauftragte mich und Gandolin, sich um die Sache zu kümmern. Der

Bewahrer traf schnell ein und synchronisierte meine Energien mit denen in Divarowef.

Wenig später waren wir bereits auf dem Weg. Natürlich war es hier von Nöten, unsere rein geistige Form anzunehmen, denn man kann sich in Materialisation nicht in einer rein geistigen Welt bewegen.

Das Licht, das dort strahlte, war so hell, dass es nicht mehr möglich war, irgendetwas zu erkennen. Ich beschloss also, meine Analyse gleich zu starten, um das Problem zu ermitteln. Ich erkannte sehr schnell, dass der Energiefluss gestört war, und versuchte, durch eine zweite genauere Analyse herauszufinden, woher die Störung rührte. Dies ist immer dann von Nöten, wenn die Fehlerquelle nicht einwandfrei beim ersten Mal ermittelt werden kann. Manchmal sind mehrere Überprüfungen notwendig, um ein Problem sauber zu bestimmen. Mein persönlicher Rekord liegt bei 28. Dieses Mal allerdings reichte eine weitere Analyse aus.

Die Sterne und Funken in dieser Welt, entstehen durch die Berührung der Energien miteinander. In diesem Fall war es so, dass zwei der großen Energieströme die in der Welt flossen, sich ineinander verkeilt hatten und sich nicht mehr voneinander lösen konnten. Es musste jemand kommen, der Ahnung von den Energien hatte. Wir traten also den Rückweg an und sagten dann wieder Raphael Bescheid, der sich mit Michael und Phenuel auf den Weg machte, um das Problem zu beheben.

Wie üblich wurde ich nach Abschluss der Problemlösung erneut dorthinbestellt, um die Abnahme durchzuführen und mit meinem Siegel zu bestätigen, dass alles wieder in Ordnung war. Einsätze wie diese sind nicht selten, denn je mehr Energien an einem Ort fließen oder koexistieren, desto mehr Reibereien können entstehen. Meistens sind dies aber Aufträge, die relativ schnell durchgeführt und die Probleme behoben werden können. Es ist dabei nur wichtig, die richtigen Stellen zu benachrichtigen. In diesem Fall waren die betroffenen Energien Trägerenergien, die hochenergetisch waren. Das bedeutet, ihre Dichte ist sehr hoch und somit kann nicht jedes Wesen mit ihnen Arbeiten oder gar Probleme darin beheben. Für dieses Problem waren gleich drei Erzengel von Nöten, um es zu lösen. Auch war es Jesus, der in diesen Fall die letzte Abnahme machte. Ich konnte, nachdem alles abgeschlossen war, den Bericht schreiben und den Auftrag zu meinen erledigten Akten legen.

Erbenus

Erbenus ist eine relativ große Welt. Von der Fläche beträgt sie circa das 9-fache der Erdoberfläche. Sie ist eine geistige Welt mit der Möglichkeit der Materialisation.

Auf ihr gibt es unterschiedliche Inseln, die alle größer sind, als die Kontinente auf der Erde zusammen. Insgesamt sind es 38, die in verschiedene Bezirke unterteilt sind.

Die größte Insel heißt Kubeca und sie ist in 28 Bereiche eingeteilt. Diese Bezirke werden mit den Buchstaben aus dem Alphabet der Lichtwesen bezeichnet, weshalb eine Übersetzung in die menschliche Sprache schwierig ist. Ich werde deswegen versuchen sie mit Zahlen wiederzugeben.

Jeder Bezirk trägt darüber hinaus noch den Namen der Wesen, die dort leben in seiner Bezeichnung.

Bei der Insel Kubeca wäre die Nennung also Kusanols 1- 28, wenn man die Bezirke in Zahlen überführt und benennt.

Normalerweise steht dort statt der Zahl ein Buchstabe, nur ist die Schreibung wie auch die Aussprache oft schwierig. So können sich die genannten Namen höchstens annähern und Ähnliches darstellen, aber nie die konkrete Lautsprache wiedergeben.

Auf der Kubeca-Insel gibt es die Bezirke Kusanols Nr. 1-28. In unserer Sprache: Aage do Carvo na Berv.

Die oben genannten Wesenheiten fallen unter die Gattung der Tierwesen. Sie zeigen sich mit großen Flügeln und steinernen Krallen, haben einen eingerollten, massigen Schweif, eine lange klebrige Zunge und weiches, graues bis schwarzes Fell. Sie haben keine Augen und Ohren, sehen aber mit ihrem inneren Auge Sie leben in kleinen Höhlen in der Decke und den Wänden. Ihre Hauptnahrung besteht aus Edelstein, die sie dort zu Hauff finden. Je nachdem, welche sie fressen, leuchten ihre Krallen in unterschiedlichen Farben und ihre Fähigkeiten bilden sich aus. Sie bewohnen die felsige Landschaft der Insel und sind an die Bedingungen dort bestens angepasst.

Die zweite Insel nennt sich Arcoba und ist in 12. Bezirke unterteilt. Sie ist mit einem großen Dschungel zu vergleichen, in welchen Wesen mit dem Namen Gibalons leben.

Sie haben ein humanoides Äußeres, sind aber mit Federn oder Fell bedeckt, das braun bis dunkel-braun-schwarz ist.

Manche von ihnen leben in Baumhäusern, andere in Häuser in Bodenhöhe. Dementsprechend tragen sie Federn oder Fell. Ihre Nahrung besteht in erster Linie aus Früchten, die sie täglich sammeln und auch lagern. Sie baden sich gern in Energien und können dadurch kurzzeitig andere Formen annehmen, je nachdem, um welche Kraft es sich handelt.

Die dritte Insel nennt sich Sileunac und ist in 18 Bereiche unterteilt. In ihr hausen Wesen, die Binomops genannt werden. Sie unterscheiden sich in ihrer Farbe von Bezirk zu Bezirk und leben im Erdreich. Die Landschaft dort wirkt kahl, fast wüstenartig. Sie graben ihre Nester tief unter der Erdoberfläche und leben darin. Ihr Aussehen ist äußerst niedlich. Sie haben eine große hundeähnliche Nase und bärenartige Ohren. Ihr Körper ist länglich und besitzt vier Pfoten mit breiten Krallen, die das Graben ermöglichen. Ein Feuerband läuft ihren Rücken hinunter, unterscheidet sich aber je nach Bezirk. Auf dieser Insel herrschen verschiedene Elemente in den unterschiedlichen

Arealen vor, weshalb sich das Aussehen und die Farbe der Tierchen unterscheiden.

In den Bereichen 1, 5, 7, 12, 15 und 18 herrscht das Element Feuer vor und die Wesen zeigen sich wie eben beschreiben braun bis rötlich.

In den Bezirken 2,3,8,11 und 17 zeigt sich eine karge Eiswüste, die ihr Fell rein weiß erscheinen lässt.

In den Arealen 4,9 und 10 befindet sich zugiges Gebirge ohne jegliche Vegetation, das den Wesen Federn wachsen lässt, und ihre Krallen sind breiter und stärker, damit sie sich durch den harten Boden graben können.

Die Bezirke 6, 13 14 und 16 zeigen eine trockene Steppenlandschaft und die Tiere weisen ein grünliches Fell auf.

Diese Wesen ernähren sich ausschließlich von den Energiebahnen, die dort durch die Insel fließen. Sie funktionieren dabei wie kleine Wandler. Sie nehmen die Kräfte auf, speisen sie in ihren Leib ein und geben ihrerseits wieder Energien ab. Wesenheiten auf anderen Inseln können diese wiederum gut gebrauchen.

Die vierte Insel ist die Kleinste und sie wird Biponac genannt. Auf ihr gibt es nur 5 Bezirke, in denen Wesen mit Namen Galals leben. Sie sind Wechselwandler was bedeutet, sie können zwischen unterschiedlichen festen geistigen Formen hin und herspringen, ja nachdem was gerade dienlich erscheint. So ist es schwierig, ihr genaues Aussehen zu bestimmen. Jedoch gibt es in Raphaels Bücher über die geistigen Wesen die Formen zu betrachten, die sie annehmen können. Einige davon sind Baum und blumenartig, andere zeigen sich in Formen von Lichtstrahlen, einem lodernden Feuerball oder einem Fluss. Diese Wesenheiten sind dafür zuständig, manches Ungleichgewicht zwischen den unterschiedlichen Inseln auszugleichen, indem sie sich wandeln. Die Landschaft dort, zeigt sich deshalb ebenso wechselhaft wie ihr Charakter.

Die fünfte Insel ist unter dem Namen Sibunec bekannt. Dort leben Mistomophs. Diese Wesen gleiten in den Elementen und zeigen sich als humanoide Gestalten. Da es 17 Bezirke gibt, finden sich auch hier dementsprechend geformte Landschaften aus Urwald, Sumpf und Gebirgsketten. Außerdem befindet sich auf ihr der größte Vulkan in dieser Welt.

Die Mistomophs sind jene Wesen, die die Energien der Binomops verwerten können, somit bereinigen sie die Elementarenergien in Erbenus.

Die sechste Insel heißt Lipunec und liegt mittig in Erbenus. Sie ist eine reine Energieinsel, ohne Leben darauf. Über sie laufen alle Trägerenergiebahnen und wichtige Fixpunkte befinden sich dort.

Die siebte Insel ist die mit dem Namen Hibonec. Darauf leben die Fenigals. Eine hochenergetische Wesnheit, die ständig in Bewegung ist und sich so schnell bewegt, dass man sie nur als scheinende Kugeln wahrnimmt. Auch sie sind für den energetischen Ausgleich zuständig und auf Harmonie ausgelegt. Gibt es Probleme können sie sich nicht mehr frei bewegen. Sie findet man dort in allen 26 Bezirken.

Die achte Insel ist Sibunex. Auf ihr fließen bunte Ströme, die wie Regenbogen glitzern, und es gibt dort seltene Materialien im Boden zu finden.

Die Hixus wachen über die auf der Insel befindlichen 9 Bezirke. Es sind kleine zottige Wesen mit dichtem, grauen Fell und großer Nase, die eine humanoide Gestalt aufweisen und als glitzernder Windhauch wahrzunehmen sind.

Die neunte Insel ist Mitobel und sie umfasst nur 3 Bezirke, die aber sehr großzügig sind. Ihre üppigen Wiesen zeichnen sie aus. Darauf wachsen Blumen mit Feuerkranz. Dazwischen fühlen sich Kirabells wohl. Diese feuerartigen, geflügelten Wesen streifen ungesehen als warmer Hauch durch die Luft und laben sich an den blubbernden Saft, der sich dort in den Kelchen der wachsenden Blumen bildet.

Die zehnte Insel auf Erbenus ist die Lipurac-Insel und wird auch als stille Insel bezeichnet. Auf ihr verlaufen Flüsse und Seen. Ein großzügiges Angebot aus Kräutern, Früchten und Beeren gibt es dort zu finden. Da sie unbewohnt ist, existieren keine Bezirke.

Die elfte Insel hingegen ist die Botanec-Insel und auf ihr gibt es 44 Areale, die alle bewohnt sind. Die Landschaft ist leuchtend hell und besteht aus Licht und Energie. Einige Berge aus Kristall befinden sich dort, welche die Strahlen speichern und hell wie Sterne leuchten. Auf der Insel leben hochenergetische Wesenheiten, die den Namen Fubex tragen und ähnlich wie die Esmorane in den Himmeln mit dem Licht reisen. Sie haben keine feste Körperform, zeigen sich aber am öftesten mit vier Beinen und einem fuchsähnlichen Kopf. Der Schweif erinnert allerdings an den eines Pferdes und sie haben Flügel mit goldenen glänzenden Federn. Die Wesen sind scheu und kraftvoll. Sie bewegen sich immer in die Fließrichtung der Energien und werden sehr wild, wenn etwas damit nicht stimmt.

Die zwölfte Insel nennt sich Higurec. Auf ihr findet man die Mitomels, die alle paar Sekunden ein Zischgeräusch von sich geben. Sie sind humanoid, besitzen aber katzenähnliche Ohren und gehen halb aufrecht. Sie sind sehr schnell und können sich fast lautlos durch die dichten Wälder bewegen, in denen sie in den 7 Bezirken in Baumhöhlen leben. Werden sie erschreckt, schreien sie und können sich in Staub auflösen.

Die dreizehnte Insel trägt den Namen Miphbas und wird eher gemieden. Auf ihr herrscht immer dichter Nebel, durch die sich Wesenheiten mit den Namen Bubax tummeln. Sie lieben es, andere zu erschrecken, und laben sich dann an ihren Energien. Ansonsten sind sie aber relativ harmlos. Herrscht allerdings Disharmonie und der graue Dunst lüftet sich, können sie sehr trotzig und unwillig werden. Sie leben dort in allen 12 Arealen.

Die vierzehnte Insel wird Hubicu genannt und besteht aus 7 Bezirken. Die Natur dort ist sehr ausgewogen und wird als Pflanzenparadies bezeichnet. Manche Beeren und Früchte kann man nur hier finden. Außerdem hängt immer ein unwiderstehlich süßer Duft in der Luft, wenn man dorthin reist. Ihre Bewohner nennen wir Wohlibells. Sie sind kleine, geflügelte Tierwesen, mit einem langen strohhalmartigen Schnabel. Diesen benötigen sie, um den Saft der Bäume zu trinken, den die Pflanzen in kelchartigen Taschen produzieren. Sie sind sehr empfindlich, was Energieumschwünge angeht, und passen ihre Form und Farbe dementsprechend an. Sie geben zirpende Laute von sich, doch verstummen, wenn Disharmonie herrscht.

Die fünfzehnte, sechzehnte und siebzehnte Insel, waren ursprünglich eine größere Insel, die den Namen Kituba trägt. Ihre Aufsplitterung rührt von den Erdbeben her, die dort immer wieder stattfinden. Sie ist unbewohnt, doch gibt es besondere Materialien darauf, die durch die herrschenden Kräfte in Schwingung versetzt werden und einen flötenartigen Ton von sich geben. Sie werden deswegen auch als die singenden Inseln bezeichnet. Ihre Landschaft zeigt sich bergig aber mit teils üppigem Grün bewachsen. Allerdings gibt es dort weder Früchten noch Beeren.

Die achzehnte Insel trägt den Namen Bitago und ist eine relativ große Insel mit insgesamt 40 Bezirken. Nicht alle davon sind bewohnt, denn in einigen herrschen sehr starke Energien vor, die es schwierig machen sich dort länger aufzuhalten. Die Landschaft in diesen Bereichen ist auch einem ständigen Wandel unterzogen und zeigt sich jedes Mal anders. In den bewohnten Bezirken leben kleine flinke Wesen, die eine humanoide Erscheinung, aber einen übergroßen Kopf mit langen weißen Haaren und buschigen Augenbrauen besitzen. Ihr Name ist Metbephs und sie wirken wie kleine Kobolde. Sie sammeln mit Vorliebe die Edelsteine, die es dort zu finden gibt, und bauen sich daraus Hütten und stellen Werkzeuge her. Sie leben in den dicht bewachsenen Wiesen und Wäldern, in denen sie Nahrung finden. Allerdings bauen sie auch selbst auf Felder an, die immer wieder golden aus der Landschaft herausblitzen.

Die neunzehnte Insel heißt Fibragoc und ist eine unbewohnte Insel, auf der seltsame Wetterphänomene stattfinden. Da sie wie die meisten Inseln in Erbenus von den Elementarenergien bestimmt wird, regnet es dort Feuer vom Himmel, Blätterstürme brechen über die Landschaft herein, oder Erdbeben erschüttern die karge Region. Fibragoc ist in keine Bezirke eingeteilt, aber eine sehr große, ziemlich mittig liegende Insel. Sie wird nur selten bereist, weshalb es wenig Daten darüber gibt.

Die zwanzigste Insel ist die sogenannte hier und weg Insel und trägt den Namen Coculec.

Sie ist unbewohnt und besteht nur aus staubigem Geröll und einigen energetischen Fixpunkten. Das Besondere an dieser Insel ist, dass sie immer wieder verschwindet und wieder auftaucht. Dabei ist es nicht so, dass sie in eine feinstoffliche ungeordnete Form übergeht, sondern gänzlich zu verschwinden scheint. Das Phänomen ist seit der Erschaffung von Erbenus bekannt. Bisher konnte aber noch niemand eine Erklärung für dieses Verhalten abliefern.

Die einundzwanzigste Insel ist die Nutof-Insel. Auf ihr herrschen starke Elementarenergien, die sehr streng nebeneinander verlaufen und so eine interessante Landschaft formen. So gibt es Bereiche, in denen Feuerwüsten mit Vulkanen existieren doch gleich nebenan in einer klar sichtbaren Linie abgetrennt, verlaufen Seen und Flüsse. Daneben wiederum erblüht ein grüner Dschungel mit riesigen Bäumen und Sträuchern, an denen Früchte und süße Beeren gedeihen.

Wesenheiten würden alles finden, was sie auf dieser Insel bräuchten, doch die Energien sind so stark, dass sie sogar von den Erzengeln nur selten und kurz besucht wird. Sie ist also unbewohnt.

Die Inseln 21 bis 25 sind sehr kleine Inseln, auf denen jeweils nur vier Bezirke existieren. Sie werden Oputa-Inseln genannt. Auch hier ist es so, dass der Komplex früher eine einzige Insel darstellte, die aber durch das lockere Erdreich und das weiche Untergestein zerbrochen ist. Die darauf lebenden Wesen sind Tierwesen mit Flügeln und dichtem braun gesprenkeltem Gefieder. Ihr Name ist Soripex. Sie leben in den Bäumen in Nestern und fliegen zwischen den Inseln hin und her. In den einzelnen Bezirken wurzeln verschiedene Baumarten und die Gebiete sind unterschiedlich dicht bewachsen. Die Bäume dort bilden eine eigene Art von Wesenheit, die Sortax genannt wird. Sie sind in der Lage zu wandern und lieben es zu singen. Zwischen ihnen und den Tierwesen besteht eine besondere Verbindung. Sie unterstützen sich gegenseitig.

Die sechsundzwanzigste Insel ist die Kukabu-Insel. Auf ihr leben in 8 Bezirken Feuerwesen, die Kitcas genannt werden. Sie wirken wie kleine Mäuse, dessen Rücken mit schwarzen, spitzen Steinen gespickt sind. Dazwischen hindurch fließt Magma und manchmal schießen Flammen daraus empor. Das ganze Gebiet ist mit kohleartigem Gestein bedeckt, welches die Wesen fressen. Am Fuße der vielen Vulkane leben sie und baden sich in den Magmaflüssen, die dort entstehen. Sie sind sehr von den Feuerenergien abhängig, die an dem Ort herrschen. Ändern sich diese, sinken die Temperaturen ab und die Wesen erstarren und können sich nicht mehr bewegen, da in ihrem inneren Magma fließt.

Die siebenundzwanzigste Insel ist die Karobesh-Insel. Sie zählt zu einer der schönsten Inseln, die existieren. Sie ist fünf Bezirke eingeteilt und in jedem davon gibt es wunderschöne Landschaften mit weiten Wiesen, üppigen Wäldern, steilen

Gebirgen und bewachsenen Savannen. Die Energien aller Elemente sind dort sehr ausgeglichen verteilt, weshalb sie als eine Insel mit optimalen Bedingungen gilt. Hier leben Hogarturs. Das sind humanoide Wesen, bestehend aus Licht, die in enormer Geschwindigkeit über die Insel jagen. Sie haben ihre eigene Sprache und können die Form desjenigen annehmen, den sie gerade gesehen haben, gelten also als Formwandler.

Die achtundzwanzigste Insel ist die Obaluh-Insel. Auf ihr herrscht das Element Wasser vor. Sie besteht aus einem prachtvoll bewachsenen Inselring, in dessen Mitte sich ein großer See befindet. Dort leben Wasserwesen mit Namen Salubax. Sie haben eine humanoide Gestalt, allerdings besitzen sie vier Flossen anstelle von Armen und Beinen. In ihren Schuppen befinden sich farbige Perlen, die eines der härtesten Materialien darstellen, die existieren. Sie bewohnen Städte, die in dem großen See in der Mitte der Insel liegen. Sie ist in 6 Bezirke eingeteilt.

Die neununzwanzigste Insel heißt Hubacu und ist eine Sandwüste, auf der kein Leben existiert. Dort herrscht das Element Feuer vor und es ist schier unerträglich heiß. Das macht es schwierig dorthinzureisen, denn man muss sich vor der Hitze schützen. Dies bleibt allerdings nicht aus, da wichtige Fixpunkte und Energiebahnen auf ihr liegen.

Die dreißigste Insel ist die Quata-Insel. Sie ist kreisrund und auf ihr befindet sich ein kaum zu durchquerendes Dschungelgebiet. Die pflanzen-artigen Wesen die dort leben wachsen so dicht, dass es nicht einen einzigen Weg gibt, ihn zu durchqueren. Die Geschöpfe werden Bupax genant und sie wirken wie Pflanzen, können sich aber bewegen. Die Erfahrung hat gezeigt, dass wenn man versucht, sich einen Weg durch den Dschungel zu bahnen, hinter einem sofort alles wieder zugemacht wird. Das macht es schwierig, dort zu reisen und man benötigt gute Argumente um sie davon zu Überzeugen den Weg freizu-machen. Die Energie, die in dem Urwald vor-herrscht, ist allerdings relativ stabil, sodass es nur selten vorkommt, dass uns ein Einsatz dorthin führt.

Die einunddreißigste Insel ist eine energetische Insel, die keine feste Form besitzt. Sie heißt Likatu und ist ein Stabilisator für die Energie-bahnen aller Inseln, die in Erbenus existieren.

Dort gibt es des Öfteren Einsätze, denn manchmal ist es nötig, die Kräfte neu ausrichten und zu bereinigt, weil im Vorfeld etwas passiert ist. Allerdings wirkt die Insel selbst wie eine Art Richter, da sie die Zusammensetzung aller Energien in Erbenus in ihrer energetischen DNA trägt.

Die zweiunddreißigste Insel ist die Sivcoc-Insel. Sie besteht aus 19 Bezirken und weißt einen unterirdischen Höhlenkomplex auf.

In ihm leben Wesen, die Apekx genannt werden. Es sind humanoide Gestalten mit schwarzem Fell und stechend grünen Augen, die dort Edelsteine in den Felsen abbauen. Einige davon werden auch in den Himmeln zu Energiesteinen und Schmuck weiterverarbeitet.

Die Oberfläche der Insel zeigt sich in einer ausgeglichenen Landschaft mit Bächen, Wäldern und Wiesen. Die Wesen betreiben dort auch Feldarbeit und leben von den Produkten die sie daraus herstellen. Sie sind sehr friedlich und teilen gerne, außerdem sind sie Meister darin andere Sprachen zu verstehen und zu sprechen.

Die dreiunddreißigste Insel wird Fiburep genannt. Auf ihr wachsen so viele Pflanzenarten wie nirgendwo sonst. Sie produzieren Nektar, Pollen,

Früchte und Beeren. Auch viele Heilkräuter sind hier zu finden. Die Insel ist sehr ausgeglichen und gilt, wegen dem reichen Angebot als beliebtes Reiseziel, um darauf zu sammeln. Auch das Wasser, das in den größten See dort fließt, wirkt belebend und heilend.

Auf der vierunddreißigsten Insel leben Wesen mit dem Namen Hubax und sie wirken wie große Schmerlinge die aber sechs Pfoten besitzen. Der Name der Insel ist Wikula. Auf ihr gibt es auch sehr viele unterschiedliche Pflanzen, allerdings sind sie ausschließlich zur Ernährung der dort lebenden Tierwesen gedacht. Sie ist in vier Bezirke eingeteilt und die Muster auf den Flügeln der Wesen unterscheiden sich, je nachdem welche Beeren und Früchte sie fressen. Die Landschaft ist mit vielen Wiesen und wenigen Wäldern an den Rändern der Insel bewachsen. Dort leben die Wesen meist in Höhlen, die sie sich graben.

Die fünfunddreißigste Insel heißt Tibax und ist eine Lichtinsel. Das bedeutet, dass sie in erster Linie aus Licht besteht. Auf ihr leben Wesen mit Namen Solecs. Es sind Wesen, die aus einem Lichtnebel bestehen und die Form eines Pfaues aufweisen. Sie sind ungeheuer schnell und leben von den Trägerenergien, die dort auf der Insel herrschen. Sie ist nicht in Bezirke eingeteilt und hat eine mittlere Größe.

Die sechsunddreißigste Insel ist die sogenannte Donnerinsel. Da sie nah an der Licht-Insel liegt, hat sie ein sehr hochenergetisches Niveau. Über ihre Oberfläche zucken Blitze hin und her, die es schwer machen die Insel zu bewohnen oder zu besuchen. Die Erzengel können die Energien dort händeln, weshalb ausschließlich sie damit beauftragt sind sich um die Insel zu kümmern, wenn es Probleme gibt. Ich habe sie also noch nie selbst bereist.

Die vorletzte Insel ist die Jetula-Insel. Auch sie ist unbewohnt und es herrschen starke Energien auf ihr. Sie befindet sich gegenüber der Lichtinsel. Ihre Oberfläche wandelt sich ständig und auch sie ist hochenergetisch und darf nur von den Erzengeln besucht werden.

Die letzte Insel auf Erbenus ist die Zabura-Insel. Sie ist eine Steppenlandschaft, die in 7 Bezirke eingeteilt ist. Auf ihr leben Wesen mit Namen Mitaarf. Es sind Großkatzen, die je nach dem Element das in dem Bezirk dort vorherrscht, verschiedene Formen aufweisen. So gibt es welche, die Feuer Spucken, andere, die im Wasser leben und Flossen haben, welche die Ranken am Körper tragen und andere, die Flügel besitzen und sehr schnell fliegen können.

Wie in den Beschreibungen sicherlich ersichtlich wurde, handelt es sich bei Erbenus um eine Welt in der die Elementarenergien sehr stark wirken. Anders als in anderen Welten ist deswegen die Art der Wesen auf den Inseln eingeschränkt, also sprich, es gibt keine Artenvielfalt auf den einzelnen Inseln.

Ich habe einige der Inseln schon öfter bereist, ein paar dagegen noch nie. Aus dem Grund könnte ich mehrere Berichte anführen, doch ich habe mich für einen Besonderen entschieden, der etwas heraussticht.

Ich wurde von Michael in eines der Besprechungszimmer in das große Versammlungsgebäude im dritten Himmel gerufen. Wie ich schnell erfuhr, gab es Probleme auf der siebten Insel auf Erbenus. Dies war insofern ungewöhnlich, da ich gerade vor wenigen Tagen einen anderen Wanderer dorthingeschickt hatte, der sich um das dort herrschende Problem kümmern sollte. Es war sehr schnell erkannt worden, da die Wesen die dort wohnen, in eine Starre verfallen, wenn das Energieniveau nicht stimmt. Eine der Barrieren, welche bestimmte Energien von der Insel abschirmt, war undicht geworden und so strömten unerwünschte Kräfte dorthin und das Energielevel kippte immer weiter. Der Wanderer mit Namen Silanus erkannte das Problem allerdings ziemlich schnell und schickte die entsprechenden Kräfte, um es zu beheben. Das gelang ohne Probleme und ich reiste bald darauf dorthin, um alles abzunehmen. Das Leck war geschlossen, die Energien bereinigt und stabilisiert. Auch die Wesenheiten erholten sich schnell und der Auftrag war abgeschlossen.

Bald darauf allerdings, schien erneut ein Problem aufgetreten zu sein. Michael informierte mich darüber, dass Jesus gesagt habe, er wolle, dass ich mir die Sache selber ansehe.

Ich sagte also Gandolin Bescheid und kurze Zeit später waren wir an unserem Zielort angekommen. Wie erwartet, waren die Wesenheiten erstarrt und regten sich keinen Millimeter. Ich spürte die Disharmonie auf der Insel und analysierte sie, um herauszufinden, woher sie rührt. Ich dachte zuerst, die Versiegelung wäre vielleicht wieder gebrochen, doch die Analyse führte mich in die entgegengesetzte Richtung. Dort war eine zweite Barriere, die allen Anschein nach undicht geworden war. Ich ging an der Linie entlang und bemerkte, dass an vielen der Punkte Schwächen vorlagen, die zu weiteren Durchbrüchen führen könnten. Es würde eine Menge Arbeit werden, aber es würde nichts daran vorbeiführen, die ganze Barrierenkette welche die Insel einschloss neu aufzubauen.

Ich analysierte die Zusammensetzung und die Fehlerpunkte und notierte mir alles, was wichtig war. Anschließend machte ich mich mit Gandolin wieder auf den Weg zurück in die Himmel, um Jesus von meiner Beobachtung zu berichten. Dies war ein Problem, um das sich die obersten Stellen kümmern mussten. Denn die Barrieren wurden immer von den Erzengeln gemeinsam errichtet, oder eben von Gott Höchstselbst. Aus diesem Grund waren sie auch die Einzigen, die sie erneuern konnten. Die Wesenheiten, die auf der Insel lebten, sollten während der Zeit entweder abgeschirmt oder am besten woanders untergebracht werden, damit sie keinen Schaden nahmen. Wurden die Barrieren geöffnet, drangen andere

Energien auf die Insel und das würde ihren Organismus ins Chaos stürzen.

Ich berichtete Jesus also von meiner Beobachtung, dann wurde eine Lagebesprechung einberufen. Die Erzengel und einige Engel wurden ausgesandt, um die Tiere übergangsweise in einen abgegrenzten Bereich in den dritten Himmel zu bringen, den Gott dafür bereitet hatte. In der Zwischenzeit sicherten die Erzengel die Grenzen zu den anderen Inseln, lösten die Barrieren auf und setzten Neue ein. Am Ende wurden die Wesen wieder dorthin umgesiedelt und ich nahm die Barrierenkette mit meinem Siegel ab. Erst da konnte ich den Bericht zu Ende schreiben und den Auftrag ganz abschließen. Dieser Fall zeigt eindrücklich, dass es manchmal länger dauern kann, bis ein Problem behoben und eine Aufgabe abgeschlossen ist. Die Herausforderung dabei ist immer schnell, aber genau zu arbeiten, denn manche Wesen können nur eine bestimmte Zeit in der Disharmonie durchhalten.

Erbenus ist wie bereits erwähnt, eine Welt die sehr klare Grenzen aufweist, was das Verfahren innerhalb der Inseln etwas einfacher macht. Allerdings gibt es auch Welten mit einer gemischten

Artenvielfalt, was das Arbeiten wieder vor andere Herausforderungen stellt, wie man im nächsten Fall gleich sehen wird.

Katango

Katango ist eine der kleinsten Welten, die existieren. Sie ist rein geistig ohne die Möglichkeit der Materialisation und liegt in der Bautax-Dimension die 140 Welten umfasst. Es gibt in jeder Dimension Welten, die rein geistiger Natur sind, und nicht die Fähigkeit besitzen, sich zu materialisieren. Meistens herrschen starke, hochfrequente Energien auf diesen Welten, die für die Stabilität der gesamten Dimension in denen sie sich befinden, von großer Bedeutung sind. So herrscht in jeder Dimension ein bestimmtes Energielevel und es ist alles bestens aufeinander abgestimmt. Hochenergetische, geistige Welten tragen oftmals wichtige Fixpunkte auf sich, in denen verschiedene Energien zusammenlaufen und ein Ausgleich zwischen ihnen geschaffen wird. So ist es auch bei Katango. Sie ist eine treibende, rein geistige Welt. Das bedeutet, sie ist feinstofflich existent, aber kann keine festgesetzte geistige Form annehmen. Außerdem bewegt sie sich zwischen unterschiedlichen Orten hin und her, hat also keinen festen Punkt, an dem sie existiert, wohl aber ein Gebiet, in dem sie sich aufhält. Die Welt Katango liegt zwischen der achthundertsten und neunhundertdreißigsten Triadeneinheit. Damit sind Sternansammlungen gemeint, die ja bekanntermaßen für Arbeitsgruppen der Engel stehen. Jeder Stern und jeder Planet ist einem Wesen zugeordnet. Die meisten sind mit Engel verbunden. Aufgrund der Anordnung zu den Sternen und Planeten zueinander kann man feststellen, welche Engel zusammenarbeiten. Von Uriel gibt es dazu eine sehr anschauliche, wenn auch umfassende Übersicht. Es ist ein Buch, das den Namen die Konstellation des Kosmos trägt. Darin erläutert er die einzelnen Triaden, ihre Lage, Aufgaben und Mitglieder. Ich würde demjenigen, der sich dafür interessiert, jedoch empfehlen, sich etwas mehr Zeit zu nehmen und Uriel, wenn möglich, um Rat zu fragen, denn wie so oft hat er auch in diesem Schriftstück sein ganzes Wissen über die Planeten und Welten einfließen lassen, was für jemanden der mit der Thematik nicht so vertraut ist wohl verwirrend und oft schwer verständlich sein kann. Das Buch ist ohnehin in seiner Bibliothek in seinem Haus in Verwahrung und es gibt nur wenige Abschriften, die sich mit speziellen

Kapiteln beschäftigen. Für die genauere Analyse ist eine Unterweisung von Uriel selbst sehr anzuraten.

Nun aber möchte ich weiter über Katango berichten. Sie ist wie bereits erwähnt, eine der kleinsten Welten und rein geistig. Trotzdem dass ihr Energieniveau relativ hoch ist, besuchen sie immer wieder Wesenheiten, die allerdings auch rein geistig existieren. Sie bestehen aus Leuchtenergien und werden Svox genannt. Sie leben nicht fest in einer Welt, sondern pendeln zwischen mehreren Welten in dieser Dimension hin und her. Da sie sich von bestimmten Energien ernähren und von ihnen abhängig sind, findet man sie immer dort, wo gerade Nahrung zu finden ist. Sie sind mal als leuchtender Nebel, dann als Lichtblitz oder auch gar nicht wahrnehmbar. Jedoch hinterlassen sie ein bestimmtes Kritzeln in den Energien, dass auf ihre vorherige Anwesenheit schließen lässt.

Katango ist für die Dimension, in der sie existiert von großer Bedeutung, denn durch ihre ständige Bewegung zwischen den Triaden, sorgt sie für den Ausgleich der dort herrschenden Energieströme. Sie bewegt sich immer dorthin, wo eine Änderung des Energieniveaus festgestellt wird, und sorgt

dann dort mit den vorhandenen Fix und Wandel-
punkten die auf ihr existieren für Ausgleich. Sie
ist also ein wichtiges Ausgleichselement.

Nun könnte man sich natürlich fragen, für was es
dann dort einen Wanderer braucht, wenn die Welt
als Ausgleichs und Richtpunkt dient. Nun, solange
alles ohne Komplikationen funktioniert und diese
Welt harmonisch ist, gibt es nur sehr wenige
Probleme, die in einer Dimension mit solchen
Richtwelten auftreten können. Wenn aber die
Richtwelt selbst zum Problem wird, hat das weitreichende Konsequenzen für die ganze Dimension, in der sie sich befindet, wie ich nun darlegen
werde.

Ich hatte zu der Zeit keinen Auftrag, sondern war
im Wald unterwegs um einen entspannten Spa-
ziergang zu machen. Ich wollte mich mit Luceriel
auf der Betanuwiese treffen, um ein gemeinsames
Picknick zu veranstalten. Als ich allerdings kurz
vor dem Zielort angekommen war, kam ein Engel
auf mich zu gerannt. Er fuchtelte wild mit den
Armen und sagte mir, es gäbe einen Notfall, ich
müsste mich sofort im Versammlungsgebäude
melden, Jesus würde dort warten. Ich dachte an
Luceriel und das schlechte Gewissen kroch meine

Brust hoch, denn es war das dritte Treffen, das ich in letzter Zeit absagen musste. Allerdings hatte ich wie immer keine Wahl. Ich spürte, dass etwas sehr Wichtiges daran hing. Ich wollte mich auf den Weg machen, um ihn Bescheid zu sagen, doch der Engel hielt mich auf und schärfte mir eindrücklich ein, dass es sehr dringend wäre und Luceriel ebenfalls benötigt werden würde und schon Bescheid bekommen hätte. Diese Aussage beruhigte mein Gewissen etwas. Fast zeitgleich kam der Erzengel uns auf dem Waldweg entgegen und wir machten uns zusammen auf den Weg in das Versammlungsgebäude. Jesus saß dort bereits mit den anderen Erzengeln an einen Tisch im großen Versammlungsraum und empfing uns sogleich. Auf der Tischplatte zeigte sich ein Hologramm, auf dem ein roter Punkt blinkte, während ein laut fiependes Geräusch durch den Raum halte. Alle meine Alarmsysteme waren sofort auf Empfang, denn das Signal ertönte immer dann, wenn das Energieniveau einer Dimension zu kippen drohte. Das würde die ganze Ordnung des Kosmos gefährden. Ich fragte mit zitternder Stimme, was denn passiert sei, und wurde dann darüber aufgeklärt, dass Katango aus irgendeinem noch unbekannten Grund nicht mehr wandern, sondern an einer Stelle verharren würde. Mir lief es kalt den Rücken hinab und ich fragte, wie lange dieser Zustand schon dauern würde. Jesus sagte mir, dass es nun der zweite Zyklus wäre, den die Welt nicht registrieren würde. Als Zyklus wird die Umwandlung der Energien in einem bestimmten Bereich bezeichnet. Das, was die Welt eigentlich anziehen und ausgleichen sollte. Katango jedoch regte sich nicht und die Kräfte, die bei der Umwandlung entstanden waren, strömten frei in die Dimension hinein und das Energieniveau änderte sich immer weiter. Da die unterschiedlichen Welten und die Wesenheiten, die auf ihnen lebten, sehr empfindlich auf selbst kleine Energieumschwünge reagierten, würde das bald in einer Katastrophe enden.

Jesus pflichtete mir schnell bei und wir kamen zu dem Ergebnis, dass ich dorthinreisen sollte, um mir das Problem anzusehen. Zuerst analysierte ich die Bilder auf dem Hologramm und versuchte Unregelmäßigkeiten festzustellen, was aber nicht gelang. Jesus sagte, das würde ihn nicht wundern und er hatte schon so etwas vermutet, weshalb er wollte, dass ich dorthin reiste und eine Analyse startete. Ich stimmte zu, allerdings gab es ein Problem: Die Welt war hochfrequent und somit hochenergetisch, was es nicht einfach jedem Wesen möglich machte dorthinzureisen. Die Energien, die dort herrschten, waren für meinen Leib zu hoch und ich hätte, ebenso wie Gandolin großen Schaden dadurch erleiden können. Katango ist eine jener Welten, die nur von Wesen mit einer sehr hohen energetischen Schwingung besucht werden können, wie beispielsweise den Erzengeln oder wenige dafür konzipierte Wesenheiten. Doch selbst sie konnten sich auf dieser Welt nur sehr kurz und mit entsprechendem Schutz aufhalten. Die Energien der Welt abzusenken ging nicht, denn das hätte, das Energieniveau der Welt zusammenbrechen lassen und ihre Funktion wie auch das Energielevel der gesamten Dimension wäre zerstört worden.

Die einzige Möglichkeit, die übrig blieb, war, jemanden mitzuschicken, der dem Energieniveau trotzen und mich abschirmen konnte.

Luceriel meldete sich freiwillig und wurde von Jesus unterwiesen zu mir zu kommen. Es wurde uns gesagt, wir sollten so nah wie möglich zusammenbleiben, damit er mich, so lange wie es ging, abschirmen konnte. Meine Analyse musste schnell gehen, denn wir hatten nur ein Zeitfenster von umgerechnet 2 Minuten. Luceriel umschloss mich mit seinen Armen, und ich hielt mich an ihm fest. Er sagte mir, ich dürfe nicht loslassen, dann brachen wir auf.

Noch während des Sprungs begann er damit, mich abzuschirmen. Da die Welt keine feste Form hatte, und wir somit ebenfalls nicht, mussten wir unsere Energien ineinander verweben, damit wir zusammenbleiben konnten. Ich hatte weder Erfahrung darin, noch die Fähigkeiten dazu, doch Luceriel wusste, was er zu tun hatte, und so hatten wir schon bald sicher unseren Zielort erreicht. Ich begann mit der Analyse und konnte zuerst nichts wahrnehmen, dann aber bemerkte ich eine schwache Regung in eine der Energiebahnen. Ich bat Luceriel, mich dorthin zu bringen, was er auch tat. Allerdings gab er mir zu verstehen, dass dies unseren Aufenthalt erheblich verkürzen würde, denn wir würden dann direkt an einem energetischen Fixpunkt stehen, von dem aus starke Energien abgegeben wurden. Es würde ihm sehr viel Kraft kosten, die Abschirmung aufrecht zu erhalten, und die Zeit, die wir hierbleiben konnte, würde sich erheblich reduzieren. Ich sagte ihm, ich bräuchte nur 15 Sekunden, dann würde ich wissen, was los wäre, und wir könnten wieder zurückkehren. Er glaubte meinen Worten und wir sprangen dorthin, wo ich die Änderung ausgemacht hatte.

Es befand sich eine Anomalie nur wenige Meter von dem Fixpunkt entfernt. Die Energie an diesem Punkt war so stark, dass ich trotz der Abschirmung ein dezentes Kribbeln spüren konnte. Ich startete eine Analyse und entdeckte dann, dass der Fixpunkt von seiner ursprünglichen Stelle verrückt war. Nur eine Haaresbreite wich er von dem eigentlichen Sitz ab, doch es genügte, dass die Energien nicht mehr geradlinig, sondern wellenförmig herausströmen und die Kräfte eines anderen Fixpunktes, die dort vorbeiflossen, an der korrekten Fließrichtung hinderten. Dies waren allerdings die Analyseenergien, durch welche die Welt feststellen konnte, wo sie gerade gebraucht wurde. Da aber die verrückten Energien dort vorbei strömten, wurde eine ständige Disharmonie registriert und die Welt konnte darüber hinaus nicht mehr registrieren, wo andere Energieänderungen stattfanden. Dies in der

Summe sorgte dafür, dass sie sich nicht von der Stelle bewegte. Ich sagte Luceriel, ich hätte den Fehler erkannt und wir könnten wieder zurückkehren.

Die Rückkehr war kein Problem. Innerhalb kurzer Zeit waren wir wieder zurück. Allerdings war etwas schiefgelaufen: Die Auseinanderführung unserer Energien hatte nicht wie geplant funktioniert und wir hingen noch an den Armen und Beinen zusammen. Jesus sagte uns, es würde kurz dauern, bis sich alle Energien wieder voneinander gelöst hätten, denn sie würden zueinanderpassen wie der Schlüssel in ein Schloss. Ich konnte mit der Aussage noch nicht viel anfangen zu der Zeit, kann aber im Nachhinein sagen, dass es wohl einer der Momente war, der uns einander das erste Mal näher gebracht hat.

Jedenfalls habe ich dann von meiner Analyse berichtet und weitergegeben, dass ich vermute, dass der Fixpunkt wieder zurechtgerückt gehört. Jesus überlegte kurz, dann nickte er und sagte, er würde mit den Erzengeln alles Weitere besprechen. Sie waren die Einzigen, denen es mit Gottes Hilfe möglich war, den Fixpunkt zu verlegen. Wie es zu der Verschiebung gekommen war, ist schwer zu sagen. Die wahrscheinlichste Theorie ist, dass es durch die Richtung der Energien an einem Punkt zu Kräften gekommen war, die ihn verrückt hatten. Sicher war das aber nicht.

Ich und Luceriel setzten und unterhielten uns, solange bis sich unsere Energien wieder entwirrt hatten, und kamen uns dabei auch das erste Mal etwas näher. Es ist schon erstaunlich, welche Wege Gott wählt, um sein Vorhaben in bestimmte Bahnen zu lenken.

Ich schrieb im Anschluss noch meinen Bericht und Luceriel wurde zu der Verschiebung des Fixpunktes hinzugezogen. Jesus hatte mir gesagt, ich müsse dieses Mal mein Siegel nicht setzten, sondern er würde sich selbst darum kümmern, weshalb der Auftrag hier für mich beendet war. Allerdings wäre durch das fehlende Umwandeln der Energien ein Ungleichgewicht auf einigen Welten aufgetreten und die Aufträge würden nicht abreißen, bis der Fixpunkt an seinen alten Platz sei. Somit machte ich mich auf den Weg zu dem großen Hologramm, auf dem viele unterschiedliche rote Punkte blinkten, die eine Menge Arbeit offenbarten. Die Auswirkungen der Probleme auf

Katango würden wir noch längere Zeit zu spüren bekommen.

Bezewel

Bezewel ist einer jener Welten, die durch die Probleme in Katango in Mitleidenschaft gezogen wurden. Sie ist im Gegensatz zu Katango eine geistige Welt mit der Möglichkeit der Materialisation, kann also eine geordnete geistige Form annehmen. Allerdings ist sie unbewohnt und zeigt sich in einer gräulichen Felsenlandschaft auf der oft Sandstürme wüten, die den feinen Metallstaub der Steine die dort die Landschaft prägen, durch das Land tragen. Sie ist nicht allzu hochenergetisch, allerdings sind die Bedingungen auf der Welt durch die umherfliegenden, spitzen Metallsplitter alles andere als angenehm und ideal. Es ist gefährlich dorthinzureisen und man benötigt eine Schutzrüstung, damit die teils dolchartigen Splitter keine Wunden reißen.

Durch den Energieumschwung durch die Fixpunktverrückung auf Katango waren die Bedingungen sogar noch um einiges schlimmer geworden. Die Metallsplitter waren nun so groß wie Kürbisse und heftige Tornados wüteten über die Ebene. Durch die Energieunterschiede entstanden zuckende Blitze, durch die sich das Metallgestein teilweise auflud und zu glühen begann. Es herrschte eine schier unerträgliche Hitze und ein zäher Gestank nach durchgebranntem Metall an dem Ort. Niemand war scharf darauf dorthinzureisen und ich wollte das auch keinen der anderen Wanderer zumuten, also entschied ich mich selbst dorthinzugehen, als es notwendig wurde.

Ich sagte Gandolin Bescheid und nachdem er mein Energieniveau angepasst hatte, brachen wir auf. Er brachte uns zu einem Randgebiet am Fuße der Berge, denn dort war es etwas ruhiger. Allerdings würde es mich hier mehr Kraft kosten, alle Bereiche der Welt zu analysieren. Normalerweise achtet man darauf etwas mittiger auf eine Welt zu gelangen, damit der Radius zu allen äußersten Punkten möglich gleich und gering ist. Dies war hier allerdings nicht umsetzbar, denn in den besagten flacheren Gebieten auf dieser Welt wüteten die heftigsten Tornados und Blitze. So musste ich nun aus dem östlichen Randgebiet der Welt meine Analyse starten.

Es dauerte etwas und ich brauchte insgesamt drei Durchläufe, bis ich alle Gebiete erfasst und das

Problem erkannt hatte: Auf einem der Bergspitzen war ein deutliches Schwanken der Energien zu vernehmen. Von dort gingen auch die meisten Blitze aus.

Ich blickte Gandolin an und wir schienen das Gleiche zu denken: Es war unvermeidlich dorthinzuspringen aber ... Wie sollten wir dort oben arbeiten können, ohne uns selbst zu gefährden? Jeder weiß, dass Blitze sich immer an der höchsten Stelle entladen, weshalb es denkbar ungünstig wäre, sich auf einen hohen Berg zu stellen, der noch dazu die Quelle des Ungleichgewichts ausmacht. Michael hatte uns zwar spezielle ableitende Rüstungen mit absorbierenden Energiesteinen darin besorgt, jedoch waren die auch nicht dafür ausgelegt, sich als Blitzableiter anzubieten, sondern eher um eventuelle Einschläge abzuschirmen.

Ich beobachtete die niederdonnernden Blitze noch eine kurze Zeit, bis mir schließlich eine Idee kam. Auf der Spitze des Berges befanden sich einige Felsen. Wenn meine Einschätzung mich nicht täuschte, war der Metallgehalt darin von extrem hoher Dichte, was bedeuten würde, dass sie die Blitze gut anziehen würden. Wenn wir es schaffen würden, ein paar davon auf einem Fleck zu platzieren, würden sie wie ein Anziehungspunkt für die Blitze wirken, die sich dort bildeten und wir wären außer Gefahr. Ich berichtete Gandolin von meinem Vorhaben und er stimmte nach einiger Überlegung schließlich zu. Wir sprangen auf einen Absatz unterhalb der Spitze, auf der ich das Problem analysiert hatte, und kletterten über einen innenliegenden Felspfad nach oben. Dort angekommen, standen wir auf einem unebenen Berghügel. Wie erwartet, ruhten viele unterschiedlich große Felsen an diesem Ort. Die Luft roch nach Metall und war erfüllt von zwickendem Knistern, das über die Haut wanderte. Nur wenige Meter vor uns schossen hochenergetische, blaue Blitze durch die Luft und wir duckten uns erschrocken hinweg. Als eine kurze Pause eingetreten war, sammelten wir einen Felsen nach dem anderen und schichteten einen großen Haufen auf. Unser Plan funktionierte. Die Blitze, die sich bildeten, wurden davon angezogen und fuhren auf ihn hernieder. Ich und Gandolin nutzten dies sogleich und ich fühlte mich in die Analyse ein, um den genauen Punk der Disharmonie auszumachen. Direkt am Scheitelpunkt des Berges vernahm ich eine klare Unregelmäßigkeit. Dort befand sich ein Ausgleichspunkt, durch den normalerweise überschüssige Energien abgegeben wurden. Allerdings strömten durch ihn Kräfte in die Welt hinein. Sie waren denen, die auf Bezewel herrschten sehr ähnlich aber nicht identisch. Höchstwahrscheinlich war dies durch das Problem auf Katango entstanden. Immerhin war diese Welt dafür zuständig, Unstimmigkeiten auszugleichen und überschüssige Energien zu filtern. Da dies aber nun nicht passierte, strömten sie woanders hin, änderten das Energieniveau in den Welten oder wie es wohl hier der Fall war, wichtige Energiepunkte. Manche Energien sind nicht dafür gemacht, dass sie zusammenkommen. Sie können ihre Wirkung aufheben, verstärken oder gar ändern. Manche Mischungen können explosiven Charakter entwickeln, weshalb solch ein Einsatz auch schnell gefährlich werden kann. Ich beschloss, mit Gandolin aufzubrechen und Jesus Bescheid zu sagen. Er würde wissen, was in diesem Fall zu tun war.

Er schickte einige Engel aus, die, so wie mir gesagt wurde, die Energien nach Katango umleiteten. Dann sandte er Erzengel aus, die den Energiepunkt neu ausrichteten. Um die Abnahme musste ich mich auch dieses Mal nicht kümmern, weil Jesus selbst die Missionen überwachte und absegnete. Ich schrieb also meinen Bericht und blieb bis zur Behebung des Problems mit den Engeln in Kontakt, damit ich Querverweise und Anmerkungen in den Bericht schreiben konnte.

Amongarv

Amongarv ist eine Welt in der Gidus-Dimension die nur etwa 20 Welten umfasst. Diese sind belebt und bieten eine große Artenvielfalt.

Wie ich bereits anmerkte, gibt es viele Welten, die in unterschiedliche Bezirke eingeteilt sind. Dabei ist es so, dass oft eine Art Wesenheit in einem bestimmten Bereich lebt, weil dort die Bedingungen optimal sind, für andere aber nicht.

Amongarv hingegen, ist wie die Erde eine gemischte Welt. Das bedeutet, dass viele verschiedene Arten von Wesenheiten über die ganze Welt verteilt zusammen leben. Sie helfen sich gegenseitig und sind voneinander abhängig.

Die Orte sind ebenso benannt wie in anderen Welten, jedoch nicht nach den Geschöpfen die dort leben, sondern nach der Beschaffenheit der Landschaft. Es gibt wie auf der Erde Bereiche die wärmer, und welche die kälter sind. Dort blühen saftige Wiesen mit allerhand fruchtig duftenden Blume und wilde Wälder mit verschnörkelten Bäumen die wie aus einem Märchenbuch wirken bilden mit ihren dichten Laubkronen ein Dach über einige Bereiche der Welt. Am Rande der Täler prangern riesige Bäume aus weißem Gestein, in dessen inneren viele seltene Edelsteine zu finden sind. Außerdem weißt Amongarv eine Besonderheit auf: Fünf lange Flüsse ziehen sich durch die ganze Welt hindurch. Wie ein Stern rollen sie sich durch die malerischen Landschaften und sammeln sich in der Mitte in einen großen See. Jeder der Ströme hat eine andere Farbe, sodass am Ende das Bild eines Regenbogens entsteht. Es wird vermutet, dass die unterschiedlichen Flüsse Einwirkungen auf die Elemente haben, denn sie tragen die dementsprechenden Farben. Die Quellen, aus denen sie sprudeln, sind dabei mit verschieden farbigen Edelsteinen versehen, die im Licht wunderschön glitzern.

Normalerweise fließen diese Flüsse gleichmäßig. Sie geben den Energien, die in der Welt wirken Richtung und Stabilität. Die Wesen die dort leben, sind somit abhängig von ihrer Harmonie.

Wenn etwas diese ins Wanken bringt, droht das ganze System zu kippen. Es ist also schnelles Handeln gefragt.

So war es auch bei einem meiner ersten Aufträge, der mich nach Amongarv führte.

Es war Michael, der mir Bescheid sagte, das etwas nicht stimmte. Ich war gerade aus einem anderen Einsatz zurückgekehrt und hätte meinen Bericht schreiben sollen, als er mich abfing. Eigentlich wollte ich mich im Anschluss mit Luceriel treffen, um etwas Stabkampftraining zu absolvieren. Er kam gerade durch die Tür des Versammlungsgebäudes hindurch, um mich abzuholen. Sein Blick sank deutlich, als er Michael bei mir stehen sah. Ich denke, er wusste bereits Bescheid, dass es mit unserem Treffen wieder nichts werden würde. Michael sagte mir, es gäbe einen Notfall und ich sollte mitkommen. Ich warf Luceriel einen entschuldigenden Blick zu, doch anstatt zu gehen, folgte er uns zu der Hologrammtafel im großen Versammlungsraum.

Darauf blinkte immer wieder ein roter Punkt auf, während das typische alarmierende Piepen an meine Ohren drang. Ich sah aufgrund der Lage der Welt gleich, dass es sich um Amongarv handelte. Michael erklärte mir, dass es eine Unstimmigkeit gab und mehrere Wesen an unterschiedlichen Orten in der Welt um Hilfe gerufen hätten. Offenbar war irgendetwas mit den Flüssen dort nicht in Ordnung.

Ich kannte die Welt bereits von einem vorherigen Einsatz und freute mich, wieder dorthinzukommen, weil die Landschaften dort wirklich außergewöhnlich schön waren. Auch die Luft hatte eine besondere Frische in sich und man fühlte sich unglaublich lebendig, wenn man dort umherwanderte. Michael sagte mir, die Wesen hätten eindrücklich nach mir verlangt, weshalb Gott bestimmt hatte, dass ich den Auftrag übernehmen sollte. Freude stieg in mir auf und ich wollte gerade Gandolin rufen, als Luceriel zu mir trat und mir anbot, mich zu begleiten. Ich war verwirrt, denn es gab logisch gesehen keinen Grund, einen Erzengel mit auf die Mission zu nehmen. Was wohlgemerkt nicht heißen sollte, dass ich mich nicht über seine Gesellschaft gefreut hätte. Es war einfach nicht üblich. Michael schien genau so überrascht zu sein wie ich, zumindest verriet das sein Gesichtsausdruck.

Er fragte ihn, ob er nicht Bescheid bekommen hätte, dass eine Besprechung der Erzengel einberufen worden wäre. Luceriel senkte den Blick und sagte, dass er es gehört habe, aber wenn ich seine Hilfe brauchen würde, dann könne er das klären.

Ich bedankte mich jedoch und sagte ihm, dass ich das hinkriegen würde und er zur Besprechung gehen könne. Er wirkte etwas niedergeschlagen, lächelte dann aber und nickte. Ich sagte Gandolin Bescheid, der kurz darauf eintraf, und wir machten uns nach den üblichen Vorbereitungen auf den Weg.

Wir kamen auf einer duftenden Wiese direkt vor dem hell glitzernden See heraus, indem sich die fünf Flüsse vereinten. Ich erkannte bereits nur anhand der Betrachtung das irgendetwas nicht stimmte: Normalerweise gingen die Farben der unterschiedlichen Flüsse sanft ineinander über, doch jetzt erkannte man ganz klar die Kanten zwischen den einzelnen Strömen. Ich begann mit meiner Analyse und stellte eine Auffälligkeit in der Mitte des Sees fest. Dort unten saß ein großer Edelstein, der die Energien miteinander verwob und harmonisierte. Die Wahrscheinlichkeit war sehr groß, dass es damit ein Problem gab. Allerdings musste ich, um das herauszufinden, dort hinunter. Da aber die Energien nicht aufeinander abgestimmt waren, würde ich einen stärkeren Schutz brauchen als normalerweise üblich.

Ich weihte Gandolin in mein Vorhaben ein und er brachte alle Kraft auf, die er hatte, um eine Art Schutzpanzer um mich herum zu bilden.

Ich watete langsam in den See vor und stellte fest, dass es funktionierte. Ich spürte die Energien nicht auf meiner Haut und konnte voranschreiten. Gandolin allerdings hatte einiges zu tun damit, das Schild aufrecht zu erhalten. Wir schwammen bis etwa in die Mitte des Sees, dann tauchten wir ab. Der See war ungefähr 20 Meter tief, doch der Edelstein ragte weit nach oben, sodass wir gut 5 Meter abtauchen mussten. Normalerweise glänzte er in einem hellen Blau, doch als wir dort ankamen, war er erloschen und flackerte nur hin und wieder kurz auf. Somit hatten wir also den Beweis, dass die Unregelmäßigkeit von dem Edelstein herrührte. Gandolins Schutz schwächelte langsam und so spürte ich das erste Ziepen auf der Haut. Wir tauchten auf und wollten gerade zurückschwimmen, als der Schutz gänzlich versagte. Die Energien zerrten an meinem Körper und ich war nicht mehr in der Lage zu schwimmen. Gandolin versuchte, mich aus dem Wasser zu ziehen, doch auch ihm fehlte wegen der enormen Energie, die er verbraucht hatte die Kraft.

Ich spürte ein schreckliches Brennen an meinem Leib und eine immer stärker werdende Übelkeit stieg in mir auf. Mein Blick verschwand kurz wie hinter Nebel, dann spürte ich, dass mich jemand packte und ans Ufer trug. Wärme durchdrang plötzlich meinen Leib, das Brennen legte sich und mein Blick wurde wieder klar. Ich war erstaunt, als ich Luceriel erblickte, der mich mit Energie flutete. Er hatte eine Barriere um mich herum errichtet, um mich abzuschirmen. Ich fragte ihn, was er hier mache und ob er nicht bei der Besprechung sein müsste, doch er sagte, er hätte nicht anders gekonnt, als herzukommen. Ich war in dem Moment einfach nur dankbar und dachte auch nicht weiter darüber nach.

Wir machten uns auf den Weg zurück und ich erzählte ihm währenddessen, was wir heraus-gefunden hatten. Ich lächelte in mich hinein, als mir bewusst wurde, dass Luceriel der zuständige Erzengel für Edelsteine war und wir denjenigen den wir brauchten, bereits bei uns hatten. Ich sagte ihm, Gandolin würde mich zurückbringen und er könnte sich derweilen schon um das Prob-lem kümmern. Er bestand allerdings darauf, dass er mich begleiten und sicherstellen konnte, dass ich mich noch in der Krankenstation durchchecken lassen würde. Gandolin ging es derweilen wieder besser. Er hatte von Luceriel ebenfalls Energie bekommen und sich von den Strapazen sehr gut erholt.

Der Erzengel brachte mich wie angekündigt zurück und wir gingen zu der Krankenstation, wo ich ein paar Beeren für den Energieausgleich bekam und mir gesagt wurde, dass ich mich etwas erholen sollte. Jesus gab mir daraufhin einige Zeit frei. Ich verbrachte sie damit, im Tempel zu beten, zu singen und in der wunderschönen Natur spazieren zu gehen. Luceriel besuchte mich täglich, um zu sehen, wie es mir ging. Oftmals unternahmen wir auch zusammen etwas. Dies freute mich sehr, denn in der vergangenen Zeit hatte es oft nicht geklappt, wenn wir uns treffen wollten. So wurde ich schnell wieder fit und konnte bald meinen nächsten Auftrag antreten.

Niecamon

Niecamon ist eine rein geistige Welt, die mittig in der Kipra-Dimension liegt. Sie ist eine still stehende Welt, ändert ihren Standort also nicht. In ihrer Struktur befindet sich ein Multifixstern. Das heißt, dass dieser Punkt verschiedene Energien aus unterschiedlichen Dimensionen miteinander verbindet. Die Welt ist wie ein Knotenpunkt, von dem aus viele verschiedene Energiestränge in alle Richtungen führen. Sie ist mit der Butagon-Dimension, der Siprazma-Dimension und der Mikula-Dimension verbunden. Jede einzelne dieser Dimensionen umfasst mehrere 100 Welten, die unbewohnt und bewohnt sind. Einige davon sind, so wie es in fast allen Dimensionen der Fall ist hochenergetisch.

Niecamon ist eine stille Welt, denn dort gibt es keine Leben. Sie wird nur dann besucht, wenn es notwendig ist. Das hängt mit dem wechselartigen Energieniveau zusammen.

Hitarvie ist die nächstgelegene Welt. Sie ist eine Zwischenwelt, in der die Energien von Niecamon hineinfließen. Über diese Welt werde ich im nächsten Kapitel berichten.

Zuerst aber wenden wir uns Niecamon zu. Sie stellt wie bereits erwähnt einen Multifixstern da. Die Energien der unterschiedlichen Dimensionen werden dort fixiert und dann in gerichteten Bahnen zu der nächstliegenden Zwischenwelt weitergeleitet. Das ist wichtig, damit sich Wesen die in der Zwischenwelt ankommen auf alle Energien umstellen können, die in der Dimension herrschen in die sie reisen wollen.

Der Fixstern wirkt dabei wie ein magnetischer Punkt, der die Kräfte anzieht und ihnen eine Fließrichtung gibt. Normalerweise hält die Eigenwirkung des Fixsterns die Energien voneinander getrennt und sie strömen geordnet in den vorgegebenen Bahnen. Was passieren kann, wenn dies einmal nicht mehr richtig funktioniert, zeigt der nächste Auftrag, von dem ich berichten möchte.

Ich war gerade in einer Besprechung mit den anderen Wanderern, als ein schriller Alarm ertönte und Jesus durch die Tür in das Besprechungszimmer trat.

Er trug Sorgenfalten auf der Stirn, was ein ungutes Gefühl in meinem Bauch verursachte. Er sagte, dass sich ein großes Problem aufgetan hätte. Es gab Meldungen von Niecamon. Irgendetwas schien dort nicht zu funktionieren. Die Energiebahnen, die in die Zwischenwelt nach Hitarvie flossen, waren fehlerhaft. Einige der Wesen, die dort gewesen waren, um sich zu neutralisieren, hatten bereits Schäden davongezogen, weil der Ausgleich nicht richtig funktioniert hatte. Die Energien schienen fehlerhaft dort anzukommen, wodurch sich die Wesen nicht anpassen konnten und erhebliche Probleme bekamen, wenn sie in eine andere Dimension wechselten. Gott sei Dank waren es bis jetzt gerade einmal drei, die einen Schaden erlitten hatten. Die dort lebenden Arbeiter waren sogleich angewiesen worden, die Durchgänge zu schließen. Allerdings war das nur ein Anfang, denn das Problem musste umgehend behoben werden.

Interessanterweise schien es so zu sein, dass zuerst eine Meldung von Niecamon durchgegeben wurde, ehe die Probleme auf Hitarvie auftraten, weshalb geschlussfolgert wurde, dass das Problem dort lag. Ich gab Jesus Recht und sagte, wir würden uns darum kümmern. Der Messias teilte uns mit, dass wir schnell handeln müssten, denn die Probleme würden sich auf die Welten der Dimensionen ausweiten, die an dem Fixstern miteinander verbunden waren.

Ich teilte Gruppen mit je drei Wanderern ein, denn ich hatte die Vermutung, dass die Analyse eines Fixsterns alleine schwierig werden konnte. Außerdem hatten wir dadurch die Möglichkeit, sofort zu den entsprechenden Welten und Dimensionen weiterzureisen, in denen bereits Probleme bestanden.

Ich nahm in meine Gruppe Fiparco und Dandjano mit. Der erste von ihnen ist Wanderer zweiter Klasse, der zweite Wanderer der ersten Klasse. Dandjano ist auf der Erde unter den Namen Daniel bekannt und war ein Prophet Gottes. Auch er hat bereits viele Leben hinter sich und einiges gesehen und erlebt. Er ist ein eher kleinerer Kerl, mit schwarzen schulterlangen Haaren und wachen grauen Augen, denen nichts entgeht. Seine Fähigkeiten sind umfangreich. Er ist sehr schnell und besitzt eine ungeheure Auffassungsgabe. Das Analysieren, auch von Fremdenergien liegt ihm besonders gut und so hatte ich es für eine gute

Entscheidung befunden, ihn mitzunehmen. Fiparco ist ein schneller Denker und besitzt ungeheure sensorische Fähigkeiten. Er kann oft schon Probleme spüren, wenn er nur die Abstimmung mit den Energien hinter sich gebracht hat. Er ist ziemlich groß und hat langes braunes Haar, das er aber fast immer zu einem Pferdeschwanz gebunden trägt.

Die Bewahrer der beiden mussten natürlich auch mitkommen. Jeder Wanderer benötigt seinen eigenen Bewahrer, der auf seine Energien abgestimmt ist. Sie tragen den Namen Situjalin und Jukanulin und passen von Stand und Fähigkeiten perfekt zu ihren Wandererkollegen. Wie Gandolin sind sie sehr groß und eher schlank. Ihre Ohren sind spitz zulaufend und ihr Blick streng. Typischerweise tragen sie lange Zöpfe, wobei Situjalin rote und Jukanulin braune Haare hat.

Wir sagten ihnen Bescheid und brachen dann bereits kurze Zeit später auf.

Da Niecamon eine feinstoffliche Welt ist, konnten wir natürlich nur in feinstofflicher Form hinreisen.

Dort angekommen stellten wir ziemlich schnell fest, dass die Energiebahnen nicht wie üblich geradlinig verliefen, sondern teilweise Kurven schlugen und sogar versuchten, sich zu mischen, was immer wieder für heftiges Zischen und Entladungen sorgte. Wir analysierten die unterschiedlichen Energiestränge und kamen schließlich zu dem Fixstern selbst. Aus irgendeinem Grund war die Fähigkeit, die Energien sauber voneinander getrennt zu halten gestört. Das war ein Problem, denn ein Fixstern konnte nur von Gott selbst oder den Erzengeln gemeinsam bearbeitet werden. Es lag ein besonderer Schutz darauf. Außerdem würde es höchstwahrscheinlich etwas dauern, denn diese Punkte waren sehr empfindlich und es war nicht ungefährlich so viele unterschiedliche Energien zu entwirren und neu zu verweben.

Wir starteten dann nochmals einige Analysen um herauszufinden, wo die fehlerhaften Energien hingeflossen waren. Zu unserer Erleichterung stellten wir fest, dass alle in die Zwischenwelt Hitarvie flossen und sich nicht anderweitig zerstreut hatten. Das Aufatmen währte allerdings nur kurz, denn wir wussten, dass die Dimensionen die durch die Zwischenwelt verbunden wurden, dadurch gefährdet waren. Es war zügiges Handeln nötig. Ich trug Fiparco auf, in die Himmel zurückzukehren, um dort Bericht zu erstatten und die notwendige Hilfe zu organisieren. Ich und Dandjano wollten mit unseren Bewahrern gleich weiterreisen, um uns die Lage auf Hitarvie anzusehen. Diesen Auftrag erläutere ich nun im nächsten Kapitel.

Hitarvie

Hitarvie ist wie bereits erwähnt eine Zwischenwelt. Sie liegt in der Kipra-Dimension direkt neben der Welt Niecamon. Die Energien die von dem Fixstern in Niecamon gebündelt und gerichtet werden laufen dorthin. Durch verschiedene Tore kann dann ein Wesen von dort in eine andere Dimension gelangen. Jedes Tor führt dabei in eine andere Dimension. Daran schließen Tunnel an, die in die unterschiedlichen Welten führen die in der jeweiligen Dimension liegen.

Da Niecamon die Energien richtet und dorthin leitet, ist es eine logische Konsequenz, dass Hitarvie in Mitleidenschaft gezogen wird, wenn es dort Probleme gibt.

So war es, wie wir bei unserem Besuch auf Niecamon festgestellt hatten auch dieses Mal, weshalb ich mit Dandjano gleich dorthingereist war, um mir die Lage anzusehen.

Von Jesus wussten wir bereits, dass es drei Wesenheiten gab, die durch die fehlerhafte Anpassung bei dem Übertritt in die andere Dimension Probleme bekommen hatten. Die Durchgänge waren nun von den Arbeitern geschlossen worden, damit keine weiteren Wesen gefährdet wurden. Als wir dort mit unseren Bewahrern ankamen, war es ungewöhnlich still. Normalerweise zogen die Arbeiter über die staubige, rote Felsenebene und gaben dabei gluckernde bis pfeifende Laute von sich. Wie die Zwischenwelt waren sie geistig, konnten sich aber materialisieren. Sie zeigten sich meist als scheinende humanoide Gestalten mit zottigen Ohren und langen Gliedmaßen. Von uns Lichtwesen werden sie kurz Fex genannt. Sie sind sehr freundlich und fast immer in Bewegung. Schon alleine an ihrem jetzigen Verhalten konnte man erkennen, dass etwas ganz und gar nicht stimmte. Ich und Dandjano starteten unsere Analyse. Wir erschraken heftig, als uns die Erkenntnis traf, dass es gleich mehrere Punkte gab, die Schwierigkeiten bereiteten. An einigen Stellen waren die Energien ungewöhnlich dünn, an anderen waren sie ineinander übergegangen und neue Kräfte entstanden dort, die wiederum ganze Stränge aus dem Gleichgewicht brachten. Auch die Durchgänge waren betroffen. Ich ging dorthin und hoffte, dass sich dahinter das Chaos verlor und die Tore zumindest etwas von der Energie zurückhalten würden. Wie sich bald herausstellte, war es zwar nicht so schlimm wie befürchtet, aber dennoch extremer als erhofft. Einige der Kräfte flossen in abgeschwächter Form durch das Tor hindurch in die Weltentunnel. Das würde in den betroffenen Welten sehr bald für Chaos sorgen. Dandjano hatte derweilen die Durchgänge auf der anderen Seite der Welt analysiert und berichtete mir, dass sich dort ein ähnliches Szenario zeigte. Wir trugen alles zusammen um den Überblick nicht zu verlieren und beschlossen dann, in die Himmel zurückzukehren. Es war von größter Wichtigkeit, das Energieniveau in der Welt wieder herzustellen, denn je länger die fehlerhaften Energien in die Dimensionen flossen, desto größer würde das Chaos in den betroffenen Welten werden. Bevor wir allerdings handeln konnten, mussten wir warten, bis der Fixstern auf Niecamon repariert war. Es würde nichts bringen, das Chaos auf Hitarvie zu beseitigen, wenn immer neue fehlerhafte Energien in die Welt eingespeist wurden. Allerdings konnte man vielleicht die Auswirkungen auf die Welten minimieren. Ich hatte dazu einen Gedanken, wollte aber erst mit Jesus darüber reden. Es würde ohnehin ihm und den

Erzengeln obliegen, etwas zu unternehmen. Meine Aufgabe war hier derweilen erledigt. Das Einzige, was ich noch tun könnte, wäre in die betroffenen Welten zu reisen, um gleich das Problem zu analysieren. Da ich aber nicht wusste, was Jesus nun genau vorhatte, war es ratsam zuerst einmal zurückzukehren.

Der Messias schickte gleich Raphael aus, der sich das Problem näher ansehen sollte. Luceriel, Michael und Gabriel waren derweilen auf Niecamon, um sich den Fixstern vorzunehmen. Raphael sollte anschließend wieder dorthinkommen, um sie zu unterstützen. Er sagte mir, dass ich noch einen Folgeauftrag erhalten würde, wenn der Fixstern repariert war. Ich und meine Wandererkollegen sollten zu den Welten reisen, die betroffen waren, um die Fehlerquellen auszumachen und alles zu dokumentieren. Ich rief die Wanderer zusammen und gab die Aufträge dementsprechend ihrer Fähigkeiten weiter, dann machte ich mich mit Gandolin ebenfalls auf den Weg zu einem neuen Einsatz.

Nerov

Eine der Welten, die von dem Energiechaos betroffenen war, heißt Nerov. Sie ist eine geistige Welt mit der Möglichkeit der Materialisation und von ihrem Aussehen sehr sonderbar. Die Landschaft ist lilafarben. Die Felsen, die Bäume und die Seen, die es dort gibt, leuchten in unterschiedlichen Lilatönen. Auch die Wesen, die in dieser Welt leben, sind eigen. Es sind Steinwesen, mit großen Mündern die Löwen ähneln. Außerdem gibt es dort fliegende Fischwesen die Wasser speien, behaarte Bäume, Blumen die Hörner tragen und katzenähnliche Wesen die auf zwei Beinen laufen und einen humanoiden Körper aber einen schuppigen Schweif besitzen. Obwohl sie sehr einzigartig sind, leben die Geschöpfe alle im Einklang miteinander und ihre Reviere überlappen sich teilweise.

Die Energien an diesen Orten sind höchst unterschiedlich, manchmal unruhig, aber geordnet. Bis zu diesem Moment war noch nie etwas auf Nerov vorgefallen, weshalb es gänzlich unbekannt war, was passieren würde. Genau deswegen hatte ich mich dafür entschieden selbst dorthinzureisen. Im Nachhinein betrachtet, war das auf der einen Seite eine gute Entscheidung, aber auf der anderen war sie riskant, wie ich ihm folgenden Bericht darstellen werde.

Ich war gerade mit einem Auftrag fertig, als auf der Hologrammtafel die Meldung aus Nerov aufblinkte. Ich redete kurz mit Jesus, der mir schließlich erlaubte, dorthinzureisen. Ich sah mir einige Nahaufnahmen der Welt auf der Tafel an, konnte aber auf den ersten Blick nichts Auffälliges feststellen. Gandolin war auf meinen Ruf hin schnell gekommen und wir machten uns sehr bald auf den Weg.

Unser Ziel war ein weitläufiger, gepflasterter Platz, der, so stellte sich später heraus, im Herzstück von Nerov lag. Es gab mehrere große Städte in dieser Welt, doch die größte von ihnen ist Ligar. Sie liegt sehr mittig in Nerov und hat um die 80000 Einwohner. Die Katzenwesen, von denen ich sprach, die dort die weiteste entwickelte Rasse darstellen und Mutzags genannt werden, wohnen darin in großräumigen weißen Gebäuden mit runden Fenstern und Glastüren, die in den Boden versenkt werden können. Die

Technik in dieser Welt ist der in den Himmeln ähnlich und so stellt sich das Leben dort auch dar. Große Wolkenkratzer ragen zwischen den Wohnhäusern empor, in denen viele der Wesen ihre Arbeit verrichten.

Als ich und Gandolin auf dem großen Stadtplatz herauskamen, wurden wir zuerst kontrollierend beäugt, doch auch freundlich begrüßt. Die Wesen haben ihre eigene Sprache entwickelt, können aber trotzdem unsere verstehen, und sich gut verständigen. Ich erklärte die Situation und sagte ihnen, dass wir Meldung bekommen hätten, dass etwas in Nerov nicht stimmen würde. Die Wesen wirkten zunächst verwirrt, was ich verstand, denn nach der ersten Analyse, konnte ich keine Auffälligkeiten feststellen. Sie brachten uns zu ihrem Anführer, der in einem mächtigen Wolkenkratzer in den oberen Stockwerken sein Büro hatte. Mit ihm sollte ich sprechen, denn er würde stets wissen, was in Nerov vor sich gehen würde. Wir betraten also das beinahe steril wirkende Gebäude und fuhren mit dem Überschallaufzug bis ganz ihn die zweiundsechzigste, letzte Etage. Dort saß eines der Wesen an einem Schreibtisch und grübelte über einem Bauplan. Es trug einen schwarzen Anzug und hatte die Hände ineinander verschränkt, während es die Papierbögen studierte. Anfangs schien es uns nicht zu bemerken, doch als zwei der Wesen die uns begleitet hatten, es ansprachen, hob es den Kopf an und blickte überrascht. Ich stellte mich und Gandolin vor und teilte unser Anliegen mit. Es bedankte sich bei den Arbeitern, die uns zu ihm gebracht hatten, dann schickte es sie weg und sein Gesicht wurde dunkel und schwer. Es trat an ein großes Gemälde heran, das links von seinem Schreibtisch aus an der Wand hing und betätigte einen versteckten Hebel. Mit einem kurzen Scheppern versenkte sich auf der anderen Seite ein Stück der Mauer in den Boden und gab einen Durchgang frei. Das Wesen zwängte sich hindurch in einen schmalen Gang und gab uns mit seiner Hand ein Zeichen ihm zu folgen. Mir und Gandolin war etwas mulmig zumute und wir waren uns zuerst unsicher, ob wir mitgehen sollten. Dann allerdings blitzte das Gespräch mit Jesus in meinem Kopf auf und mein Herz wurde mit einer stillen, aber intensiven Zuversicht durchflutet, dass alles so seine Richtigkeit hatte. Wir folgten also dem Wesen in einen langen staubigen Gang, der an einer Treppe mündete. Wir gingen dort hinunter und es schien, als würde der Abstieg kein Ende nehmen. Unten angekommen befand sich ein einziger enger Vorraum, an dem ein Eisentor anschloß. Ein kleines Kästchen blickte davor. Das Wesen ging dorthin und gab in das Zahlenfeld einen Code ein, außerdem ließ es sein Gesicht von einem Laserstrahl abtasten, der aus dem Gerät herausdrang. Mit einem lauten Scheppern löste sich der Sperrriegel der Tür, und das Metall schob sich schwerfällig zu Seite und gab eine unscheinbare Tür frei, die sich ebenfalls mit einem Klacken entriegelte. Ich hatte ein seltsames Gefühl, doch wieder hallten Jesus Worte durch meinen Kopf und die Gewissheit in meiner Brust nahm weiter zu. Was immer uns dort drinnen erwarten würde ... Es wäre sehr wichtig. Auch wenn es vielleicht gefährlich werden würde.

Das Wesen trat durch die Tür hindurch und gab uns ein Zeichen ihm zu folgen. Dahinter befand sich erneut ein langer Gang, der links und rechts in unterschiedliche Räume führte. Jeder davon war extra noch einmal mit einem ähnlichen System gesichert, wie die Tür, durch die wir hindurchgekommen waren. Das Wesen ging gezielt auf eine Tür auf der rechten Seite zu und entriegelte das System. Dahinter befand sich ein einziger, winziger Raum mit einer Bodenklappe, die aber ebenfalls gesichert war. Das Wesen hielt einen seiner Ringe, die es an seiner Hand trug an eine Einkerbung. Ein Scheppern erklang und die runde Bodenplatte schob sich zur Seite und gab den Weg nach unten frei. Dort zum Vorschein kam eine lange Leiter, die in ein Loch führte, das so tief war, dass man den Boden nicht erahnen konnte. Nun schlug mir mein Herz endgültig bis zum Hals und Gandolin hielt mich kurz zurück, um zu fragen, ob das eine gute Idee sei. Der Gedanke des Rückzugs schob sich immer wieder in meinen Kopf aber gleichsam das Gefühl, dass alles was gerade passierte, so sein musste. Genau das erklärte ich auch Gandolin. Er schien skeptisch zu sein, vertraute aber meinen Urteilsvermögen trotzdem.

Wir folgten also dem Wesen in das schwarze Loch. Unten angekommen standen wir erneut vor einer Tür, die das Geschöpf entriegelte. Es sagte uns, wir sollten nicht zu nah rangehen, die Energie wäre ungeheuer stark. Wir wussten mit der Information zuerst nichts anzufangen. Das änderte sich aber schnell, als sich die meterdicke Tür öffnete. Ich spürte etwas wie einen elektrischen Schlag, der durch meine Glieder sauste und zuckte heftig zusammen. Gandolin stützte mich. Meine Augen wanderten zögerlich in den Raum hinein. In ihm befand sich eine Vorrichtung, die wie ein Spinnennetz wirkte. Im Zentrum leuchtete ein großer Edelstein, der seine Energie durch eiserne Bahnen nach außen lenkte. Er flackerte immer wieder leicht, und das beinahe ohrenbetäubende Brummen, dass er von sich gab, wurde dabei kurz unterbrochen. Das Wesen erklärte uns, das dies der Edelstein war, der die Energien der Welt trug. Irgendetwas wäre damit nicht in Ordnung, denn sein Energiefluss würde immer wieder ins Stocken geraten. Bis jetzt würde noch nichts nach außen getragen werden, doch das könnte sich bald ändern und dann wäre das Energieniveau in Nerov erheblich beeinträchtigt. Ich vernahm die Worte des Wesens und ich wusste sehr genau, was wir als Nächstes zu tun hatten: Ich musste eine Analyse starten, um zu sehen, welches Problem genau vorlag. Allerdings gab es dabei ein Hindernis: Die Kraft des Edelsteins war so stark, dass ich Gefahr laufen würde, mich bei der Überprüfung zu verletzen. Bereits jetzt löste die enorme Energie ein Zerren in meinen Gliedern aus und zwang mich beinahe auf die Knie. Ich redete mit Gandolin über das Problem und frage ihn, ob es möglich wäre, dass er einen Teil der Energie für mich filterte, wenn ich die Analyse betreibe. Er bejahte dies, merkte aber an, dass sein Energieeinfluss das Ergebnis erschweren und womöglich sogar verfälschen könnte. Ich überlegte kurz und entschied mich dann, es zu versuchen. Ich würde einfach mehr als eine Analyse starten und die unterschiedlichen Ergebnisse anschließend miteinander abgleichen. Gandolin fand die Idee nicht wirklich gut, denn es würde mich sehr viel Energie kosten. Trotz allen versuchen mir gut zuzureden, rückte ich nicht von meinem Vorhaben ab und startete bald darauf die erste Analyse. Bereits da spürte ich, dass es mich deutlich mehr Kraft kostete als normalerweise üblich. Trotzdem führte ich eine zweite, ein dritte und eine vierte Untersuchung durch. Ich spürte bei jedem Mal, wie mir die Kräfte schwanden. Beim fünften Mal klappten mir dann plötzlich die Beine weg und ich stürzte beinahe zu Boden. Gandolin fing mich auf. Ich zitterte heftig und mein Blick war von einem Schleier getrübt, doch ich wollte den Auftrag zu Ende bringen und glich die Analysen miteinander ab. Wie ich mir gedacht hatte, war der Edelstein von dem ausgebrochenen Energiechaos in Ungleichgewicht gestürzt worden. Die einzige Lösung für das Problem war eine Bereinigung des Edelsteins. Dies musste von Luceriel durchgeführt werden, denn er war der einzige der Erzengel, der den Kräften des Energiesteins trotzen konnte. Ich teilte Gandolin meine Erkenntnisse noch mit, dann spürte ich, wie mir schwarz vor Augen wurde.

Das nächste, woran ich mich erinnern kann ist, dass ich in der Krankenstation aufgewacht bin. Jesus saß auf der rechten Bettseite und Gandolin stand davor. Der Bewahrer schienen erleichtert zu sein, dass ich wieder wach war. Jesus wies mich darauf hin, dass es gefährlich gewesen war, was ich getan hatte und dass ich meine Energie beinahe zur Gänze aufgebraucht hatte.

Ich musste noch einige Zeit in der Krankenstation bleiben, um mich zu erholen, und bekam dort stärkende Mittel und Beeren, die mein Energieniveau wieder stabilisierten. Gandolin und auch Luceriel besuchten mich regelmäßig um nach mir zu sehen und mich über den Stand der Lage zu informieren. Mittlerweile war wieder etwas Ruhe eingekehrt und die Energieumschwünge so gut wie ausgeglichen. Nachdem ich entlassen worden war, schrieb ich meinen Bericht und Jesus beschloss, mir noch einige Zeit frei zu geben, ehe ich den nächsten Auftrag antreten sollte.

Wegelow

In dem nächsten Kapitel möchte ich über Wegelow berichten. Sie ist eine geistige Welt, mit der Möglichkeit der Materialisation. Allerdings ist sie unbewohnt und wird als Kraftwerk der Timus-Dimension bezeichnet. Sie ist eine von den dort existierenden 308 Welten und eine der energiereichsten Welten, die existieren. Ihre Oberfläche ist golden und ein glitzernder Nebel zieht über das Land. Er entsteht durch die Bewegung der Energien, die dort herrschen. Sie ist ungefähr achtmal größer als die Erde und in ihrer unmittelbaren Umgebung befindet sich keine andere Welt. Sie liegen in einer Art Sicherheitsabstand zu Wegelow. Dies hat vor allem den Grund, dass es, wenn es dort zu Problemen kommt, sehr schnell gefährlich werden kann. Die Energien in dieser Welt sind äußerst empfindlich und können bei Änderungen heftige Explosionen auslösen.

Im Normalfall läuft alles harmonisch, doch wenn es mal Probleme gibt, wird es schnell schwierig und gefährlich, wie der nachfolgende Bericht zeigt:

Ich saß gerade an dem großen Hologramm und inspizierte Nahaufnahmen einiger Welten, die meine Wandererkollegen zuvor besucht und analysiert hatten, als plötzlich ein Warnbericht zu Wegelow aufblitzte. Mir war sofort klar, dass diese ein Problem darstellte, denn die Energien waren in dieser Welt so hochenergetisch, dass es selbst den Erzengeln schwerfiel, sich dort aufzuhalten. Ich beschaffte mir einige Nahaufnahmen von Wegelow, konnte aber, so wie ich es bereits befürchtet hatte, auf den ersten Blick nichts feststellen. Ich rief also Jesus und die Erzengel herbei, um sie über die Lage zu informieren und darüber zu beratschlagen, was nun als Nächstes zu tun sei. Wir beratschlagten uns eine Weile und kamen dann zu dem Schluss, dass die einzige Möglichkeit eine Feinanalyse sein würde. Dies ist eine Energieanalyse über größere Distanzen. Normalerweise wird darauf weitestgehend verzichtet, denn das Verfahren ist fehleranfällig und der Energieaufwand ist enorm. Außerdem benötigt es mindestens einen Erzengel, der eine Energieüberbrückung einrichtet, damit die Energien analysiert werden können. Das alles kostet Zeit, Geduld und jede Menge Kraft Bei Wegelow kam außerdem noch erschwernd hinzu, dass es sich um sehr dichte und hohe Energien handelte, die selbst den Erzengeln Schwierigkeiten bereiten. Um die Überbrückung einzurichten, mussten alle zusammenarbeiten und das kostete Zeit.

Jesus beauftragte mich aber dennoch damit, die Fernanalyse über den Überbrückungskanal durchzuführen. Die Entfernung war sehr weit und ich wusste, dass es aufs erste Mal funktionieren musste, weil ich meine ganze Energie dafür brauchen würde. Ich startete schließlich die Analyse, wurde aber wie erwartet sehr schnell ausgezehrt. Da ich nicht in Wegelow war, musste ich mich von einem zum anderen Ende durcharbeiten. Mit jedem Gebiet, das ich abschloss, spürte ich eine größere Mattheit in meinem Leib aufsteigen. Mir wurde schwummrig, als ich das letzte Drittel der Welt erreicht hatte und wusste, dass ich nicht mehr lange durchhalten würde.

Dann aber spürte ich, wie mich jemand in die Arme schloss und durch einen Kanal wurde Energie in meinen Körper eingespeist. Es war Luceriel der bei mir stand und mich stärkte. Das schwummrige Gefühl löste sich bald auf und ich konnte mit meiner Analyse fortfahren. Ich konnte im letzten Abschnitt eine Beschädigung eines Energiepunktes ermitteln, der höchstwahrscheinlich durch eine der Explosionen entstanden war. Ich schloss die Analyse ab und berichtete Jesus und den Erzengeln von meiner Entdeckung. Nun mussten sie sich darum kümmern, den Energiepunkt irgendwie zu reparieren. Was beschlossen wurde, habe ich erst später erfahren, denn ich wurde von Jesus angehalten mich auszuruhen. Zwar hatte Luceriel mir Energie gegeben, doch eine Menge davon hatte ich für die Abkapselung aus dem Überbrückungskanal benötigt und die Auswertung war natürlich auch anstrengend gewesen. Somit leistete ich den Worten von Jesus folge und ruhte mich aus, während die Erzengel und er das weitere Vorgehen beratschlagten. Die ganze Sache war nicht einfach, denn die Reparatur musste ebenfalls über die Ferne erfolgen, da selbst für die Erzengel ein längerer Aufenthalt in Wegelow nicht möglich war. Nach mehreren missglückten Versuchen beschloss Jesus schließlich, Gott selbst in die Planung miteinbeziehen. Alle anderen Möglichkeiten waren ausgeschöpft und so blieb nur noch, sich an die oberste Stelle zu wenden. Für Gott ist es natürlich keine

Herausforderung einen Energiepunkt zu reparieren oder gar neu zu schaffen und genau das passierte in diesen Fall auch. Das war ein großes Spektakel, das jeder mitansehen wollte und so wurden Hologramme mit Übertragungen in allen Himmeln eingerichtet, auf denen man das Wirken Gottes sehen konnte. Obwohl Gott natürlich allmächtig ist, wirkt er in erster Linie durch seine Wesen, die er erschaffen hat. Deswegen ist es immer ein ganz besonderes Ereignis zu sehen, wenn Gott direkt an etwas arbeitet. Er errichtete einen neuen Energiepunkt und leitete alle Energien dorthin um, dann löste er den defekten auf. Die Kräfte auf Wegelow konnten wieder sauber fließen und das Energielevel stabilisierte sich. Nach diesem wunderbaren Erlebnis schrieb ich schließlich meinen Abschlussbericht. Die Versiegelung entfiel logischerweise in dem Fall, denn Gott selbst hatte das Problem behoben und als gelöst befunden. Der Fall war also abgeschlossen und ich konnte mich auf meinen nächsten Auftrag konzentrieren.

Prazbauza

Prazbauza ist eine sehr kleine Welt, die in der Ugarum-Dimension liegt. Sie ist nur etwa halb so groß wie die Erde, aber ihre Artenvielfalt ist enorm. Es gibt dort unterschiedliche Tier und Pflanzenwesen, ebenso wie humanoide Mischwesen, die harmonisch zusammenleben.

Die Energien sind mittelhoch und es handelt sich um eine geistige Welt mit der Möglichkeit der Materialisation. Die Energiebahnen verlaufen in golden leuchtenden Strömen durch die Welt hindurch und speisen die bunt blühenden Landschaften. 23 Gebirgsketten schließen eine Ebene ein, die in mehrere Bereiche unterteilt ist. In einigen befindet sich Städte, in denen große Hochhäuser mit Glasfronten in die Lüfte ragen. Dort herrscht reger Betrieb und viele der Geschöpfe arbeiten oder wohnen hier. Außerdem gibt es eine Menge Geschäfte, in denen allerhand Waren angeboten werden. Andere Gebiete hingegen sind spärlicher besiedelt. Sie wirken eher wie kleine Dörfer. Die Häuschen sind meist eckig gebaut und weiß, mit knallig roten Dächern. In der Umgebung dieser

Wohnstätten befinden sich oft Felder auf denen allerlei Beeren und Früchte angebaut werden. Manche von den Wesen wohnen auch in Städten unter dem Wasser, die mehr Festungen gleichen, während andere auf den Bergen, in den Wäldern oder Höhlen leben.

Da in der Welt viele verschiedenartige Wesen zusammenleben, ist natürlich die Möglichkeit, das etwas aus dem Gleichgewicht gerät deutlich höher als bei Welten in denen es nur eine oder zwei Arten von Wesenheiten gibt. Ein genaues Verzeichnis der unterschiedlichen Geschöpfe auf Prazbauza und den anderen Welten findet man in Raphaels großen Führer für Wesenheiten und der Chronik der geistigen Tiere. Dort ist nachzulesen, wie sie aussehen und wo sie leben.

Ich möchte nun zu einem Auftrag kommen, den ich in Prazbauza zu erledigen hatte. Es war eine meiner ersten Aufgaben überhaupt und ich hatte noch nicht allzu viel Erfahrung.

Jesus selbst schickte mich dorthin mit den Worten, ich müsste Vermittler spielen. Ich konnte mit dem Kommentar nichts anfangen, machte mich aber mit Gandolin auf den Weg.

Wir kamen am Rande eines Dorfes heraus, in dem die Serkafs leben. Das sind humanoide Wesen, die den Kopf eines Falken besitzen. Sie sind sehr kräftig gebaut, haben Flügel auf ihrem Rücken, extrem gute Augen und ein bildhaftes Gedächtnis. Sie nahmen uns freundlich in Empfang und fragten, was unser Begehren sei. Ich erklärte ihnen die Sache und hoffte, dass sie wussten, worum es in meinem Auftrag gehen würde. Zwei von ihnen blickten sich wissend, beinahe hoffnungsvoll an und führten uns dann quer durch das Dorf hindurch zu einem Waldrand. Die Bäume so erzählten sie mir, würden Früchte produzieren, die sie für die Verwendung unterschiedlicher Dinge bräuchten. Nun aber gäbe es Probleme. Eine Herde Fibumex hatte sich dort niedergelassen. Es waren libellenartige Tierwesen, die in den Bäumen lebten, und die Früchte fraßen. Die Serkafs hatten bereits versucht, mit ihnen zu reden, doch anscheinend waren sie uneinsichtig und besetzten die Bäume regelrecht. Nun verstand ich, warum Jesus mich hergeschickt hatte, immerhin konnte ich mit den Tieren kommunizieren. Es herrschte also kein energetisches Problem vor, was sehr gut war. Allerdings musste ich nun sehen, was ich erreichen konnte. Ich und Gandolin ließen uns zu den Bäumen führen, die von den Fibumex besetzt waren. Vier bis sechs saßen jeweils auf einem Baum und nagten mit ihren kräftigen Kiefern an den harten, aber süßen Früchten. Sie bemerkten mich zuerst gar nicht und ich beobachtete sie eine Weile. Dann beschloss ich, eine Analyse zu starten, um auszukundschaften, ob sie gut gestimmt waren. Die Überprüfung verlief positiv. Sie gaben ein leichtes Brummen von sich und ihre zarten Flügel wippten sachte auf und ab. Meines Wissens nach war das ein Zeichen dafür, dass sie entspannt waren. Dann plötzlich erblickte mich eines der Tierwesen. Das Brummen verstummte schlagartig und es gab ein lautes Zischen von sich, woraufhin auch alle anderen der Geschöpfe ihr Mahl einstellten und den Kopf hoben. Ich trat vor und begann schließlich mit ihnen zu sprechen. Ich erklärte, wer ich war und das Jesus mich geschickt hatte, um mit ihnen zu reden. Die Wesen schlugen mit den Flügeln und zischten. Dann gaben sie mir zu verstehen, dass es nichts zu bereden gäbe, sie wären im Recht. Ich sagte ihnen, dass mir berichtet worden war, dass sie alle

Früchte beanspruchten, aber es auch noch andere Wesenheiten gab, die diese brauchen würden. Die Geschöpfe erzählten mir, dass die Falkenwesen immer weiter mit ihrer Siedlung in ihr Gebiet vordringen würden und dass sie sich nur hohlen würden, was ihnen zusteht. Diese neue Information verblüffte mich, denn ich hatte bis dato davon noch kein Wort gehört. Als ich die Falkenwesen fragte, bejahten sie mit gesenktem Kopf, sagten aber aus, sie hätten keine andere Wahl gehabt, da die Bäume in ihrem Bezirk plötzlich zu wenig Früchte liefern würden, um ihren Bedarf zu decken. Diese Aussage warf natürlich ein neues Licht auf die ganze Sache. Es musste irgendetwas passiert sein, was dazu führte, dass die Bäume nicht mehr wie gewohnt ihre Früchte produzierten. Ich fragte bei den Wesenheiten nach, ob es bereits einen Verdacht gab, wieso das so wäre, doch sie verneinten. Sie sagten mir, sie hätten schon überprüft, ob etwas mit dem Boden nicht stimmte oder sie nicht genug Wasser bekämen, doch alle Tests hatten keine Ergebnisse geliefert, die das Phänomen erklärten. Ich beschloss, erneut eine Analyse zu starten. Dieses Mal aber ausgeweitet, auf alle Arten von Energien. Tatsächlich stellte ich fest, dass die Bäume erheblich geschwächt und ihr Energiefluss vermindert war. Ich konnte außerdem einen Strom ausmachen, der Disharmonie ausstrahlte und er schien genau zu den betroffenen Bäumen zu fließen und sie zu speisen. Allerdings war oberflächlich nichts zu sehen. Was immer das Problem verursachte, musste unter der Erde liegen. Ich fragte die Falkenwesen, ob sich dort etwas befand, und sie sagten mir, das jeder Baum an einer Wasserader stehe, wodurch er immer optimal versorgt wäre. Allerdings hätten sie die Versorgung gemessen und sie würden alle genügend Wasser bekommen. Langsam formte sich in mir ein Verdacht und ich erklärte ihnen, dass höchstwahrscheinlich an der Wasserquelle etwas für Disharmonie sorgte. Das Wasser wäre deswegen nicht mehr ausgewogen und die Bäume geschwächt. Sie blickten mich erstaunt an und führten uns schließlich zu einer Felswand, über die ein kaum merkliches Rinnsal in einen kleinen Teich plätscherte. Es wirkte zuerst alles unproblematisch, also startete ich noch eine weitere Analyse, diesmal direkt auf die Quelle bezogen. Ich entdeckte dann einen Sprung in dem Felsen und konnte erkennen, dass es sich dabei um einen Energiestein handelte, der die Quelle mit Kraft speiste. Nun war klar, woher die Probleme rührten: Die fehlerhafte Energie, die von dem Riss in dem Stein ausging, wurde in die Bäume weitergeleitet und ihre Harmonie war gestört.

Ich informierte die Falkenwesen über die Lage und sagte ihnen Hilfe zu, dann beschloss ich, in die Himmel zurückzukehren, um Jesus meine Erkenntnisse mitzuteilen. Er würde im Anschluss alles Weitere in die Wege leiten.

Jesus informierte mich bald darauf, dass er Raphael und Luceriel Bescheid gesagt hatte und sie sich um das Problem kümmerten.

Einige Zeit später überprüfte ich die Stelle erneut. Der Stein war repariert worden und die Quelle wieder intakt. Auch der Energiefluss der Bäume hatte sich normalisiert. Ich setzte also mein Siegel auf den Stein und machte mich mit Gandolin wieder auf den Weg zurück, um meinen Bericht fertig zu schreiben. Dieser Auftrag zeigt sehr gut auf, dass das eigentliche Problem oft nicht sofort ersichtlich ist und eine Reihe anderer Probleme auslösen kann, die aber ohne die Ursache zu kennen, nicht lösbar sind. Es ist deshalb immer wichtig, vor allem wenn Wesenheiten involviert sind, zuerst genau zuzuhören und sich ein Bild von der Situation zu machen, ehe man sich ein Urteil über etwas bildet. Die Tierwesen waren hier nicht das Problem, sondern der defekte Energiestein. Auf der Erde gibt es oft ähnliche Konstellationen und manchmal entstehen deswegen Streit und Krieg. Die eigentliche Ursache bleibt oft im dunkeln und dadurch kann der Kern der Sache nie gelöst werden und es bilden sich immer mehr Konflikte. Das bildet den Grundstock für die meisten Probleme, die es auf der Erde gibt.

Mikaronecz

Mikaronecz ist eine rein geistige Welt ohne die Möglichkeit der Materialisation. Sie bewegt sich ständig im Kreis und ist hochfeinstofflich. Sie liegt in der Betanum-Dimension und sorgt dort für einen energetischen Ausgleich. Mehrere Energiepunkte, wie ein achteckiger Stern angeordnet, ziehen bestimmte Energien an und neutralisieren diese.

Obwohl man es nicht für möglich halten würde, leben feinstoffliche Wesen in dieser Welt. Sie tragen ihre Wanderung mit und ernähren sich teilweise durch die Energien, die dort fließen. Sie haben keine feste Form, sind wie die Welt selbst feinstofflich. Während des Energieaustausches produzieren sie allerdings oftmals Blitze, an denen man ableiten kann, ob es ihnen gut geht.

Wenn diese Blitze hingegen nicht sichtbar sind, ist das ein Zeichen dafür, dass etwas nicht stimmt.

Dies war in dem nächsten Auftrag der Fall.

Uriel war derjenige, der auf das Fehlen der Ausgleichsblitze aufmerksam wurde. Er beobachtete die Welt schon einige Zeit lang, hatte aber bis zu diesem Tag noch kein Wort darüber verloren. Als dann eine Besprechung angesetzt war, zu der ich auch geladen war, ertönte plötzlich ein schriller Alarm, und das Hologramm im Versammlungsraum begann wild zu blinken. Wir eilten sofort dorthin, um zu sehen, was geschehen war. Uriel schluckte schwer, als er registrierte, dass Mikaronecz vollkommen stillstand. Er berichtet uns dann davon, dass die Abstände der Ausgleichsblitze immer länger geworden waren, und nun seien sie ganz verstummt. Unruhe kehrte ein, denn uns dämmerte sofort, dass wir sogleich handeln mussten, um eine Ausbreitung der Probleme zu verhindern.

Jesus schickte mich mit Uriel nach Mikaronecz, um eine Analyse durchzuführen. Wir nahmen eine feinstoffliche Form an und machten uns gleich auf den Weg dorthin. Die Energie in dieser Welt ist energetisch zwar höher aber nicht so hoch, dass es Probleme bereiten könnte. Uriel schirmte mich dennoch, so gut er konnte ab. Ich begann mit der Analyse, gleich nachdem wir angekommen waren. Zwei der Energiepunkte, die normalerweise Energien ein und ausleiteten, funktionierten nicht mehr. Die Energiebahnen innerhalb der Welt flossen nur ganz langsam und teilweise ruckartig voran. Uriel untersuchte die Punkte, fand aber keinen Hinweis darauf, warum sie ihren Dienst eingestellt hatten. Ich startete eine weitere Analyse, doch auch diese, brachte nichts Neues zutage. Zu unserem Schreck stellten wir dann fest, dass ein dritter der Energiepunkte ausfiel und auch ein vierter langsam zu ruckeln begann. Mit jedem Ausfall gerieten die Energien in der Welt mehr ins Stocken. Uriel sagte, wir müssten umgehend zurück und davon Bericht erstatten, es wäre schneller Handlungsbedarf nötig.

Wir berichteten Jesus und den anderen Engeln von der Situation. Der Messias blieb ungewöhnlich ruhig und sagte dann, dass dies bereits überfällig sei. Die Energiepunkte wären zeitlich begrenzt und müssten einfach wieder neu angelegt werden.

Er selbst reise mit den Erzengeln dorthin, um die Grenzen zu sichern und die Punkte neu zu legen. Ich konnte ruhigen Gewissens meinen Bericht schreiben, denn ich wusste, das Jesus die energetische Prüfung gleich anfügen würde. Dieser Auftrag zeigt sehr gut, dass es auch Dinge gibt, die begrenzt und nicht unendlich sind. Je nach

Zusammensetzung kann somit eine Welt für immer bestehen oder aber wieder erneuert werden. Gott schafft auf viele unterschiedliche Arten und jede einzelne davon ist einzigartig und absolut wundervoll.

Fibriull

Fibriull ist eine meiner Lieblingswelten. Sie ist eine geistige Welt mit der Möglichkeit der Materialisation. Sie liegt in der Tubarn-Dimension die 34 Welten umfasst, die alle sehr klein, aber bewohnt und außergewöhnlich sind. Fibriull selbst ist eine wunderschöne Welt, aber man sollte fliegen oder schwimmen können, wenn man sie bereisen will, denn ihre Oberfläche besteht zu über neunzig Prozent aus Wasser. Die anderen zehn Prozent hingegen macht eine mittig liegende Insel aus, die mit dicken, berghohen Bäumen bewachsen ist. In keiner anderen Welt findet man so hohe Gewächse. Im oberen Zentrum befindet sich eine Stadt mit weißen Gebäuden in denen humanoide Wesen leben, die Arex genannt werden. Sie wirken wie in Form gebrachte Luft oder auch Wasser. Sie wohnen dort in großräumigen weißen Häusern, die unseren in den Himmeln sehr ähnlich sind.

In dem Wasser um die Insel herum tummeln sich alle Arten von unterschiedlichen Tierwesen. Eines davon kam mir in einer brenzligen Situation zu Hilfe, wie der nächste Einsatz zeigt:

Es war mein erster Auftrag in dieser Welt und ich und Gandolin hatten noch nicht so viel Erfahrung mit der Lokalisation des richtigen Ankunftsortes, also dem Ort, an dem man hinspringt, wenn man eine Welt betritt. Der Auftrag kam von Michael. Alle anderen Wanderer waren bereits unterwegs oder hatten frei, sodass ich selbst dorthingeschickt wurde. Im Nachhinein bin ich froh, denn wäre alles nicht so passiert, hätte ich dieses wunderschöne Wesen nicht kennengelernt.

Ich und Gandolin sprangen also, nachdem er mich mit den Energien in der Welt synchronisiert hatte nach Fibriull. Anstatt aber wie gedacht auf festen Boden zu landen, fielen wir mit einem lauten Platschen ins Wasser. Nun sind wir beide in der Lage zu schwimmen, nur ergaben sich zwei riesige Probleme: Das Erste war, dass unsere Flügel, die wir nicht schnell genug hatten verbergen können, sich mit Wasser vollgesaugt hatten. Das weitaus größere Problem allerdings bestand darin, das wir in eine Reihe riesiger Strudel gezogen wurden, die für diese Gewässer, so erfuhr ich später, typisch waren. Wir paddelten so schnell und kräftig wir konnten, doch die Wirbel zogen uns immer weiter in ihr tödliches Auge. Die Wellen wurden rasch höher und es spritzte unaufhörlich Wasser in meinen Mund. Ich bekam bald keine Luft mehr und verschluckte mich heftig. Dann als mein Kopf unter die Oberfläche gezogen wurde, spürte ich plötzlich eine Gegenkraft, die mich zurück nach oben drückte. Ich stemmte meinen Kopf aus dem Wasser und schnappte nach Luft. Währenddessen merkte ich, dass sich irgendetwas unter mir bewegte. Im Augenwinkel sah ich wie sich die Strudel immer weiter von mir entfernten. Gandolin befand sich direkt hinter mir und hielt sich an etwas fest. Es war eine Flosse. Ein quiekender Laut drang an meine Ohren und ich wandte den Blick nach vorn. Ich sah eine gummiartige rosa Schnauze und zwei graue, treue Augen, die mich anblickten. Das Tierwesen wirkte wie ein Delphin mit zwei Schwanzflossen, doch es war sicher so groß wie ein Schwertwal. Mit enormer Geschwindigkeit brachte es uns zu der Insel, zu der wir eigentlich wollten. Wir bedankten uns und es sagte, wir sollten von den Wirbeln lieber wegbleiben, wenn wir keine Kiemen haben. Sie würden nie etwas wieder hergeben. Später erfuhr ich, dass es sich dabei um ein Tierwesen mit dem Namen Futamy handelte, dass nur sehr selten zu sehen ist. Es verabschiedete sich und verschwand mit einem letzten lauten Quieken im Meer.

Ich und Gandolin machten uns dann auf den Weg in die Stadt. Dorthin, wo wir eigentlich hinwollten. Als wir angekommen waren, versammelten sich einige der dort lebenden Wesen um uns herum und fingen an, merkwürdig um uns herumzutanzen. Sie sagten uns dann, dass wir gesegnet seien, denn wir hätten Futamy gesehen, den Wächter des Meeres. Er würde sich nur jenen zeigen, die ein reines Herz haben. Ich und Gandolin erklärten, warum wir hier waren, dann begann ich damit meine Analyse zu starten. In der Mitte der Stadt befand sich ein runder Kreis aus Ornamenten. Ich fragte die Bewohner, was dort unten sei, den ich spürte, dass alle Kräfte dorthingezogen wurde. Sie sagten, dass sie das nicht wüssten aber irgendetwas Merkwürdiges vor sich gehen würde, denn an den Rändern der Insel ginge die Energie verloren. Die Pflanzen und Tiere dort würden krank werden, denn irgendetwas raube ihnen die Kraft. Hier hingegen schien sich die Energie zu stauen und bald würde man das nicht mehr aushalten können. Ich konnte ihre Aussagen bestätigen, indem ich auch an den betroffenen Randgebieten Analysen durchführte. Irgendetwas musste unterhalb der Steinplatten in der Erde sein, dass die Energien förmlich anzog. Was es allerdings war, konnte ich zu dem Zeitpunkt nicht sagen. Ich dokumentierte meine Beobachtungen und wir machten uns dann auf den Weg zurück in die Himmel.

Ich sagte dort sogleich Raphael Bescheid, denn er war der Experte für Energien. Er beschloss, zusammen mit Michael dorthin zu reisen, da noch nicht klar war, was diesen enormen Energiemagenetismus bewirkte.

Später erfuhr ich, dass sich in dem Boden Materialien gebildet hatten, die eine stark energiemagnetische Wirkung besaßen. Sie werden seitdem regelmäßig abgetragen und von den Bewohnern verwendet, wodurch sich der anziehende Effekt zerstreute. Ich setzte mein Siegel auf die entsprechende Stelle, um zu bestätigen, dass alles wieder in Ordnung war und schrieb meinen Bericht. In mehreren vergangenen Aufträgen kam es dazu, dass sich Materialien gebildet haben oder neu entdeckt wurden. In den meisten Fällen ist dies ein Gewinn für die jeweilige Welt denn die Stoffe können für sinnvolle Dinge verwendet werden.

Meine Aufgabe ist deshalb nicht nur abwechslungsreich, sondern auch sehr lehrreich. Ich habe während meiner Aufträge schon viele unterschiedliche Materialien kennengelernt, die auch in den Himmeln Verwendung gefunden haben. Jeder neue Einsatz ist also immer eine Überraschungstüte. Man weiß nie was einen als Nächstes erwartet. Manchmal ist das auch ganz gut, denn würde man vorher wissen was passiert, würde man höchstwahrscheinlich Angst haben und nicht zu seinem vollen Potential erwachsen können. Einen solchen Fall schildere ich im nächsten Kapitel.

Luxaria

Luxaria ist eine geistige Welt mit Möglichkeit der Materialisation. Sie liegt in der Bitarv-Dimension und wird auch als Lichtwelt bezeichnet, weil sie aus reinem Licht besteht. Sie ist eine meiner absoluten Lieblingswelten. Es gibt dort Wälder und Städte ganz aus Licht und auch die humanoiden Wesen die darin leben bestehen aus Licht. Es ist unsagbar hell in dieser Welt. Die Menschen könnten sich nicht dort aufhalten. Sie würden erblinden. Luxaria ist eine der ausgewogensten Welten die existieren und auch eine der größten. Sie ist in etwa 30000 Mal so groß wie die Oberfläche der Erde und ihre Bewohner dementsprechend zahlreich. Alles, was darin lebt, ist auf Licht ausgelegt und verträgt keine Dunkelheit. Genau diese wurde aber im nächsten Fall zum Problem.

Ich erhielt meinen Auftrag von Michael. Der Notruf war erst vor Kurzem eingegangen und er sagte, ich solle mir die Bilder auf dem Hologramm einmal ansehen. Wie beauftragt tat ich, was mir gesagt wurde und mein Herz begann sogleich schneller zu schlagen, als ich bemerkte, dass über der normalerweise hell scheinenden Welt ein trüber Schleier lag. Ich sagte Gandolin Bescheid weil mir mein Bauchgefühl verriet, dass dort etwas ganz und gar nicht stimmte. Ich gab ihm die höchste Alarmstufe also 7 von 7 durch, was bedeutete, wir hatten keine Zeit zu verlieren und er sollte unverzüglich herkommen. Das tat er auch und ich zeigte ihm die Bilder auf dem Hologramm, die dafür sorgten, das seine Aura ebenfalls von Sorge und einer gewissen Dringlichkeit durchdrungen wurde. Er war sehr vorsichtig mit der Ermittlung der Energieinformationen, weil wir noch nicht wussten, was genau diesen dunklen Schleier auslöste und ob es gefährlich war. Er brauchte länger als üblich, aber es ging alles gut. Anschließend sagte mir der Bewahrer, dass wir mit der Synchronisation vorsichtig sein mussten, denn er wär sich nicht sicher, ob alles gut gehen würde. Er verknüpfte zuerst einen kleinen Teil der Energien, um zu sehen, ob es Auffälligkeiten gab, doch es funktionierte. Wir fuhren mit dem Energieausgleich fort und konnten bald darauf aufbrechen.

In Luxaria angekommen stellten wir sogleich den seltsamen schwarzen Nebel fest, der uns bereits auf den Hologrammbildern aufgefallen war. Er legte sich wie eine Decke über die leuchtende Landschaft und schien das Licht mit sich zu ziehen. Ich wusste, eine Analyse hätte uns genauere Daten geliefert, allerdings traute ich mich nicht, sie durchzuführen, da ich nicht sicher war, was es mit diesem seltsamen Schleier auf sich hatte.

Dunkelheit und Licht sind gegensätzlich und vertragen sich nicht. Ich und Gandolin folgten also der Spur, die der Nebel hinterließ. Er schien in eine bestimmte Richtung zu drängen. Gandolin setzte mich darüber in Kenntnis, dass seine Energie schneller als üblich verbraucht würde und er das Gefühl habe, dass sie von irgendetwas abgezogen wird. Wir folgten dem Nebel weiter, der sich schon bald in einen regelrechten Sog verwandelte. Mitten im Zentrum der Lichtstadt Vupox entdeckten wir dann etwas, das uns das Blut in den Adern gefrieren ließ: Dort, wo einst eines der größten Gebäude gestanden hatte, klaffte ein tiefes schwarzes Loch. Man konnte den Boden nicht sehen, und eine ungeheure Kälte stieg daraus empor. Die Wesen, die normalerweise dort lebten, hatten sich offenbar in Sicherheit gebracht, denn die Stadt wirkte verwaist. Gandolins Schrei ließ mich aufschrecken. Er sank neben mir auf die Knie. Zeitgleich bemerkte ich, dass der Schutz den er mir bot, deutlich abnahm und ich spürte, wie eine stechende Energie auf mich einprasselte. Ich sagte Gandolin, wir müssten zurück in die Himmel, so schnell wie möglich fort von hier. Er hatte große Schmerzen, doch mit letzter Kraft holte er uns zurück. Als wir in das Versammlungsgebäude eintrafen, brach er in meinen Armen zusammen. Ich rief Michael um Hilfe und wir brachten ihn in die Krankenstation. Michel fragte erschrocken, was passiert sei, und ich erzählte ihm von unseren Erlebnissen. Seine Augen weiteten sich und er machte sich sofort auf den Weg, um Jesus Bescheid zu sagen, der wenig später eintraf. Das Energieniveau von Gandolin war sehr niedrig. Irgendetwas hatte seine Kräfte fast vollkommen ausgezehrt. Jesus sah sich seinen Zustand an und nahm seine Hand, während ich ihm berichtete, was wir gesehen hatten. Ich hatte Gewissensbisse, weil ich keine Analyse machen konnte, doch wusste ich, dass es keine gute Idee gewesen wäre. Jesus bestätigte das und sagte zu meinem Schreck sogar, dass ich hätte sterben können, wenn ich es versucht hätte. Er setzte mich darüber in Kenntnis, dass sich ein schwarzes Loch in der Welt gebildet hätte, das jegliche Energie und Licht verschlucken würde. Woher es allerdings kommen würde, wäre noch nicht geklärt. Die Erzengel sollten die Sache genauer untersuchen und ich und Gandolin würden von dem Fall abgezogen werden, weil es zu gefährlich wäre. Gandolin brauchte noch einige Zeit, bis er sich erholt hatte und wieder erwachte. Ich besuchte ihn regelmäßig und brachte ihm stärkende Beeren und selbstgebackene Törtchen mit. Natürlich verfolgte ich die ganze Sache weiter, auch wenn ich nicht mehr direkt an dem Auftrag beteiligt war.

Das schwarze Loch war wohl durch den Einfluss von großer Menge negativer Energie entstanden. Allerdings war nicht klar, wo sie hergekommen war. Das schwarze Loch wurde mit Gottes Licht geflutet und so beseitigt. Es dauerte aber noch eine ganze Zeit, bis sich Luxaria von dem Vorfall erholte. Es konnte auch sehr lange nicht herausgefunden werden, was dort eigentlich genau passiert war. Die Ursache des Problems war zuerst nicht offensichtlich und wurde erst einige Zeit später bekannt, nachdem weitere unerklärliche

Energieumschwünge die Welten erschütterten und etwas offenbarten, was mein Leben und das aller anderen für immer verändern sollte.

Karabanask

Karabanask ist eine der Welten, die aufgrund einer immer größer werdenden Disharmonie in Unordnung geraten war. Sie ist eine rein geistige Welt, ohne die Möglichkeit der Materialisation. Durch sie hindurch fließen starke Sturmenergien, die sich an festgelegten Punkten bündeln. Sie ist eine feste und keine wandernde Welt und wird von feinstofflichen Wesen bewohnt, die man Superbe nennt. Sie glitzern manchmal als heller Funken auf und leben in der Welt Kudangz, die in der selbigen Hibug-Dimension liegt. Sie tauscht ihre Energie stetig mit Karabanask aus. Es gibt mehrere wandernde Wesenheiten, die diese Welt regelmäßig besuchen und dort feste Punkte haben an denen sie sich sammeln. Die Energien in dieser Welt sind sehr hochwertig und dienen den Wesen als Nahrung und Ausgleich. Normalerweise ist die Welt unauffällig und eher dafür bekannt zu Problemlösungen hinzugezogen zu werden, als welche zu verursachen. Das liegt wie bereits erwähnt, an ihrer hochwertigen Energiezusammensetzung. Wenn es Wesenheiten gibt, die ein energetisches

Leiden haben, werden sie oft zur Rehabilitation nach Karabanask geschickt. Solch ein Besuch war auch der Grund für den nächsten Auftrag.

Ich hatte gerade eine Lagebesprechung mit den anderen Wanderern, als ich mitbekam, dass innerhalb des Versammlungsgebäudes plötzlich großer Aufruhr herrschte. Ich fragte sogleich nach, wo das Problem lag. Bald brachte ich in Erfahrung, dass ein Wesen mit den Namen Hirumag in sehr schlechtem Zustand in die Krankenstation eingeliefert worden war. Ich wollte natürlich wissen, was geschehen war, und beschloss sogleich dorthinzugehen, um etwas mehr über den Fall zu erfahren. Jesus kam beinahe gleichzeitig mit mir an. Ich fragte ihn, was passiert war und warum alle so in Aufruhr währen. Er sagte mir, es hätte einen merkwürdigen Vorfall auf Karabanask gegeben. Das Wesen, das eingeliefert worden wäre, hätte dort Erholung gesucht, aber sei noch schwächer als zuvor wieder zurückgekommen. Das verwunderte mich sehr, denn ich kannte die Welt und wusste, dass es angenehm war, dort zu verweilen. Jesus nickte und sagte, dass irgendetwas nicht stimmen würde, und er beauftragte mich, zu dem großen Hologramm zu gehen und nachzusehen, ob mir etwas auffiel. Ich tat natürlich gleich, was er mir auftrug. Ich wollte gerade einen Blick auf das Hologramm werfen, als ich von hinten angesprochen wurde. Ich drehte mich um und bemerkte Luceriel der mit einem Lächeln auf mich zukam. Er lud mich ein, mit ihm etwas zu unternehmen, doch ich sagte ihm, dass ich keine Zeit hätte, weil es einen Notfall geben würde. Er fragte mich, was passiert sei, und ich klärte ihn über die Situation auf. Er wirkte interessiert und begutachtete zusammen mit mir die Bilder von Karabanask, die ich auf dem Hologramm öffnete. Wir durchforsteten akribisch jeden Zentimeter der Welt, doch es war absolut nichts Auffälliges festzustellen.

Ich ging anschließend zu Jesus und berichtete ihm von meiner Erkenntnis. Er überlegte eine Weile und sagte dann, es gäbe keine andere Möglichkeit, es müsse jemand dorthinreisen, um herauszufinden, was dort nicht stimmt. Ich meldete mich freiwillig, doch Luceriel der mich zu Jesus begleitet hatte, protestierte kräftig dagegen und sagte, es könne mir dabei etwas zustoßen, weil ich mich nicht abschirmen kann und es keine Anhaltspunkte gäbe, was dort los war. Ich sagte, ich hätte

Gandolin, der mich abschirmen würde, worauf er nur in ungewohnt schroffen Ton erwiderte, dass er bei unserem letzten Auftrag auch zu schwach gewesen wäre, um mich zu schützen. Er sagte, er würde mit mir kommen, er wäre stärker und hätte mehr Möglichkeiten, mich abzuschirmen. Ich sagte, wir würden das schon hinbekommen und ich könne selber auf mich aufpassen, doch er rückte nicht von seinem Vorhaben ab. Jesus trat dann zu ihm und sagte, er habe eine andere Aufgabe, um die er sich kümmern müsse und dass er Gandolin und mir voll und ganz vertraue. Sein Gesicht wurde dunkel und er wollte die Entscheidung nicht akzeptieren. Ich redete noch einmal mit ihm und sagte ihm, dass alles gut gehen werde und er Gandolin unterschätzen würde. Er hätte mir schon öfter aus schwierigen Situationen geholfen und ich wüsste, dass ich mich auf ihn verlassen kann. Er willigte schließlich ein, doch sein ganzer Leib und auch seine Aura verrieten, dass er mit der Entscheidung nicht glücklich war. Ich sagte zu ihm, er solle sich auf seine Aufgabe konzentrieren, das wäre viel wichtiger. Er lächelte mich an, dann ging er ohne ein weiteres Wort.

Ich sagte Gandolin Bescheid, er holte mit aller Vorsicht die Informationen zu den Grundenergien ein, um mich zu synchronisieren, und wir brachen auf.

In Karabanask angekommen spürte man sofort, das etwas nicht stimmte. Wie schon in Luxaria herrschte eine ungewöhnliche Kälte in dieser Welt. Allerdings war dort kein schwarzer Nebel oder Ähnliches zu sehen. Wohl auch deswegen, weil es sich um eine rein geistige Welt handelte, in der sich nicht einfach etwas materialisieren konnte. Ich und Gandolin waren natürlich auch in unserer feinstofflichen Form dort unterwegs. Ich startete eine Analyse und spürte sofort, wie etwas an meinem Körper zerrte. Ich schrie vor Schmerzen auf und brach die Analyse sofort ab, während Gandolin zu mir kam und mich abschirmte. Ich erholte mich langsam unter seinem Schutzschild, doch ihm kostete es enorme Kraft den Bereich aufrechtzuhalten. Ich hatte von der ersten Analyse nicht sonderlich viel mitgenommen. Nur, dass es eine gravierende Störung des Energiefeldes gab. Ich entschied mich dafür, erneut eine Überprüfung durchzuführen. Gandolin gefiel die Idee gar nicht. Er wies mich daraufhin, dass ich mich aus dem Schutzschild hinausbegeben müsste und Schaden nehmen könnte, wenn ich es nochmal versuchen würde, doch ich wollte es dennoch tun. Ich würde mich bereits im Schutzbereich bereit machen, damit die Zeit draußen so kurz wie möglich war und mehrere kleine Analysen durchführen. Ich fragte Gandolin, ob er durchhalten würde. Er grinste mich an und sagte, er würde es schaffen. Ich konzentrierte mich, so gut ich konnte, dann machte ich mich bereit, trat aus den Schutzschild hinaus und startete die Analyse. Ein kräftiger Schmerz durchzog meinen Leib aber ich machte trotzdem ein paar Sekunden weiter, um noch Informationen zu bekommen, dann begab ich mich zurück in das Schutzfeld. Es dauerte nicht lange, bis ich mich wieder etwas erholt hatte und einen weiteren Versuch wagte. Erneut war ich ein wenig schwächer als zuvor, aber dennoch wollte ich mein Vorhaben durchziehen. Ich würde durchhalten und die Teilanalysen am Ende zusammensetzen. Wieder hielt ich ein paar Sekunden die Analyse durch und begab mich anschließend zurück in das Schutzfeld. Ich spürte deutlich, dass Gandolins Kraft enorm abgenommen hatte, doch ich einigte mich mit ihm darauf, ein letztes Mal alle unsere Kraft zusammenzunehmen. Er willigte ein und so bereitete ich mich vor und sprang ein weiteres Mal aus dem Schutzschild. Zwei Sekunden vergingen, dann plötzlich nahm ich einen massiven Energieumschwung wahr, und konnte nichts mehr analysieren außer eine kräftige Präsenz. Es war Luceriels Gegenwart, die ich spürte. Ich blickte mich verwirrt um. Der Erzengel hatte mich vollkommen eingeschlossen. Er brachte mich in die Himmel zurück, wohin uns auch Gandolin irritiert folgte.

Dort angekommen fragte ich ihn, was das sollte, und warf ihm vor, dass er meine letzte Analyse zerstört habe. Er hingegen sagte, dass die Aktion gefährlich gewesen wäre und ich mich selbst gefährdet hätte. Ich entgegnete, dass ich alles unter Kontrolle gehabt hätte und genau wusste, was ich tat. Er widersprach und fuhr dann Gandolin an, warum er diese Sache unterstützt hatte. Der Bewahrer sagte, ich hätte einen freien Willen und er das Vertrauen, dass ich wüsste, was ich tat. Luceriel fing an, mit ihm zu streiten und warf ihm vor, ungeeignet für den Dienst zu sein. Nun fuhr ich den Erzengel an und sagte ihm, dass er unverschämt wäre und es ihn nichts anginge wie ich und Gandolin zusammen arbeiteten. Luceriel antwortete, dass er um meine Sicherheit besorgt wäre. Ich sagte zu ihm, dass ich und Gandolin das in der Vergangenheit immer gut hinbekommen hätten und ich ihn nicht brauchen würde. Der Erzengel wurde daraufhin ganz ruhig, seine Augen verdunkelten sich und seine Mimik sank. Er verließ wortlos den Raum und Jesus kam herein. Ich erzählte ihm, was passiert war, und er nickte mit einem wissenden Blick stumm. Ich erklärte ihm, dass ich die Analyse nicht abschließen konnte, weil Luceriel sich eingemischt hatte. Jesus erläuterte, dass die Probleme durch eine Änderung im Energieniveau hervorgerufen wurden. Ich fragte ihn, ob eine Quelle auszumachen sei. Er sagte, dass es von den Himmeln ausging. Ich konnte meinen Mund fast nicht mehr zuklappen. Wie war das möglich? In den Himmeln war die Quelle allen Lichts und positiver Energie. Jesus nickte, doch sagte dann, dass sich etwas geändert hatte, und dies Folgen für die ganze Schöpfung haben werde. Als ich nachfragte, was er genau meinte, sagte er mir, dass ich das sehr bald erfahren würde. Meine Arbeit sollte sich in Zukunft wandeln und an die neuen Bedingungen anpassen werde. Zu der Zeit war mir noch nicht klar, welche gravierenden Änderungen das mit sich bringen würde, doch bereits mein nächster Auftrag sollte mir einen Einblick geben.

Iksuzor

Iksuzor ist eine geistige Welt mit der Möglichkeit der Materialisation. Sie ist um ein Drittel größer als die Erde und liegt in der Botawarf-Dimension die 190 Welten umfasst. Einige davon sind belebt, während andere unbelebt sind. Iksuzor bietet eine sehr umfangreiche Artenvielfalt. Die einzelnen Geschöpfe sind in Raphaels Großen Führer für Wesenheiten und der Chronik der geistigen Tiere aufgeführt.

Ich war für den Auftrag von dem ich gleich berichte, das erste Mal in dieser Welt. Jesus schickte mich mit den Worten dorthin, ich solle nicht erschrecken, denn ich würde nun neuartige Dinge sehen, die nicht schön waren.

Ich machte mich zusammen mit Gandolin auf den Weg und erzählte ihm gleich, was Jesus zu mir gesagt hatte. Wir hatten beide ein sehr ungutes Gefühl in unserer Magengegend, als wir ankamen. Zwar waren wir noch nie in dieser Welt gewesen, doch wusste ich aus Berichten von anderen Wanderern, wie wunderschön es dort war. Die weiten Wiesen blühten in allen erdenklichen

Farben, die Luft war frisch, die Energien angenehm weich und umspielend. Die Seen und Flüsse waren so sauber, dass man bis auf den Grund sehen und alle Wesen identifizieren konnte, die sich darin tummelten. Die Geschöpfe, die dort lebten, waren freundlich zueinander und zu jedem der vorbeikam. Die üppigen Wälder mit den überdimensional großen, gelben Früchten an den knallig roten Bäumen waren der liebste Treffpunkt für Bewohner und Besucher. Die Gesänge der Wesenheiten dort waren wunderschön und luden zum Entspannen ein. Sie kamen von kleinen vogelartigen Tierchen mit dem Namen Rakumex. Sie trugen tiefrotes Gefieder, wodurch sie sich perfekt in den Stämmen der Bäume verstecken konnten.

Als wir allerdings dort ankamen, stellte sich alles ganz anders dar: Die Wiese, auf der wir landeten, zeigte sich an vielen Stellen braun und die Blüten der bunten Blumen fielen ab und waren vertrocknet. Das fröhliche Singen der Wesenheiten war verstummt und das Plätschern des nahegelegenen Bachs wirkte wie ein bedrohliches Blubbern. Als mein Blick dorthin wanderte, erschauderte ich augenblicklich. Das Wasser war bräunlich verfärbt und tote Blätter trieben auf der Oberfläche. Sie kamen von den Bäumen, die das Laub verloren hatten und zu faulen begannen. Ein schrecklicher Gestank lag in der Luft und peitschte schon beinahe die Nase hinauf. Die Energien wirkten rau und stachlig. Dann plötzlich tönten Schmerzensrufe in meine Ohren. Ich blickte zu Gandolin und wir eilten schnell dem Geräusch hinterher. In einer Lichtung lag ein Wesen auf den Boden. Es war eine Mischung zwischen Wildschwein und Fuchs und wird als Geborag bezeichnet. Sie sind von der Harmonie eines Ortes abhängig und reagieren auf kleinste energetische Änderungen äußerst sensibel. Ich trat langsam zu ihm, um ein Gespräch zu beginnen. Der Bauch des Wesens bewegte sich nur sehr schwach. Seine Artgenossen standen um es herum und quiekten vor Schmerzen. Als das Tier seinen letzten Atemzug tat, fiel das Nächste der Gruppe zu Boden und sein Todeskampf begann ebenso. Ich eilte dorthin und wollte helfen, indem ich ihm Energie zukommen lasse, doch Jesus sprach mich an. Irritiert drehte ich mich um und entdeckte, dass er hinter uns stand. Ich lief in seine Arme und weinte. Ich fragte ihn, was hier passierte. Jesus sagte mir, dass es die Folgen des Energieumschwungs waren, der stattfand. Diese Welt würde nicht die Erste und auch nicht die Letzte sein, die aufgrund der aufkommenden negativen Energie langsam zerfallen würde. Ich weinte weiter und fragte ihn, ob es nicht möglich wäre, irgendetwas dagegen zu unternehmen. Zu meiner Erleichterung nickte er und sagte, wir müssten die Wesenheiten, die gesund wären, umquartieren in Welten, die noch nicht betroffen waren. Das würde eine meiner neuen Aufgaben werden. Ich fragte ihn, was nun mit den Welten passieren würde. Er sagte mit rauer Stimme, dass sie sterben würden. Ganze Dimensionen würden in der kommenden Zeit verschwinden. Ich fragte ihn, warum er uns hergeschickt hätte, wenn wir nichts dagegen unternehmen könnten. Er sagte, wir würden einige der Geschöpfe umsiedeln. Die Engel wären bereits damit beschäftigt auszukundschaften, wo welche Wesen untergebracht werden können, und wir würden sehr bald Informationen erhalten.

Er nahm mich und Gandolin wieder mit zurück in die Himmel. Auch als ich meinen Bericht fertig geschrieben hatte, wollte diese zähe Traurigkeit nicht von mir weichen. Da war es ein freudiger

Umstand, dass Luceriel zu mir ins Büro kam und mir sagte, er hätte mitbekommen, was passiert sei, und sich gedacht, ich könnte Ablenkung gebrauchen. Er lud mich zu einem Picknick ein, was ich sehr gerne annahm. Ich dachte mir, es wäre eine gute Möglichkeit, um auf andere Gedanken zu kommen. Außerdem wollte ich noch einmal wegen unseres Streits mit ihm sprechen. Es gefiel mir nicht, wie die ganze Sache auseinandergegangen war, denn ich mochte ihn sehr. Allerdings konnte ich da noch nicht wissen, welche enormen Auswirkungen dieses Treffen haben sollte.

Micuraso

Der nächsten Welt, der wir uns widmen, ist Micuraso. Sie ist eine geistige Welt mit der Möglichkeit der Materialisation. Ihre Oberfläche ist nicht besonders weitläufig, nur in etwa so groß wie der asiatische Kontinent der Erde. Sie wird von vier unterschiedlichen Arten von Wesen bewohnt, die alle in die Gattung der Tierwesen einzuordnen sind. Die Landschaft ist sehr bergig und teilweise dicht bewaldet. Dementsprechend zeigen sich auch die Wesen, die dort leben. Es gibt vogelartige Geschöpfe mit langen Schwänzen ähnlich einem Tiger, die auf dem Bäumen Nester bewohnen und in sonderbaren, aber schönen Tönen ganze Symphonien zwitschern. Sie zeigen sich in den Farben braunmeliert, graumeliert oder weißbraunmeliert und ihr Name ist Mitax.

In den Höhlen der Berge leben kleine, bärenartige Wesen mit flauschigen Bauschohren. Sie werden Wipu genannt und sind sehr freundlich und kontaktfreudig. Sie haben ein weiches, braunes Fell und einen Feuerkranz um den Hals, der je nach ihrer Stimmung breiter oder schmaler ist.

In Bodennähe wohnen außerdem in einigen Büschen kleine mausähnliche Wesen mit dem Namen Bulex, die aber fast nie zu sehen sind. Sie sammeln die Beeren der Sträucher, die dort zu Hauff wuchern und legen sich große Vorräte an.

In den dunklen Felsspalten leben außerdem Bitux. Sie ähneln einer Libelle mit einem langen Fuchsschweif und vier Flügeln. Sie sind in der Lage beinahe völlig lautlos zu fliegen. Ihre Leibspeise ist der Nektar der Retamublumen, die dort einzeln verteilt auf den felsigen Klippen wachsen. Mit ihren langen Schnäbeln holen sie das rötliche Sekret aus den gelben Blütenköpfen.

Die Welt ist ausgewogen und nicht sehr hochenergetisch, was es für viele Wesen möglich macht sie zu besuchen. Aus diesem Grund herrscht dort immer reger Durchgangsverkehr. Normalerweise war das auch kein Problem und das Kommen und Gehen in der Welt verlief reibungslos. Dies änderte sich aber plötzlich.

Es war kurze Zeit nach meinem Picknick mit Luceriel. Eigentlich wollte ich unsere Unstimmigkeiten klären, doch wir stritten uns erneut und gingen wütend auseinander. Um den Kopf frei zu bekommen, arbeitete ich danach sehr viel. Ich erblickte den Notruf sofort auf dem Hologramm und beschloss mit Gandolin selbst dorthinzureisen, als ich auf den Bildern der Welt nichts Auffälliges feststellen konnte.

Die Synchronisierung der Energien ging dieses Mal einfacher als bei den Einsätzen zuvor und wir machten uns wenig später auf den Weg.

Wir kamen an einer Waldlichtung heraus, die mittig in der Welt lag. Es war bereits mein zweiter Einsatz dort und deswegen fanden wir uns ohne Schwierigkeiten zurecht. Beim ersten Auftrag waren die Energieströme durch ein Nest gestört gewesen, das von einem der Wesen auf einem der Hauptbäume gebaut worden war. Es fühlte sich dort wohl, denn die Kräfte waren sehr stark, allerdings störte das Nest an dem Ort den Energiefluss des Baumes. Nach einem Umzug auf einen anderen Baum erholten sich die Energien wieder und der Einsatz war sehr schnell erledigt.

Was mir und Gandolin sofort auffiel, war die Tatsache, dass der Wald nicht mehr so dicht war, wie damals, als wir unseren ersten Auftrag dort hatten. Einige der Baumarten, die darin lebten, waren wandernde Bäume und so konnten sie entscheiden, wo sie wurzeln wollten. Eine ganze

Menge von ihnen war wohl umgezogen. Gandolin merkte außerdem an, dass es ihm kälter vorkam als beim letzten Mal und in der Tat schien die Temperatur, um ein paar Grad gesunken zu sein. Wir blickten uns gerade noch um, als ich ein Geräusch neben uns vernahm. Es war eines der Vogelwesen, dass sich dort auf einem dicken Ast niederließ und uns freudig zu zwitscherte. Es stellte sich heraus, dass es das Wesen war, dessen Nest wir bei unserem vorherigen Auftrag verlegt hatten. Ich erzählte ihm, dass ein Notruf eingegangen war, und fragte, ob es wisse, was los sei. Es nickte und sagte mir aufgeregt, dass etwas Merkwürdiges vor sich gehen würde. Die Bäume würden die letzte Zeit ihre Blätter verlieren und könnten aus dem Boden keine Kraft mehr ziehen, deswegen würde viele Geschöpfe in die höheren Gebirge abwandern, dort wo es anders war. Für ihre Art wäre das sehr schlecht, denn sie fänden immer weniger Nistplätze und so weit oben in den Bergen konnten sie nur schwer leben. Ich bückte mich, um den Boden zu untersuchen, dann sprach mich das Wesen noch einmal an und sagte mir, es wäre nicht nur hier, sondern es würde sich an unterschiedlichen Orten ausbreiten. Der

Radius, der unbewohnbar wurde, vergrößerte sich immer weiter. Ich blickte Gandolin an und wir schienen beide dasselbe zu denken. Ich beschloss trotzdem, eine Analyse zu starten. Einige Sekunden ging es gut, dann bemerkte ich, wie ein Brennen meinen Körper einnahm, und ich stellte die Untersuchung wieder ein. Es war dasselbe wie auf Iksuzor, nur dass die Auswirkungen noch nicht so gravierend waren.

Unsere letzten Aufträge waren jedes Mal gleich abgelaufen und die Ursache war immer dieselbe gewesen: Es wurden negative Energien eingespeist.

Die Worte von Jesus kreisten in meinem Kopf und ich beschloss, mit Gandolin in die Himmel zurückzukehren, um abzuklären, ob auch hier Wesenheiten umgesiedelt werden mussten. Ich bereitete das Vogelwesen vorsichtshalber schon einmal darauf vor und teilte ihm meine Kenntnisse mit. Es war zuerst geschockt, doch dann beschloss es, mit den anderen Bewohnern zu sprechen.

Ich und Gandolin machten uns derweilen wieder auf den Weg zurück in die Himmel, wo Jesus bereits auf uns wartete. Ich berichtete ihn von meiner Analyse und mithilfe von Raphael und einigen Tierpflegern siedelten wir die dort lebenden Tiere nach Brodarsk um. Dabei handelte es sich um eine sehr ähnliche Welt, die aber eine umfangreichere Landschaft und eine größere Fläche aufwies. Die Notrufe wurden immer mehr und ich und meine Wandererkollegen waren ständig im Einsatz. Auch hier koordinierte ich die Aufträge und teilte sie zu. Allerdings musste ich bald feststellen, dass ich mich auf einige meiner Kollegen nicht mehr verlassen konnte.

Kirigel

Als Erstes bemerkte ich die Probleme mit meinen Kollegen, während eines Auftrags in der Welt Kirigel.

Diese Welt ist eine geistige Welt mit der Möglichkeit der Materialisation und befindet sich in der Mitarph-Dimension die 800 Welten umfasst wobei einige bewohnt und andere unbewohnt sind. Sie liegt, wenn man die Entfernung zu den Himmeln betrachtet, am nächsten. Kirigel ist eine mittelgroße Welt. Auf ihr leben in erster Linie pflanzenartige Tierwesen, die einen starken Bezug zu den Elementen haben.

Für den Auftrag, um dem es jetzt geht, beauftragte ich einen meiner Kollegen. Merjek ist sein Name und er ist, einer der stärksten Wanderer in unseren Reihen. Ich gab ihm Bescheid, er kam zu der Besprechung und sagte, er würde sich gleich auf den Weg machen. Ich widmete mich dann anderen Aufgaben, denn es gab genug zu tun. Natürlich verließ ich mich darauf, dass wie gewohnt alles seinen Gang ging und ich Bescheid bekommen würde, wenn Merjek von seinem Auftrag wieder zurück war. Ich wartete einige Zeit und wunderte mich, dass so lange nichts passierte. Allerdings dachte ich mir, es gäbe einen Zwischenfall, wie es in der vergangenen Zeit öfter der Fall gewesen war, und es würde einfach länger dauern. Dann aber kam Michael zu mir ins Büro, als ich gerade meinen Bericht schrieb. Er fragte, warum der Auftrag von Kirigel noch unbearbeitet war. Die Lage würde sich immer weiter zuspitzen. Ich konnte das zuerst nicht glauben und sagte ihm, dass ich die Aufgabe an einen meiner Kollegen weitergegeben hatte. Er klärte mich dann darüber auf, dass bis jetzt niemand dortgewesen war. Ich ging zu dem Hologramm und warf einen Blick auf die Welt. Schon auf den Bildern konnte man erkennen, dass die Landschaften krank und ausgezehrt wirkten. Die Wiesen waren bräunlich und verdorrt. Die Bäume hatten ihre Blätter abgeworfen und die Rinde zeigte sich trocken und grau. Viele der einst glitzernden Seen waren vertrocknet und die Edelsteine auf dem Grund, die normalerweise in kräftigen Farben leuchteten, erloschen. Außerdem hallten schreckliche Schmerzensschreie durch die Welt. Sie stammten höchstwahrscheinlich von den Vutagons. Das waren echsenartige Wesenheiten, die ihr Schuppenkleid in viele verschiedene Farben tauchen konnten. Sie nahmen die Energien präzise wahr und ihr Aussehen passte sich daran an. Sie unterschieden sich deswegen sehr, je nachdem wo sie lebten. Ihre Laute waren speziell, fast wie Sirenen, weshalb man sie deutlich heraushören konnte.

Plötzlich erblickte ich etwas, dass mir das Blut in den Adern gefrieren ließ: Von den Bergen senkte sich dunkler Nebel in die Täler hinab. Ich kannte diesen merkwürdigen Dunst bereits. Irgendwo musste sich ein schwarzes Loch befinden. Jesus bejahte dies. Er war hinter mir und Micheal in den Raum gekommen und hatte tiefe Sorgenfalten auf der Stirn. Ich spürte, dass die Mitteilung, die er uns gleich machen wollte, großes Entsetzen auslösen würde. So kam es auch. Er sagte uns, dass wir die Welt nicht mehr betreten könnten. Die Konzentration an negativer Energie sei bereits so hoch, dass es unmöglich wäre, sie zu besuchen ohne Schaden zu nehmen. Ich wollte das nicht akzeptieren und versuchte Jesus davon zu überzeugen, dass ich es doch noch einmal versuchen dürfe. Er blieb jedoch bei seiner Einschätzung und schüttelte den Kopf. Eine schreckliche

Schwere legte sich auf meine Brust und das schlechte Gewissen nagte an meinem Herz. Ich sagte Jesus, dass ich den Auftrag weitergegeben hatte, doch mein Wandererkollege einfach nicht dort aufgetaucht sei. Ich versuchte, ihn zu erreichen, aber er meldete sich nicht zurück und schloss dann seinen Kanal. Ich war fassungslos und erzählte Jesus gleich davon. Er wirkte zu meiner Verwunderung nicht überrascht und sagte, dass er nicht der Einzige wäre, der seinen Aufgaben nicht mehr nachkommen würde. Es würden immer mehr Wesenheiten ihre Aufträge verweigern. Ich konnte das nicht glauben. Als ich nachfragte warum, sagte er mir, dass Luceriel damit abgefangen hätte und dass sich immer mehr ein Beispiel an seinem Verhalten nehmen würden. Dies, so erklärte er weiter, wäre der Auslöser für das immer größer werdende Ungleichgewicht und die negative Energie, die von den Himmeln in die Welten strömen würde. Ich war fassungslos, hatte ich mich ja vor kurzem noch mit ihm getroffen und er hatte mit keiner Silbe erwähnt, dass er seine Aufträge geschwänzt hatte. Jesus erklärte mir, dass er schon länger so verfuhr und sehr viele seiner Aufgaben nicht mehr erledigte, um sich mit mir zu treffen oder mir zu meinen Aufträgen hinterherzureisen um zu sehen, ob es mir gut ging. Ich war sprachlos und entschuldigte mich bei Jesus für sein Verhalten. Er sagte jedoch, dass es seine eigene Entscheidung war. Ich gab ihm Recht, wollte aber trotzdem mit Luceriel darüber reden. Jesus sagte, dass ich das tun könnte. Vorher würde er mir jedoch noch etwas zeigen. Wir machten uns auf den Weg zu den Zwillingswelten Sirubav und Seruwa, die einst eine Welt nämlich Serwujav darstellten.

Sirubav

Sirubav und Seruwa werden auch als Zwillingswelten bezeichnet, da sie sich aus ursprünglich einer Welt entwickelt haben. Was in der einen passiert, geschieht auch in der anderen. Sie sind energetisch gesehen noch immer eine Welt, so eng sind sie miteinander verbunden. Sirubav ist etwas kleiner als Seruwa und ihr Waldbewuchs ist dichter, während ihr Zwilling, von mehr Seen und Flüssen gespeist wird. Beide Welten sind geistige Welten mit der Möglichkeit der Materialisation und von vielen unterschiedlichen Wesen bevölkert.

Der Bruch erfolgte durch eine energetische Teilung, doch weiß niemand genau, warum sich die beiden Welten trennten. Sie liegen in unmittelbarer Nähe, aber scheinen sich immer weiter voneinander zu entfernen.

Jesus brachte mich nach Sirubav und wir gingen durch die prächtigen Wälder hindurch spazieren. Interessanterweise war die Landschaft dort noch unberührt von der negativen Energie, die sich ausbreitete und immer weitere Welten befiel. Die weiße Rinde der Bäume zeigte sich kräftig und gesund. Die gelblichen Blätter mit den gerollten Spitzen schaukelten an den Ästen hin und her. Nicht ein einziges davon lag auf dem Boden. Aus einer Höhle quiekte uns fröhlich ein Umunom entgegen. Diese flauschigen Tierwesen erinnern an Eichhörnchen, können allerdings fliegen. Es kletterte fix den Baum hinauf, nahm sich ein paar der bläulichen Beeren, die in den Baumkronen wuchsen, und stopfte sie sich in seine Backen. Dann zuckte es lustig mit seinem buschigen weißen Schwanz und verschwand wieder in seiner Höhle. Ich musste lächeln, als ich es beobachtete und spürte eine große Freude in mir aufsteigen. Nach all den grausigen Einsätzen in der vergangenen Zeit war es schön, zu sehen, dass es noch Welten gab, auf denen alles in Ordnung war. Jesus las meine Gedanken und fragte mich, ob ich eine Idee hätte, warum die Welt hier so unberührt wäre. Ich überlegte einige Zeit, konnte jedoch keine wirkliche Erklärung dafür finden. Er sagte, ich solle eine Analyse machen. Ich war verwundert, denn ich hatte nicht den Eindruck, dass es in dieser Welt Probleme geben würde, folgte aber seiner Anweisung. Die Überprüfung der Energien ging sehr leicht und kostete mich erstaunlicherweise so gut wie keine Kraft. Als ich meine Arbeit beendet hatte, sagte ich Jesus, was ich bereits vermutet hatte, nämlich dass ich keine Auffälligkeiten feststellen konnte. Er nickte mit einem Lächeln und fragte mich dann, ob mir noch etwas anderes aufgefallen wäre. Auch hier überlegte ich kurz, aber schüttelte schließlich den Kopf. Er wies mich darauf hin, dass ich ohne Gandolin hier wäre und er mich vor unseren Besuch nicht synchronisiert hätte. Mir klappte der Mund auf. Das war mir durch den Stress, den ich mit dem Auftrag in Kirigel gehabt hatte, gar nicht aufgefallen. Ich dachte sehr intensiv darüber nach und bewegte mich in immer größeren Kreisen durch den Wald, um das Gesagte zu überprüfen. Das kleine Umunom sprang von Baum zu Baum und begleitete mich, während es immer wieder verwundert den Kopf drehte. Es schien sich wohl zu fragen, was ich dort machte. Jesus lachte sehr bald und kam auf mich zu. Ich fragte ihn, wie es möglich war, dass ich hier einfach umherspazieren konnte. Er sagte mir, dass die Energien die hier herrschten, meinen sehr ähnlich seien und das dies mit der Bestimmung zu tun hätte, die Gott für mich vorgesehen hatte. Ich verstand seine Worte nicht, aber es folgte auch keine weitere Erklärung, sondern wir machten uns auf den Weg nach Seruwa, der Zwillingswelt von Sirubav.

Seruwa

Seruwa und Sirubav sind beinahe identisch. Wie bereits erwähnt gibt es dort mehr Flüsse und Seen, dafür weniger Wälder. Dies Gewässer sind sehr klar und die Steine am Grund glitzern in allen erdenklichen Farben. Die Artenvielfalt der Zwillingswelten ist ebenfalls ähnlich. Viele der Geschöpfe, die dort leben, pendeln zwischen ihnen hin und her. Ich kann leider nicht von allen berichten, denn die Wesenheiten sind viel zu zahlreich um sie hier alle zu nennen und zu beschreiben. Eine genaue Auflistung der Arten ist in Raphaels Büchern zu finden, die ich schon des Öfteren erwähnt habe.

 Jesus und ich gingen einige Schritte an einem der Ufer entlang und er fragte mich dabei, was ich fühlen würde, wenn ich hier bin. Ich spürte in mich hinein und ermittelte eine schreckliche Sehnsucht, die ich mir nicht erklären konnte. Gleichzeitig fühlte ich mich aber auch wohl dort. Allerdings hatte ich das Gefühl, das etwas fehlen würde. Jesus nickte nur und sagte dann, dass etwas, was Gott zusammenfügt hatte, nicht getrennt werden sollte. Eine endgültige Trennung dessen, was zusammengehört sei ohnehin nicht möglich.

Ich verstand in dem Moment, warum die beiden Welten gleich reagierten. Sie gehörten ursprünglich zusammen, waren eins, aber dann wurden sie getrennt. Jesus nickte erneut, als er meine Gedanken verfolgte und sagte, dass dies ein Grundsatz wäre, der niemals gebrochen werden könne. Was zusammengehört, wird zusammenfinden. Ich fragte Jesus, ob das bedeuten würde, dass die beiden Welten wieder eins werden würden. Er blickte mich an und sagte, es bräuchte manchmal Zeit, um zu erkennen, was einem fehlt. Ich drehte den Kopf schief. Wieder eine Aussage, die ich nicht verstand. Er klopfte mir auf die Schulter und sagte, dass die Zeit kommen würde, in der ich es verstehen werde. Ich warf noch einen letzten Blick auf den wunderschönen See, an dem wir entlanggingen. Die Sehnsucht in meiner Brust wurde stärker, je länger wir hier waren. Ich blickte auf den Grund auf die leuchtenden Steine. Mein Herz suchte hier nach etwas, aber es fand es nicht. Jesus lächelte mich an und sagte, die Zeit würde kommen, ich müsse Geduld und Vertrauen haben. Wir machten uns dann zurück auf den Weg in die Himmel, wo bereits ein weiterer Auftrag auf mich wartete.

Lawrav

Lawrav ist eine geistige Welt mit der Möglichkeit der Materialisation. Sie liegt in der gleichen Dimension wie die Zwillingswelten. In ihr herrschen klare Gesetze und die Energiebahnen verlaufen geradlinig. Man sagt, diese Welt bilde das Grundgerüst für alle Ordnungsenergien. Die Landschaft besteht überwiegend aus schroffen orangefarben Felsen, aus denen in unregelmäßigen Abständen Edelsteine glitzern. Diese Steine helfen der Welt dabei ihren Energiefluss in geraden Bahnen zu halten.

Die starken Ordnungsenergien, die in ihr fließen, sind grundlegende Energien, ohne die nichts existieren könnte. Auf ihnen bauen alle anderen Kräfte auf.

Lawrav ist unbewohnt. Nur ein paar Arbeiter verrichten dort ihren Dienst. Sie werden Merfs genannt und sind formlose Lichtwesen, die sich meistens als Kugeln oder kleine goldene Flammen zeigen. Sie bereinigen die Energien und kontrollieren regelmäßig den Energiefluss.

Wie mein nächster Bericht zeigt, war Lawrav eine der Welten, die am extremsten von den Energieumschwüngen durch die negative Energie betroffen war. Michael schickte mich mit den Worten dorthin, es wäre schnelle Handlung erforderlich und er wüsste, dass er sich auf mich verlassen kann. Das konnte man leider nicht von vielen behaupten. Es zeichnete sich ab, dass immer mehr Lichtwesen anfingen, unsauber zu arbeiten, oder ihre Aufträge ganz verweigerten. Ich hatte allerdings keine Zeit, viel darüber nachzudenken, denn die Notrufe wurden immer mehr, je weiter sich die negative Kraft ausbreitete. Wenn nun auch die Ordnungsenergien in Gefahr waren, herrschte höchste Eile. Lawrav transportierte ihre Energien in das ganze Dimensionsnetz. Wenn dort etwas nicht stimmte, würden die Ordnungsenergien aller Welten sehr bald ins Chaos stürzen und die Folgen wären katastrophal.

Ich sagte also Gandolin Bescheid, der sogleich kam, und wir machten uns auf den Weg.. Auf Lawrav war eine seltsame Stille eingekehrt. Normalerweise hörte man ein schrilles Pfeifen, das von den Arbeitern verursacht wurde, die dort ihren Dienst verrichteten. Ich wollte eine Analyse starten, aber Gandolin sagte, wir sollten uns zuerst einmal umsehen. Immerhin wussten wir nicht, wie weit die negative Energie schon in die Welt vorgedrungen war, und es könnte gefährlich für mich werden. Ich musste ihm recht geben und so folgten wir seinem Vorschlag. Hinter einem orange leuchtenden Hügel, entdeckten wir ein paar der Arbeiter. Sie flitzten aber nicht wie üblich durch die Gegend und suchten nach den Energieströmen, sondern standen ganz still. Sie pulsierten in unregelmäßigen Abständen und das Leuchten ihrer Leiber schien bei jedem Mal schwächer zu werden. Ich blickte mich kontrollierend um, da ich den Verdacht hatte, dass sich wieder schwarzer Nebel gebildet haben könnte, aber ich entdeckte nichts. Mir fiel allerdings auf, dass die glänzenden Energieströme, die in der Welt entlangliefen trüb und irgendwie dunkler als sonst wirkten. Ich hatte die Vermutung, dass sie verunreinigt sein könnten und die Wesen davon gekostet hatten.

Mit dieser Erkenntnis kehrten wir zurück und ich berichtete sogleich Michael von meinen Beobachtungen, der Jesus informierte. Er sandte die Erzengel aus, denen es gelang, einen Großteil der

Arbeiter in die Himmel umzusiedeln. Sie bereinigten auch die Ströme, so gut es ging, um eine weitere Ausbreitung der negativen Kraft zu verhindern. Früher oder später aber, so sagte Jesus, würden sie die Welt zur Gänze übernehmen. Die Aussage erschütterte mich zutiefst, doch ich hatte keine Zeit, darüber nachzudenken, denn mein nächster Auftrag wartete bereits.

Murosu

Murosu ist eine sehr große Welt, die sich in der Mukanu-Dimension befindet. Auch sie hat die Möglichkeit, sich zu materialisieren, was sie meistens tut. Es ist eine wunderschöne Welt, die aus fünf großen Inseln besteht, die eine sehr umfangreiche Artenvielfalt aufweisen. Es gibt dort Mirx, Batenos und Nobilavs. Dies sind aber nur einige der Wesenheiten die sich in dieser Welt tummeln. Ein Verzeichnis der Bewohner findet man in Raphaels Bücher.

Die Inseln in dieser Welt beziehen sich auf die fünf Elemente Feuer, Wasser, Luft, Erde und Geist. Dementsprechend sind die Landschaften dort geformt. Auf der ersten Insel gibt es einen riesigen Vulkan, der die ganze Ebene überzieht. Seine feurigen Steine lassen Wesen gedeihen, die mit diesen extremen Bedingungen umgehen können. Temperaturen von bis zu 80 Grad sind dort keine Seltenheit. Ein breiter Lavafluss durchstreift die ganze Insel und lässt feurige Blasen und heiße Dämpfe aufsteigen, die von dem geschmolzenen Steinen und den seltenen Metallen im Erdreich herrühren die sich im Erdboden befinden. Der Abbau ist schwierig, weil sich nur Wesen dort aufhalten können, denen es möglich ist, unter diesen Bedingungen zu leben.

Die zweite Insel ist die sogenannte Wasserinsel. Auf ihr gibt es wenigen sumpfigen Landstriche, doch der überwiegende Teil der Insel besteht aus Flüsse und Seen, in welchen sich Wasserwesen tummeln. Auch ein buntes Angebot an Pflanzen ist hier zu finden. Sie wachsen allerdings ausschließlich unter der Wasseroberfläche.

Die dritte Insel ist die Steininsel. Auf ihr befindet sich eine karge Felsenlandschaft, auf der einzelne Bäume und Sträucher wurzeln. Hier leben Wesen die sehr widerstandsfähig sind und mit dieser mageren Vegetation zurechtkommen.

Die vierte der fünf Inseln besteht überwiegend aus fliegenden Wolken. Die Wesen die dort leben, stehen wie die Luft selbst, so gut wie nie still. Sie sind unfassbar schnell und ihre hochfrequenten Schreie sind schon von weitem gut zu hören. Durch ihre flinken Bewegungen wirkt es, als würden dort mächtige Winde wehen.

Die letzte Insel ist auf geistiges Wachstum ausgerichtet und viele der Lichtwesen besuchen sie regelmäßig, um zu trainieren. Die Formen der Landschaft ändern sich ständig und sind formbar, was eine Herausforderung darstellt und eine gute Übung ist.

Die fünf Inseln halten die Grundenergien der Welt aufrecht und geben ihr ihre Form und ihre energetische Ausrichtung. Sie fließen nicht konstant aber in eine Richtung und sind voneinander abhängig. Der Nachteil an dieser komplexen Zusammenstellung ist, dass wenn es an einer Stelle Probleme gibt, nicht lange dauert, bis sie sich auch an anderen Orten auswirken.

Genau dieser Umstand wurde zum Problem, als die negativen Energien sich immer weiter ausgebreitet haben. Auf der Insel der geistigen Kräfte in Murosu befindet sich ein Fixstern, der eine Art Tor zu der Welt darstellt. Auch das ist eine der Dinge, die dort einzigartig sind. Es ermöglicht den Lichtwesen die auf der Insel trainieren wollen einen schnellen Übergang, hat aber den Nachteil, dass es eine Schwachstelle darstellt. Diese Schwäche war es auch, die zu Problemen in der Welt führte.

Ich wurde von Michael dorthingeschickt, nachdem der zuvor angeforderte Wanderer nicht aufgetaucht war.

Ich und Gandolin nutzten das Zutrittstor, doch als wir in die Welt hineintraten, warf es uns auf die Knie. Die Energien, die dort herrschten, brannten auf der Haut und im Leib und wir konnten uns nicht mehr bewegen. Wie paralysiert hockten wir dort auf der Insel und schrien vor Schmerzen aus Leibeskräften. Meine Energie ging immer weiter verloren und mein Blick trübte sich. Plötzlich jedoch spürte ich, wie jemand mich wegzog. Als ich wieder zu mir kam, erkannte ich, dass ich in der Krankenstation lag. Gandolin schlief im Bett neben mir. Auf meiner rechten Bettseite saß Luceriel und betrachtete mich mit sorgenvoller Mine. Ich war außer mir vor Wut und fuhr ihn an, wie er es wagen konnte, sich hier blicken zu lassen. Er sagte, er hätte mich gerettet. Das interessierte mich allerdings nicht. Immerhin war er für das ganze Chaos verantwortlich. Er wollte weiter mit mir reden, aber ich blockte ab und war froh, als ich Jesus im Türrahmen erblickte. Er setzte sich zu mir und nahm meine Hand. Ich spürte sofort, dass etwas nicht stimmte, und fragte, was los sei. Er sagte mir, dass es mittlerweile zu gefährlich geworden war, zu den Welten zu reisen, und ich könnte meiner Aufgabe nicht mehr nachkommen. Diese Mitteilung traf mich wie ein Schlag, denn ich liebte meine Arbeit und konnte mir in keiner Weise vorstellen, ihr nicht mehr nachzugehen. Ich verspürte eine schreckliche Wut gegenüber Luceriel und schrie ihn an, dass das alles seine Schuld sei, ehe ich mich aus der Krankenstation davonmachte. Ich weinte und mein Kopf ratterte unaufhörlich. Was sollte ich nur tun, wenn ich meiner Bestimmung nicht mehr nachgehen konnte? Mein ganzes Sein war darauf ausgelegt, das zu erfüllen, was ich tat. Wenn das nun nicht mehr möglich war, was war dann der Sinn meines Seins und meine Bestimmung? Mit einem gebrochenen Herzen zog ich mich in mein Haus zurück.

Ingsna

Ingsna ist eine Zwischenwelt, die 11 Dimensionen miteinander verbindet. Sie ist eine geistige Welt mit der Möglichkeit der Materialisation und hat im Gegensatz zu vielen anderen Zwischenwelten, eine reiche Vegetation. Manche der Wesen die hier hindurchkommen nutzen die idyllischen Wälder und Wiesen, um sich etwas auszuruhen, ehe sie weiterreisen. Sie verbindet die Motex-Dimension mit ihren 302 Welten, die Fibrox-Dimension mit ihren 22 Welten, die Kabura-Dimension mit ihren 84 Welten, die Hulax-Dimension mit ihren 420 Welten, die Humex-Dimension mit ihren 314 Welten, die Metrax-Dimension mit ihren 140 Welten, die Bibal-Dimension mit ihren 14 Welten, die Akalu-Dimonsion mit ihren 167 Welten, die Lagora-Dimension mit ihren 48 Welten, die Nitax-Dimension mit ihren 87 Welten und die Unex-Dimension mit ihren 124 Welten miteinander. Wie bereits erwähnt, sind Probleme in Zwischenwelten immer problematisch. Weiten sie sich aus, können alle Dimensionen und Welten in Mitleidenschaft gezogen werden, die dort angebunden sind. In diesem Fall war das Problem allerdings weitreichender. Durch die dunkle Energie, die sich immer weiter ausbreitete, änderten sich die Welten grundlegend. Alles, was lebte, begann zu sterben.

Ich war zu der Zeit schon von meinem Dienst zurückgezogen worden. Allerdings stattete ich dem Hologramm regelmäßig einen Besuch ab. Die Erzengel übernahmen nun die Aufgabe, das Gleichgewicht der Welten solange es ging aufrecht zu erhalten. Trotzdem musste ich mit weinenden Herzen zusehen, wie eine Welt nach der anderen in Disharmonie kippte und in ihrem bisherigen Darsein verendete. Ingsna war eine der ersten Zwischenwelten, die von den negativen Energien vollkommen ins Gegenteil gestürzt wurde. Die Landschaften verödeten sehr schnell und es bildeten sich heftige Gewitter, die so kräftig waren, dass selbst die Erzengel keine langen Aufenthalte dort wagen konnten. Ich verfolgte oft ihre Aufträge an dem Hologramm. Das Guckloch, das es möglich gemacht hatte, in die unterschiedlichen Welten zu blicken, war aus Sicherheitsgründen verschlossen worden. Man konnte über das Hologramm nur sehr oberflächlich zusehen, was vor sich ging, aber es war besser, als gar nichts mitzubekommen. Die Arbeiter, die dort lebten, waren auf andere Welten umgesiedelt worden. Es war gerade noch rechtzeitig geschehen, den ein heftiger Blitz fegte wie ein Hurrikan durch die Welt und verschluckte alles auf seinem Weg. Die Durchgänge waren versiegelt worden, um die Ausbreitung so lange wie möglich zu verhindern, allerdings war Ingsna nicht die einzige Zwischenwelt, die von den negativen Energien umgepolt worden war. Es gab auch Welten mit einer besonderen effektiven und raschen Wirkungsweise. Das bedeutete, sie konnten die Anpassung der Wesenheiten sehr schnell vollziehen. Von einer solchen Welt handelt das nächste Kapitel.

Homago

Homago ist eine der effizientesten und schnellsten Zwischenwelten, die existieren. Sie passt das Energieniveau der Wesenheiten innerhalb einer halben Sekunde an das entsprechende Energielevel der gewünschten Dimension und Welt an. Diese, von so vielen geschätzte Fähigkeit, sollte allerdings zu einer der größten Gefahren nach dem Ausbreiten der negativen Energie im Kosmos werden.

Ich war von meiner Aufgabe, die Welten zu bereisen, bereits zurückgezogen worden, doch ich beobachtete regelmäßig das Treiben der Erzengel und verfolgte ihre Aufträge. Jesus sagte, es wäre gut, wenn ich verwaltungstechnische Aufgaben übernehmen würde, also arbeitete ich den Engeln, die auf den Welten unterwegs waren zu, indem ich Berichte weiterleitete und notwendige Stellen kontaktierte. So konnte ich sehr gut verfolgen, was auf dem Hologramm vor sich ging und welche Aufträge und Probleme gemeldet wurden.

Zu dem besagten Zeitpunkt war gerade sehr viel los. Michael, Uriel und Phenuel waren bereits in unterschiedlichen Welten unterwegs, um die auftretenden Probleme dort zu lösen. Auslöser war wie bei so gut wie allen anderen auch, die negative Energie die sich ausbreitete und die Welten weiter ins Chaos stürzte. Schuld daran war Luceriels Rebellion und die Tatsache, dass sich immer mehr Lichtwesen seinen Unarten anschlossen. Dadurch wurde die Menge an negativer Energie immer größer und viele der Welten konnten ihr Energieniveau nicht mehr aufrecht erhalten. Die Erzengel versuchten, die Kräfte zu stabilisieren, um die dort lebenden Wesen in Sicherheit zu bringen. Allerdings gelang dies immer nur für kurze Zeit, ehe sich das Energielevel wieder verschlechterte.

Als die Meldung von Homago auf dem Hologramm aufblitzte, stellte sich sofort ein ungutes Gefühl in meiner Magengegend ein. Ich war mir im Klaren darüber, dass die Energieumwandlungen in dieser Zwischenwelt sehr schnell vonstattengingen, weshalb ich wusste, dass rasches Handeln unerlässlich war. Ich sagte Raphael und Gabriel Bescheid, noch ehe ich auf dem Hologramm Bilder begutachtete, um die Lage zu überprüfen. Der Anblick ließ beinahe mein Herz aussetzen: Durch die hüglige, silbern glänzende Wüstenlandschaft schlängelten sich schwarze, dichte Nebelschwaden. Das Gestein mit dem sie in Berührung kamen, wurde auf der Stelle schwarz und verlor seinen typschen schimmernden Glanz.

Die Arbeiter, die dort in Höhlen leben, werden Smorfs genannt. Sie sind humanoid und wirken als wären sie aus einer glänzenden Flüssigkeit zusammengesetzt. Sie können ihre Form auch ändern. Normalerweise durchstreifen sie die Ebene und kümmern sich um die dort ankommenden Wesen um ihnen den Übergang in die gewünschte Dimension und Welt zu erleichtern. Jetzt allerdings war kein einziges von den Geschöpfen zu sehen. Offenbar versteckten sie sich in ihren Höhlen und versuchten, dort Schutz vor dem schwarzen Dunst zu finden. Ich konnte im Sekundentakt beobachten, wie die Landschaft der Zwischenwelt immer weiter verdunkelte. Die Übergänge zu den angeschlossenen Dimensionen waren so schnell erreicht, dass ich kaum den Überblick behalten konnte.

Ich wusste, da Homago die Energien in andere Dimensionen einspeisen konnte, dass die Welten die mit ihr verbunden waren, schon von der negativen Macht eingenommen wurden.

Ich begann heftig zu zittern und war nicht in der Lage zu begreifen, was dort gerade passierte. Alles ging so schnell, dass mein Verstand nicht hinterherkam, das Geschehen zu verarbeiten. Gabriel schüttelte mich irgendwann und ich kam wieder zu mir. Er hatte bereits einen Blick auf das Hologramm geworfen und sofort verstanden, was dort vor sich ging. Es blieb keine Zeit mehr. Die einzige Möglichkeit, die sich jetzt noch bot, war zu versuchen, die Durchgänge der Welt zu trennen, damit sich sie Energie nicht weiter ausbreiten konnte. Raphael war bereits auf den Weg dorthin, um zu prüfen, welche Ausgänge noch nicht betroffen waren. Bis auf 2 waren von den 70 alle durchbrochen worden. Sie führten in die Hubarx und die Smurak-Dimension. Die eine besaß 39, die andere 412 Welten die teilweise bewohnt, aber auch unbewohnt waren. Raphael löste die Durchgänge der verbleibenden zwei Dimensionen auf und machte sich dann daran, nach den Arbeitern zu sehen, die in den Höhlen lebten. Gabriel stieß zu ihm, um ihn zu unterstützen, während ich den Einsatz auf dem Hologramm verfolgte um, wenn nötig, weitere Hilfe zu schicken.

Sie betraten die Höhlen, in denen die Wesen wohnten. Ich konnte nicht verfolgen, was im Inneren passierte, doch ich sah, wie die beiden aus einer der Höhlen wieder heraussprangen. Ein Wesen stürzte auf sie zu. Es besaß einen flüssigen, humanoiden Leib, so wie die Arbeiter. Allerdings glänzte es nicht, sondern sein Körper war schwarz und es besaß lange Krallen und scharfe Zähne. Es griff die Erzengel an, die kurze Zeit später wieder zurückkamen.

Auf meine Frage hin, was dort eben passiert sei, sagte Raphael zu mir, die Arbeiter seien verloren. Er erklärte mir, dass nicht alle Wesen durch die negative Energie sterben würden. Einige würden sich verändern und zu regelrechten Bestien werden. So war es auch in diesem Fall geschehen. Die netten, ausgeglichenen Wesen, waren durch ihre Fähigkeit, die Energie von anderen zu erkennen und aufzunehmen, in bösartige, gefährliche Monster verwandelt worden. Erneut durchzog ein heftiger Schauer meinen Leib und ich warf noch einmal einen Blick auf das Hologramm. Die Wesen waren mittlerweile wieder aus den

Höhlen herausgekommen. Sie zogen laut kreischend über die kohlenschwarzen Hügel und scharrten mit ihren neu entstandenen Krallen den Boden entlang. Nach diesem Erlebnis war ich nicht mehr in der Lage einen klaren Gedanken zu fassen und beschloss, ehe ich meine nächste Aufgabe antrat in den Tempel vor Gott zu treten, um mir Rat und Zuspruch zu hohlen.

Lerema

Lerema ist eine geistige Welt mit der Möglichkeit der Materialisation. Sie liegt in der Rubex-Dimension und ist eine jener Welten, die mit Homago verbunden waren. Hier fand man Kräuter und Wurzeln, die es nur dort gab. Selbst in den Himmeln waren sie sehr beliebt und wurden für Medizin verwendet. Die Artenvielfalt in Lerema war ebenso üppig wie die Vegetation. Eine genaue Auflistung findet man auch hiervon in den Büchern von Raphael.

Ich hatte in der Vergangenheit einige Aufträge dort, weil der Energiefluss extrem empfindlich ist und selbst auf kleine Reize stark reagiert.

Behält man dies im Hinterkopf, ist es nicht schwer, sich vorzustellen, was der Umschwung dort angerichtet hat. Lerema ist eine jener Welten, die durch den negativen Einfluss nicht vergangen ist, sondern sich rapide verändert hat. Während früher jeder sehr gerne dorthingereist ist, möchte nun keiner mehr länger bleiben, als notwendig. Dies hat nicht nur damit zu tun, dass sich die Landschaft stark verändert hat, sondern auch die

Wesenheiten die dort leben, sind sehr feindselig geworden. Man hat ständig das Gefühl, in der Welt nicht willkommen zu sein, und sämtliche Energien scheinen bösartige Absichten zu verfolgen. Michael und Gabriel erlebten das am eigenen Leib, als sie dort waren, um nach dem Rechten zu sehen. Ich verfolgte ihre Mission über das Hologramm.

Sie liefen durch den Hauptwald. Dort wachsen die Bäume, in welchen die Hauptenergien der Welt fließen. Sie halten das Energielevel konstant und sind fähig kleine Unreinheiten auszugleichen. Zumindest war es so, bevor die negative Energie dort Einzug gehalten hat.

Michael und Gabriel gingen einige Schritte auf einen Trampelpfad hindurch und überprüften währenddessen den Energiefluss. Dann aber, peitschten einige Ranken der riesigen Bäume auf sie hinab. Die Schläge kamen so überraschend und waren so heftig, dass es die beiden Erzengel zu Boden warf. Kaum lagen sie auf den Grund, fielen von oben Tierwesen über sie her. Es waren vogelartige Wesen, die Upelu genannt wurden. Sie waren doppelt so groß wie Falken und hatten wunderschönes rotes Gefieder und einen breiten

Schnabel. Normalerweise waren sie sehr friedliebend und eher scheu. Nun allerdings stürzten sie sich auf die Erzengel und hackten mit zugespitzten Schnäbeln und scharfen gebogenen Krallen auf sie ein. Die beiden schlossen sich mit ihren Stäben in einen Schutzkreis ein und rappelten sich wieder hoch. Ich durchforstete währenddessen die Welt auf dem Hologramm und konnte beobachten, dass immer mehr der Wesenheiten, in ihre Richtung drängten. Sie hatten sich verändert. Trugen scharfe Klauen, spitze Zähne oder Stacheln. Sie waren sehr aggressiv und bekämpften sich gegenseitig. Einige zerrissen ihre Artgenossen und schienen in regelrechte Raserei zu verfallen. Die negative Energie war dort auch noch nicht abgezogen. Schwarze Schwaden zogen durch die Landschaft. Sie schien die Tierwesen und die Pflanzen dort immer wütender zu machen. Die Bäume und Blumen begannen damit Dornen auszubilden und klebrige Sekrete zu produzieren, die sie ausspuckten.

Ich berichtete Michael und Gabriel von meinen Beobachtungen und sagte ihnen, dass ich das Gefühl hatte, sie sollten dort so schnell wie möglich verschwinden. Michael ließ es sich jedoch nicht nehmen einen Fixpunkt zu errichten, der positive Energie ausstrahlte. Die Tiere und Pflanzen, die sich in seiner unmittelbaren Nähe befanden, schienen sich daraufhin etwas zu beruhigen, allerdings hielt der Effekt nicht lange an. Die negative Energie war bereits zu dicht und schon bald wurde der Fixpunkt von ihr zersetzt.

Das war der Zeitpunkt, an dem Michael und Gabriel zurückkehrten. Sie waren frustriert, denn sie hatten nicht mehr viel für die Welt tun können. Wir wollten uns gerade noch etwas über das, was dort vor sich ging, unterhalten, als Jesus den Raum betrat. Er sagte uns, es hätte sich die letzte Zeit sehr schnell viel geändert, weshalb er eine Besprechung einberufen hatte. Eine zentrale und wichtige Welt war der negativen Energie zum Opfer gefallen: Luxabor die Regenbogenlichtstadt. Sie stellte eine Verbindung zwischen den existierenden Ebenen her und sorgte für den Ausgleich der Energien. Was dort konkret vorgefallen ist, erläutere ich im nächsten Kapitel.

Luxabor

Luxabor ist eine geistige Welt mit der Möglichkeit der Materialisation, die in der Puxa-Dimension liegt. Traumhafte Landschaften mit bunten Pflanzen und Bäumen, die hell wie Sterne leuchten, geben ihr den Namen Regenbogenlichtstadt. Sie stellt eine Verbindung aller Ebenen zueinander her und sorgt für einen Ausgleich der Energien darin. Die Ströme die in der Welt fließen, sind sehr hochenergetisch, weshalb es nicht allen Wesen möglich ist, sie zu bereisen. Ich selbst war nur einmal in Begleitung von Jesus dort, um mit ihm zusammen eine Überprüfung vorzunehmen. Mein Bauch kribbelt noch immer bei der Erinnerung an den wunderschönen Anblick der bunt leuchtenden Wälder. Die Bäume scheinen durchsichtig wie glas und man kann die Bahnen im Inneren ganz klar erkennen. Edelsteine in ihrem Rumpf, die für die Energieaufrechterhaltung so unerlässlich wichtig sind, lassen sie in unterschiedlichen Farben glitzern.

Als Jesus uns jedoch in der Besprechung, die er einberufen hatte, Bilder der Welt zeigte, erstarrte mein Herz und ein Schauer donnerte durch meinen Leib. Von der einst hell leuchtenden Landschaft war nichts mehr übriggeblieben. Die Bäume zeigten sich in tiefem Schwarz und die Edelsteine glimmten in einem unheimlichen roten Licht. Wieder erblickte ich die dunklen Nebelschwaden, die durch die Hügel und Wälder zogen und sich alles auf ihrem Weg einverleibten.

Der Messias zeigte uns auch Bilder von den Toren der Ebenen, auf denen klar ersichtlich wurde, dass die negative Energie bereits dort hindurchgedrungen war. Er sagte uns, dass es nun kein Zurück mehr gebe und sich der Umschwung in allen Ebenen auswirken würde.

Mit Tränen in den Augen verfolgte ich, wie der schwarze Nebel jeglichen Winkel von Luxabor einnahm und die Schönheit dieses einst so wundersamen Ortes, in Finsternis stürzte. Jesus spürte meine Traurigkeit und legte mir die Hand auf die Schulter. Er sagte zu mir, dass wieder bessere Zeiten kommen würden, aber wir nun durch eine lange Ära der Dunkelheit gehen müssten. Die Bedingungen würden sich ändern. Welten und Dimensionen, die wir sonst ohne Probleme bereisen konnten, wären nun feindselig gesinnt und man müsse sich darauf einstellen, angegriffen zu werden, so wie Michael und Gabriel. Er sagte uns, es würde sich eine neue Realität bilden, an die wir uns gewöhnen müssten. Ich versuchte, mich so gut es ging, mit den Gedanken anzufreunden und die Wörter von Jesus zu verarbeiten, aber ich verstand es zu der Zeit noch nicht. Ich denke keiner der damals Anwesenden, konnte erahnen, welche Ausmaße das ganze Geschehen annehmen würde. Wie sollten wir auch? Bis zu diesem Zeitpunkt herrschte ein harmonisches miteinander. Es gab weder Streit noch ein böses Wort oder schändliche Gedanken. Nein. Das hatte sich erst durch das Ausbreiten der negativen Energie so entwickelt.

Sehr viele Welten veränderten dadurch ihre Form. Andere starben auch. Diejenige, die es am stärksten getroffen hatte, war Metobena. Ihre Geschichte erläutere ich im nächsten Kapitel.

Metobena

Metobena ist eine geistige Welt mit der Möglichkeit der Materialisation. Sie ist eine sehr kleine Welt, die nur ungefähr ein Drittel der Erdoberfläche beträgt.

Einst war sie sehr fruchtbar und wies, obwohl sie nicht sonderlich groß war, eine üppige Artenvielfalt auf. Eine Art der hierlebenden Tierwesen war äußerst selten und produzierte eine Art Wolle, die zu Stoffen verwebt wurde. Ihr Name war Higarus und sie waren sehr friedliebend. Ihr Äußeres wirkte wie das eines Bären, doch sie hatten Flügel auf dem Rücken und Schwimmhäute zwischen den Zehen. Die Engel reisten oft dorthin um die Wesen zu kämen und die dabei angefallene Ausbeute an Fell, für die Verarbeitung mit in die Himmel zu nehmen.

Die Besonderheit der Welt lag außerdem in der Bodenbeschaffenheit. Aufeinanderliegende Platten, die durch die ständige Bewegung der Welt gegeneinander rieben, sorgten für einen sehr speziellen Ton, der sich wie ein Lachen anhörte. Metobena wurde deswegen auch als die lachende Welt bezeichnet. Durch die Ausbreitung der negativen Energie wurde innerhalb kürzester Zeit die gesamte Artenvielfalt zerstört.

Wir wurden darauf aufmerksam, als merkwürdige Klänge zu vernehmen waren, die wir zuerst nicht zuordnen konnten. Ein Blick auf das Hologramm brachte allerdings Klarheit. Die schwarzen Rauchschwaden hatten sich in Metobena ausgebreitet und die Hälfte der Welt war bereits zerstört. Die Oberfläche der Felsplatten hatte sich zugespitzt, wodurch sich der Ton, den sie von sich gaben, geändert hatte. Es wirkte, als würden sie aus Leibeskräften um Hilfe schreien. Das Geräusch war so laut und durchdringend, dass es einen das Blut in den Adern gefrieren ließ.

Zu unserem großen Entsetzen mussten wir feststellen, dass viele der Tier und Pflanzenwesen von der Energie aufgefressen worden und verendet waren. Überall lagen schwarze, tote, teils aufgerissene Kadaver. Der Anblick erschütterte mich so sehr, dass ich in den Tempel rannte, um mit Gott zu sprechen. Die Bilder verfolgen mich bis zum heutigen Tag. Allerdings wusste ich zu der Zeit nicht, dass noch viel schlimmere Erfahrungen folgen sollten.

Nalogec

Nalogec ist eine geistige Welt mit der Möglichkeit der Materialisation, die in der Tubax-Dimension liegt. Die meisten ihrer 38 Welten sind unbewohnt, ebenso wie Nalogec. Sie stellt eine pulsierende Welt da, was bedeutet, dass starke Kräfte in ihrem inneren fließen, welche die Landschaften dementsprechend formen. Es gibt dort Hügel, die nur aus Energien bestehen. Die Flüsse die darauf existieren sind golden und werden ebenfalls von den verlaufenden Bahnen geformt.

Ich war in der Vergangenheit nur ein Mal dort, weil Auffälligkeiten festgestellt wurden. An meiner Seite war Michael, denn die hochenergetischen Spannungen in dieser Welt machen es für Wesen, die nicht ihrer Frequenz entsprechen sehr schwierig sie zu besuchen.

Damals war es so gewesen, dass Unregelmäßigkeiten in den Energiebahnen dazu führten, dass die Welt aus dem Gleichgewicht geriet. Schuld daran, war ein defekter Eingang, also ein Portal, das in eine andere Welt führte und wohl fehlerhaft errichtet worden war. Wir hatten das Problem schnell ausgemacht, das Portal entfernt und die Energien innerhalb der Welt normalisierten sich.

Der Fall, von dem ich jetzt allerdings berichten möchte, bezieht sich auf die Zeit nach dem Auftauchen der negativen Energien. Nalogec war wie gesagt eine hochenergetische Welt. Die Betonung liegt hier ganz klar bei war. Als sich nämlich die ominösen Kräfte bis nach Nalogec vorgekämpft hatten, richteten sie dort ein regelrechtes Chaos an. Sie kehrten den Energiefluss um und die Dichte der negativen Energie nahm immer weiter zu. Es gibt auf Nalogec Energiequellen, die dazu fähig sind, Kräfte stark zu verdichten und so in eine höhere Schwingungsfrequenz zu bringen. Das ist eine wichtige Fähigkeit, wenn schwache Energien angehoben werden sollen, zum Beispiel, weil sie durch einen Zwischenfall abgeschwächt wurden.

Im Fall des negativen Stroms war das allerdings ein großes Problem, denn er verdichtete sich dort immer weiter und seine Stärke nahm zu. Es war abzusehen, dass es in einer Katastrophe enden würde, wenn dagegen nichts unternommen wurde. Wir hielten mit Jesus und den Erzengeln eine Besprechung ab, doch wussten wir, dass die Zeit drängte. Mit jeder Minute, in der wir beratschlagten, wurde die negative Energie dichter und die Situation brenzliger. Wenn sie erst die Tore in die anderen Welten oder gar in die Zwischenwelt erreichen würde, dann würde sich die nun hochenergetische negative Kraft wie ein mächtiger Tsunami über die Welten ausbreiten und alles ins Chaos stürzen.

Raphael, der ein Experte für Energien ist, sah nur eine Möglichkeit: Nalogec musste stillgelegt und die Eingänge versiegelt werden. Dann könnte man versuchen, den negativen Strom umzuleiten. Wir waren nicht glücklich mit dieser Entscheidung, aber es blieb uns keine andere Alternative. Die Erzengel machten sich auf den Weg, während ich mit Jesus am Hologramm das Treiben verfolgte.

Sobald Michael, Gabriel, Raphael und Phenuel dort angekommen waren, wurden sie von der negativen Energie angegriffen. Sie hatten sich auf Anraten von Gott eine Art Schutzmäntel gebaut, die aus reiner, positiver Energie und dem Licht Gottes bestanden. Sie verdrängten den negativen Strom in einem bestimmten Radius um die Erzengel herum, wodurch sie sich in der Welt frei bewegen konnten. Als die Vier jedoch die Eingänge zu den anderen Welten erreicht hatten, mussten sie feststellen, dass die Energie bereits dort hindurch gebrochen war. Sie beschlossen trotzdem die Durchgänge zu versiegeln. Als Nächstes nahmen sie sich die Quellen vor, welche die Energie immer weiter verdichteten. Dabei war extreme Vorsicht geboten, denn direkt an der Quelle war die Dichte am höchsten. In Fließrichtung nahm sie immer weiter ab.

Die Erzengel verstärkten nochmals ihre Schutzmäntel und machten sich dann daran die Quellen des Verderbens zu versiegeln. Dies gestaltete sich allerdings als sehr schwierig, denn die negative Energie hatte die Grundstruktur der Welt bereits verändert, sodass eine vorherige Analyse notwendig war, um die genaue Zusammensetzung der Quellen zu erfahren. Dies war aber nicht möglich, ohne sich in Gefahr zu bringen, denn die negative Energie veränderte das Energielevel von allem, mit dem sie in Berührung kam. Was blieb also noch übrig? Die Erzengel beschlossen sich zurückzuziehen und das Gespräch mit Gott zu suchen. Der HERR sagte ihnen daraufhin, er würde sich selbst um die Angelegenheit kümmern.

Wie immer, wenn Gott in seinem Kosmos etwas wirkt, waren sehr viele Lichtwesen daran interessiert und verfolgten das Geschehen wie wir vom Hologramm aus.

Es dauerte nur einen Augenaufschlag. Ein heftiges Erdbeben erschütterte Nalogec und die Quellen versiegten. Die negative Energie strömte nun schneller durch die Welt und schien irgendwie nervös zu sein. Die Erzengel bauten nun Kanäle, durch die der Strom abgeleitet werden konnte. Die Energie wurde in einem großen Gefäß gesammelt. Doch was sollte nun weiter mit ihr passieren? In einer Besprechung wurden wir darüber informiert, dass durch die Fähigkeit bestimmter Wesen, die Energie neutralisiert werden sollte. Die Arbeit in Nalogec war damit erledigt. Der nächste Auftrag wartete allerdings bereits.

Sistalo

Sistalo ist eine geistige Welt mit der Möglichkeit der Materialisation, die in der Rumerf-Dimension liegt. Sie ist dafür bekannt, dass viele unterschiedliche Wesenheiten dorthinreisen, um sich die köstlichen Früchte und Beeren schmecken zu lassen, die es auf dieser artenreichen Welt gibt. Sie zählt zu den Welten mit der größten Artenvielfalt. 400000 verschieden Tierarten wurden gezählt. Es leben dort auch viele humanoide Wesen und Pflanzenwesen, die in Einklang miteinander existieren.

Sistalo war eine der Welten, die durch das Ausbreiten der negativen Energie bedroht war, aber ihre Schönheit und ihr Energielevel erhalten konnte. Dies war vor allem darauf begründet, dass die Erzengel nach dem Umschwung in Nalogec damit begannen, Dimensionen und Welten abzuschirmen und Barrieren zu errichten. Dies stellte für manche Welten ein Problem dar, denn sie sind davon abhängig ihre Energien mit anderen Welten auszutauschen. Dies wurde allerdings behoben, indem mit Gottes Hilfe Fixstern in diese Welten errichtet wurden, die für die Umwandlung der Energien und einen Austausch sorgten.

In Sistalo begann das Problem damit, dass einige sehr feinfühlige Wesen auf die herannahende negative Kraft reagierten. Die Sustefs sind kleine agile Tierchen, die wie Mäuse hin und her flitzen und in den Höhlen in den bergigen Landschaften der Welt leben. Ihr grünes Fell verfärbt sich weinrot, wenn sie etwas Gefährliches wahrnehmen und sie geben warnende Pfeiflaute von sich. Genau dies war es, was uns aufmerksam werden ließ, als wir nach einer Lagebesprechung die noch nicht betroffenen Welten beobachteten. Jesus beschloss sogleich die Erzengel dorthinzuschicken, die sich um die Angelegenheit kümmerten. Als die Barriere errichtet war, verstummte das Pfeifen und die Tiere beruhigten sich.

Wir beobachteten voller Spannung, wie die negative Energie an den Rändern der Welt entlang waberte, jedoch nicht wagte, die Grenzen, welche die Erzengel eingerichtet hatten zu passieren. Sie verschonte die Welt und zog weiter. Wir brachen in einem Freudenjubel aus, denn nun wussten wir, dass es einen Weg gab, einen Teil der Welten zu schützen. Uns war klar, dass dies nicht bei allen funktionieren würde. Dennoch war es ein Trost zu wissen, dass nicht alle Welten in den Abgrund gezogen wurden.

Die Erzengel machten sich auf den Weg, um so viel Welten wie möglich abzuschirmen. Jesus bat mich nach ihrem Aufbruch in ein Besprechungszimmer. Ich war zuerst sehr nervös, weil ich nach den vielen schlechten Nachrichten in der letzten Zeit dachte, es würde erneut eine schreckliche Botschaft auf mich warten, doch das Gegenteil war der Fall: Jesus teilte mir mit, dass ich nun, da einige der Welten abgeschirmt werden würden, wieder meiner Aufgabe nachkommen könnte. Zumindest fast. Mein Aufgabenbereich würde sich etwas ändern, aber ich durfte wieder unterschiedliche Welten besuchen. Jesus eröffnete mir, dass die Erzengel die Energien der Barrieren die sie eingerichtete hatten, in den Grundenergien verwoben hätten. Ich sollte eine Analyse in den abgeriegelten Welten starten, um dort die neuen energetischen Gegebenheiten zu dokumentieren. Anschließend sollte ich mit meinem Siegel bestätigen, dass dort alles in Ordnung war. Wenn es Probleme gab, musste ich Jesus Bescheid sagen, den er würde dann nochmals die Erzengel dorthinschicken. Ich freute mich sehr über diese Neuigkeit und machte mich gleich daran, Gandolin Bescheid zu sagen. Er war ebenso erfreut wie ich, denn er ist niemand, der sich damit zufriedengibt, herumzusitzen und nichts tun zu dürfen, während es an allen Ecken und Enden von Problemen wimmelt.

Jesus schickte uns kurz darauf zu unseren ersten Einsatz. Er führte uns nach Sistalo.

Ich hatte von Jesus den Auftrag bekommen, die Orte zu finden, an denen die neue Energiezusammensetzung besonders schnell wirkt. Dort waren die Grundpfeiler der Barriere.

Ich fand die Stellen sehr rasch, nachdem ich mich mit Gandolin auf den Weg gemacht hatte. Wie aufgetragen dokumentierte ich die Reaktion der dortigen Wesenheiten und überprüfte den Energiefluss auf Auffälligkeiten. Es war alles in Ordnung. An manchen Stellen schien sich das Leben besser zu entwickeln als jemals zuvor. Ich schaute auch noch bei den Tierwesen vorbei, die Alarm geschlagen hatten, ehe die Barriere eingerichtet worden war, und stellte fest, dass sich ihre Aufregung gelegt hatte und sie wie üblich freudig und eifrig Beeren in ihre Höhlen sammelten. Auch ihr weiches Fell war wieder stechend grün und sie knackten fröhlich mit ihren Nagezähnchen. Mein Herz machte einen Freudensprung, als ich sah, wie glücklich sie wirkten und welche friedliche Stimmung auf Sistalo herrschte. Als ich mein Siegel in einer Wiese, die sehr mittig in der Welt lag, gesetzt hatte, machten wir uns auf den Weg zurück in die Himmel.

Jesus freute sich mit uns und eröffnete mir, dass es nun meine Aufgabe sei, regelmäßig auf den Welten, die ich jetzt verscheigeln würde nach dem Rechten zu sehen und die Barriere zu überprüfen. Ich freute mich über diese Nachricht und machte mich nach einer kurzen Pause daran, in die nächste abgeschirmte Welt aufzubrechen.

Shibosah

Shibosah war die nächste Welt, die ich und Gandolin bereisten. Sie befindet sich in derselben Dimension wie Sistalo und ist ebenfalls eine geistige Welt mit der Möglichkeit der Materialisation. Sie ist in fünf Bezirke unterteilt und ihre Artenvielfalt ist überschaubar. In dem ersten Areal leben einige Tierwesen zusammen, die alle auf den dort lebenden Bäumen heimisch sind. Die Bäume bilden eine eigene Art und sind fähig zu wandern und grummelnde Laute von sich zu geben. Sie haben verworrene Äste und dichtes dunkelgrünes Blattwerk, dass sie aber in unterschiedliche Farben, je nach ihrer Stimmungen ändern können. Ihre Rinde ist graubraun bis dunkelbraun und sehr glatt. Die Tierwesen ernten die reifen Früchte der Bäume ab, die ihre Äste biegen, dafür dürfen sie ihre Nester in ihren Astgabeln bauen. Solche ein Zusammenspiel verschiedener Arten gibt es in sehr vielen Welten und in der Regel funktioniert das gut, da jeder vom anderen profitiert. Nur auf der Erde wurde dies später zum Problem. Aber das werde ich genauer ausführen wenn ich über meine Aufträge auf der Erde berichte.

In Shibosah zeigte sich die Änderung in den Grundenergien so, dass sich dort neue Flüsse bildeten. Es entstanden Quellen in den Wäldern, wodurch die Tierwesen nicht mehr so weit laufen mussten, um eine Wasserquelle zu finden. Auch einige der Baumwesen siedelten sich an die neu entstandenen Flüsse an. Bald herrschte dort eine umfangreiche Vegetation und viel Leben.

Ich und Gandolin kamen dorthin, als sich bereits ein Teil der Wesen dort versammelt hatte, um die neuen Wasserstellen zu bestaunen und zu testen. Ich machte wie beauftragt eine Analyse und dokumentierte alle Änderungen, die ich feststellen konnte.

Als ich mein Siegel gesetzt hatte, kehrten wir wieder in die Himmel zurück, um uns einen Überblick zu verschaffen, wie viele Welten mittlerweile abgeschirmt wurden. Auf einer Liste, die von Jesus auf dem Hologramm angelegt worden war, erkannten wir, dass uns die nächste Reise nach Engartum führen sollte.

Engartum

Engartum ist eine geistige Welt mit der Möglichkeit der Materialisation. Sie ist eine relativ kleine Welt, die nur ungefähr die Hälfte der Größe der Erdoberfläche beträgt. Ihr Name rührt daher, dass sie seit Anbeginn als Ausflugs und Erholungsziel der Engel gedacht war. Ihre Landschaft ist der, in den Himmeln sehr ähnlich. Es gibt weitläufige Wiesen und Wälder, kristallklare Flüsse und dicht bewachsene Berge. Viele unterschiedliche Hütten stehen dort in denen sich Gärten mit allerlei leckeren Früchten und Beeren befinden. Es gibt verschiedene Arten von Bädern und Freizeiteinrichtungen, die alle dafür geschaffen sind sich zu erholen und auszutoben.

Nun mag der ein oder andere sich fragen für was die Engel einen Erholungsort brauchen wenn sie doch im Himmel leben. Nun, diese Welt ist in erster Linie für diejenigen gedacht, die sehr viel auf unterschiedlichen Welten unterwegs sind und zwischendurch nur selten in den Himmeln einkehren. Der Weg dorthin ist unweit kürzer und so nutzen sehr viele dieses Angebot, um sich zu erholen, wenn sie nur wenig Zeit haben, und dann gleich wieder weiterreisen müssen. Es ist sozusagen, wie eine Art Zwischenstation für die Engel die viel unterwegs sind. Besonders nach dem Sündenfall, als dann die Schutzengel ihren Dienst auf der Erde angetreten haben und oft lange dort waren, hat sich diese Welt und ihre Einrichtungen bewährt.

Sie wurde als eine der ersten Welten von den Erzengeln abgeschirmt.

Gandolin und ich kamen direkt nach unserem Auftrag in Shibosah dort an, um die Änderungen die sich durch den Bau der Barriere eingestellt hatten, zu dokumentieren.

Für mich war es sehr aufregend, denn ich war zu diesem Zeitpunkt das erste Mal dort in dieser Welt. Dies machte auch die Analyse etwas schwieriger. Wenn man bereits in einer Welt war, kennt man die Zusammensetzung und weiß sofort, welche energetischen Änderungen dort im Gange sind. Hat man allerdings die Erfahrung nicht, sondern, so wie bei mir zu dieser Zeit, nur Beschreibungen von anderen, nach denen man gehen kann, muss man bei der Analyse ganz genau auf die Beschaffenheit und das Verhalten der Energien blicken. Jede Energie hat eine gewisse Eigenheit wenn sie sich verändert und anpasst. Manche werden kurz unsauber, fließen schneller oder geben ein leises Surren von sich. Die Art und Weise wie sich die Änderung oder Anpassung einer Energie zeigen kann, ist vielfältig. Auch gibt es keine Regelmäßigkeit und man ist sehr angehalten sich stark auf das Gefühl zu verlassen, dass sich in einem bei jeder Analyse einstellt.

Ich habe die Überprüfung sehr sorgfältig durchgeführt, weshalb es eine ganze Zeit dauerte, alles durchzuarbeiten. Am schwierigsten stellte sich das Vorhandensein und Abgrenzen der vielen unterschiedlichen Aurenenergien dar, die bei den Engeln oft noch sehr lange Zeit nach ihrem Auftreten an einem Ort verweilen. Währenddessen genoss ich auch immer wieder die wundervolle reine Luft und die Wärme, die an diesem Ort herrschte. Ich verstand sofort, warum die Engel so von dieser Welt schwärmten: Es war wirklich wie ein Stück Himmel fern von daheim. Gandolin schien das ähnlich zu sehen, denn obwohl er immer bis zur Anspannung konzentriert ist, erwischte ich ihn dabei, wie er genüsslich die Beine durchstreckte und für einen kurzen

Moment die Augen schloss. Die Erzengel hatten wie in den Welten zuvor sehr gute Arbeit geleistet. Die Energien waren sauber verwebt worden und die Welt schien auf die Änderung beinahe gar nicht zu reagieren. Dies war sicher darauf zurückzuführen, dass die Kräfte hier, denen in den Himmeln und somit auch der Erzengel sehr ähnlich waren.

Ich schrieb meine Analyse nieder und wir begutachteten die Orte, an denen die Hauptpfeiler der Barriere gebildet worden waren. Alles schien in Ordnung und das Energieniveau war sauber und klar.

Ich und Gandolin sahen uns an und hatten zur gleichen Zeit denselben Gedanken, als wir wieder aufbrechen sollten. Zu gerne wären wir noch etwas hiergeblieben und hätten, wie die vielen Engel vor uns, die Zeit auf Engartum genutzt, um die Seele baumeln zu lassen und uns zu entspannen. Allerdings wussten wir, dass dies nicht möglich war. Wir hatten die Analyse abzugeben, einen Bericht auszufertigen, und es warteten noch viele weitere Aufträge auf uns, die erledigt werden wollten.

Bimorv

Bimorv ist eine rein geistige Welt, die in erster Linie als Zwischenwelt für rein geistige Wesen genutzt wird. Sie verbindet 129 Dimensionen miteinander, die jeweils mehrere hundert Welten umfassen. Aus diesem Grund ist es mir leider nicht möglich, hier alle aufzuschlüsseln. Allerdings findet man eine sehr genaue Beschreibung und Auflistung in Uriels Buch.

Wie in den meisten Zwischenwelten ist ihre Landschaft eher rau und felsig. Es gibt nur wenige Steppen dort, in denen einzelne Büsche wachsen, die jedoch weder Beeren noch Früchte tragen. Es ist keine Welt, die zum längeren Verweilen ein-lädt, sondern ist dazu gedacht, die Wesen auf ihren Übertritt in eine andere Dimension zu unterstützen. Dies wurde auch rege genutzt.

Bimorv wurde aufgrund des vielen Durchgangs-verkehrs, als eine der ersten Welten von den Erz-engeln abgeschirmt und vorübergehend gesperrt. Ich sollte dann alles überprüfen, die Änderungen dokumentieren und entscheiden, ob und wann die Welt wieder freigegeben werden kann. Da dies eine große Verantwortung war, wollte ich ganz sichergehen und beschloss, statt einer Analyse drei zu machen und alles genaustens festzuhalten. Gandolin unterstützte dieses Vorhaben und achtete darauf, dass mein Energieniveau konstant blieb. Es war sehr anstrengend, drei ganze Analysen hintereinander zu machen, doch Gandolin gab mir Kraft und so konnte ich alles fein säuberlich abschließen. Ich schlussfolgerte jedoch, dass die Anpassung der Energien noch nicht abgeschlossen war, was ich genauso in meinem Bericht festhielt. Jesus, der sich alles genauestens ansah, bestätigte diese Vermutung und unterstützte meine Einschätzung die Zugänge zu der Welt noch weiterhin gesperrt zu halten. Dies war ärgerlich für einige Wesenheiten, die den Übergang sonst täglich nutzten, allerdings war es sicherer an unserem Beschluss festzuhalten.

Ich besuchte die Welt regelmäßig und es dauerte noch einige Zeit, bis sich die Energien zur Gänze angepasst hatten und zu erwarten war, dass alles so bleiben würde, wie es war. In diesem Fall konnte ich erst nach dem letzten Besuch dort mein Siegel setzen und guten Gewissens die Zugänge wieder freigeben. In dieser Zeit wurde eine alternative Route für die Wesenheiten über andere Zwischenwelten eingerichtet, damit zumindest ein Großteil von ihnen ohne Probleme reisen konnte.

Ich schrieb meinen Abschlussbericht und war mit dem Ergebnis zufrieden. Der nächste Auftrag jedoch sollte eine ganz andere Art von Herausforderung darstellen.

Ogalish

Ogalish ist eine Zwischenwelt mit Möglichkeit der Materialisation. Sie nimmt diese Fähigkeit jedoch aus unbekannten Gründen nur sehr selten wahr. Die meiste Zeit existiert sie als eine rein geistige Welt, deren Form sich stetig verändert. Auch sie war eine der Welten, die von den Erzengeln abgeschirmt worden war und zu der ich mit Gandolin geschickt wurde, um alles zu dokumentieren und mein Siegel zu setzen.

Die Zwischenwelten waren die ersten Welten, die von den Engeln vor der negativen Energie isoliert wurden. Dies hat den einfachen Hintergrund, dass diese Welten eine große Gefahrenquelle darstellen, da sie immer mehrere Dimensionen miteinander verbinden. Würde die negative Energie dort eindringen, könnte sie sich sehr schnell und beinahe ungehindert verbreiten.

Im Fall von Ogalish liegt die Zahl der Dimensionen bei 7, in denen jeweils mehrere hundert Welten nebeneinander existieren.

Sie verbindet die Kardox-Dimension, die Mutalah-Dimension, die Sobarex-Dimension, die Oki-

ta-Dimension, die Petuma-Dimension, die Litu-
mex-Dimension und die Fakuta-Dimension miteinander.

Wie auf anderen Welten, leben hier Arbeiter, die
als Lux bekannt sind. Der Name ist auf ihre
Gestalt zurückzuführen, die in erster Linie aus
Licht besteht und keine feste Form ausweist. Das
ist insofern dienlich, da sich Ogalish selbst nur
sehr selten materialisiert und es den Wesen so
leichter fällt sich anzupassen und dort zu existieren.

Im Fall von Ogalish erlebten wir als Erstes die
Aggressivität und die Eigenheit der negativen
Energien, die den Kosmos verdarben.

Als ich dort mit Gandolin meiner Aufgabe nach-
kam und die Analyse durchführte, bemerkte ich,
dass es an den Rändern der Welt immer wieder
seltsame Ausschläge gab. Fast war es, als würde
etwas entlang der Barriere an den Energien
zerren. Ich nahm diese Besonderheit in meinen
Bericht auf, nachdem ich mich vergewissert hatte,
dass auch Gandolin diese seltsamen Bewegungen
wahrnahm.

Als wir wieder zurückgekehrt waren, wartete
Jesus bereits auf uns. Er bat mich und Gandolin

zu dem großen Hologramm und sagte, wir müssten uns etwas ansehen.

Mir klappte der Mund auf, als ich erblickte, dass an dem äußeren Rand der Barriere, welche die Erzengel um Ogalish geschlossen hatten, die negative Energie immer wieder dagegen donnerte.

Jesus bemerkte meinen geschockten Gesichtsausdruck und erklärte mir, dass die Kraft wohl dabei sei, ein gewisses Eigenleben zu entwickeln und sich gegen die Barrieren der Erzengel aufzulehnen. Man müsse damit rechen, dass ihre Radikalität zunehmen würde.

Ich verließ das Gespräch mit einem sehr unguten Gefühl in der Magengegend. Ich hoffte inständig, dass sich Jesus Worte nicht bewahrheiteten. Allerdings musste ich bereits bei meinem nächsten Einsatz feststellen, dass der Messias wie immer Recht behalten sollte.

Glubenoc

Glubenoc ist eine geistige Welt mit der Möglichkeit der Materialisation. Sie ist eine der größten Welten, die im Kosmos existieren und liegt in der Serpexs-Dimension.

Sie ist 400 Mal so groß wie die Erde. Auf ihr herrschen eine weitreichende Artenvielfalt und eine bunte Vegetation. Am bekanntesten sind die 800 breiten Wasserfälle, welche die Welt einschließen. Sie ist nicht rund, sondern wirkt wie eine sehr große Insel auf der aber 28 Meere, 3000 Flüsse und 250 000 Seen existieren. Ihre Wasser sind verschieden gefärbt und von anderer Art als es auf der Erde der Fall ist. Manche haben Heilkräfte und ihre Beschaffenheit ist sehr unterschiedlich. Auch die Untergründe sind besonders. So gibt es mehrere Wiesen und Wälder, deren Boden sich wie weicher Gummi anfühlt und es ist sehr schwierig, darauf zu laufen. Man benötigt Kenntnisse darüber, welche Pfade fest und zu begehen sind.

Außerdem gibt es viele Wesenheiten dort, die sehr neugierig und manchmal auch regelrecht anhänglich sind. So zum Beispiel die Flertex. Diese kleinen plüschigen Wesen mit ihren türkisen Fell, haben bärenartige Ohren und einen Schnabel. Sie sind etwa kniehoch und suchen sofort den Kontakt, wenn sie jemanden erblicken. Sie sind sehr clever und neugierig, außerdem bringen sie immer etwas von den Früchten mit, die es in der Welt zu Hauff gibt. Sie verstehen das als eine Art Freundschaftsgeschenk. Obwohl das eine sehr schöne Eigenschaft ist, kann es gefährlich werden, wie ich im nächsten Bericht erörtern werde.

Ich war mit Gandolin in Glubenoc um die Barrieren der Erzengel aufzuspüren und mein Siegel nach getaner Arbeit zu setzen. Wie bereits bekannt, ist es ja eine unerlässliche Aufgabe eine oder auch mehrere Analysen durchzuführen um der Energiezusammensetzung auf die Spur zu kommen und die Änderungen die durch die Barriere auftraten zu registrieren.

Eine Gruppe von 8 Flertex wahr uns seit unserer Ankunft in der Welt dicht auf den Fersen. Eines davon, wohl der Anführer des Rudels, kannte uns bereits, denn wir waren zu einem früheren Einsatz einmal dortgewesen. Es freute sich überschwänglich, mich wieder zu sehen, sprang an mir

hoch und fiel mit seinen kleinen, flauschigen Pföt-
chen um meinen Hals. Ich begrüßte es freudig
und setzte es dann wieder ab, um mit meiner
Arbeit fortzufahren. Kurz darauf kam es jedoch
mit seinem Rudel zurück und brachte mir und
Gandolin eine ganze Ladung roter, süßlicher
Früchte mit, die in dem Wald wuchsen, in denen
sie lebten. Weil Raphael mit gesagt hatte, dass es
ihnen viel bedeutete, aßen wir jeweils eine, um
den Kleinen zu zeigen, dass wir ihre Freundschaft
annahmen. Sie freuten sich daraufhin und gaben
ein für diese Art typisches Zwitschern und Pfeifen
von sich.

Wir sagten ihnen dann, dass wir hier eine Aufgabe
hätten und weitermussten, und die kleinen Fell-
bälle beschlossen, uns in den Wipfeln der Bäume
zu folgen.

Als ich mich dann niederließ, um meine Analyse
zu starten, ging von meinem Leib ein dafür typisches Licht und eine warme Energie aus. Die
Wesen mögen Licht sehr gerne und so geschah es,
dass sie begannen, sich an mich zu schmiegen und
wohlig zu gurren. Was sich niedlich anhört, ist in
dem Moment schwierig, weil es die Analyse
erschwert und verfälscht. Ich musste den süßen

Fellschnäbeln also erklären, dass sie mich nicht anfassen oder in den Radius des Lichtes treten sollten. Sie wirkten kurz etwas niedergeschlagen, doch fanden bald eine andere Quelle von Licht und warmer Energie. Als ich nämlich meine Analyse abgeschlossen und meine Augen wieder geöffnet hatte, sah ich Gandolin, der vollkommen von den Tierchen bedeckt neben mir stand. Sein Stein, den er bei sich trug, gab Energie ab. Wenn ich meine Analysen durchführe, ändert sich mein Energieniveau, das der Bewahrer an die Umgebung anpassen muss. Dafür benötigt er Energie und strahlt Wärme und Licht aus. Dies hatten die kleinen Tierchen sofort gespürt und sich zu ihm begeben. Ich konnte mir ein Lachen nicht verkneifen, als ich Gandolin dabei beobachtete, wie er versuchte, unter den Wesen die sich um seine Beine geklammert hatten einen Schritt zu wagen. Ich befreite ihn schließlich, indem ich die Wesen zu mir rief und ihnen das Fell kraulte. Ein seltsames Rumpeln gefolgt von einem heftigen Beben sorgte allerdings dafür, dass die Tierchen panisch die Flucht ergriffen und sich in ihre Nester verzogen.

Wir gingen dem Geräusch, das sich wiederholte nach und kamen zu der Barriere. Dort entdeckte ich mit einem Schreck, dass sich Risse bildeten. Wir machten uns, ohne Zeit zu verlieren, auf den Weg zurück in die Himmel. So konnte ich definitiv mein Siegel nicht setzten. Irgendetwas war an der Barriere ganz und gar nicht in Ordnung.

Jesus bestätigte diesen Eindruck, indem er mir auf dem Hologramm zeigte, dass die negative Energie die Barriere angriff und sich außen bereits Löcher gebildet hatten. Michael, Gabriel und Raphael waren auf dem Weg nach Glubenoc um die Löcher in der Barriere zu schließen. Sie errichteten einen Ring aus positiver göttlicher Energie, der die negative Kraft auf Abstand hielt und dazu führte, dass sie weiterzog. Ich und Gandolin konnten daraufhin noch einmal dorthinreisen, um eine neue Prüfung durchzuführen. Dieses Mal war alles gut gegangen und ich konnte mein Siegel setzen.

Als wir wieder zurück in den Himmeln waren, ordnete Jesus an, es solle um jede Welt, die nun von den Erzengel abgesichert wurde, ein Energiering eingerichtet werden. Dies erwies sich als wirkungsvoll, denn die negative Energie kam nun nicht mehr näher an die Barrieren heran. Welche Auswirkungen das aber später haben sollte, ahnte zu dieser Zeit wohl noch niemand.

Extonaria

Extonaria ist eine andersartige Welt, die von rein geistiger Natur ist. Wie in ihrem Namen schon festgehalten ist, produziert sie unterschiedliche Stoffe und auch Energien, die sie nach außen abgibt. Sie hat keine feste geistige Form und ist eine unbewohnte Welt. Durch mehrere energetische Bänder ist sie mit der Zwischenwelt Quantiqua verbunden, über die sie ihre produzierten Energien und Stoffe in andere Dimensionen abgibt.

Nun könnte man überlegen, warum es so wichtig ist, diese Welt abzusichern, da ja durch ihre abstoßende Wirkung die Wahrscheinlichkeit eher gering ist, dass die negativen Energien zu ihr durchdringen. Das war zumindest mein erster Gedanke. Allerdings wurde ich sehr schnell eines Besseren belehrt. Die negative Kraft, wie auch immer das funktionierte, schien eine gewisse Intelligenz zu entwickeln. Zumindest machte es den Anschein. Sie versuchte, sich unter die abfließenden Energien aus Extonaria zu mischen, höchstwahrscheinlich mit der Absicht, in die Zwischenwelt Quantiqua zu gelangen, die bereits abgesichert war. Die Folgen, die dabei entstanden wären, muss ich wohl nicht weiter ausführen. Ab diesem Moment stellten wir fest, dass die negative Energie fähig ist, bestimmte Ziele zu verfolgen und in gewisser Art und Weise eine Logik zu entwickeln. Woher dieses Phänomen rührte, wurde uns erst zu einem viel späteren Zeitpunkt klar.

Jesus beauftragte umgehend die Erzengel damit, die Energien zu säubern und dann eine Barriere um Extonaria zu errichten. Anfangs wurde zwar versucht, über eine Art Portale die Energien zu transportieren, doch das erwies sich als schwierig. Es blieb also nichts anderes übrig, die Welt derweilen stillzulegen und mit Barrieren abzusichern. Immerhin konnte man nicht wissen, auf welche Ideen die negative Energie als Nächstes kommen würde.

Quantiqua

Wie in dem Kapitel zuvor erwähnt, ist Quantiqua eine Zwischenwelt. Sie führt zu 83 Dimensionen, die jeweils mehrere hundert belebte und unbelebte Welten umfassen. Die Zwischenwelt ist eine geistige Welt mit der Möglichkeit der Materialisation. Sie ist hingegen der meisten anderen Zwischenwelten von mehreren Wesenheiten bewohnt und auch die Landschaft ist sehr fruchtbar. Bunte wohlduftende Blumen und Kräuter gedeihen auf hohen Hügeln und in weiten Tälern mit klaren Flüssen und weitläufigen Seen. Tierwesen und Pflanzenwesen tummeln sich dort und helfen so manchem ankommenden Wesen bei seinem energetischen Ausgleich.

Die Tore die zu den Übergängen, in die anderen Dimensionen führen, sind naturbelassen und fallen nicht auf. Es liegen teilweise mehrere hundert Kilometer zwischen den Toren, damit sich die Energiebahnen die durch die Welt verlaufen nicht gegenseitig beeinflussen.

Die Wohngebiete der Wesen dir dort leben, verteilen sich über die gesamte Welt, liegen aber von den Übergängen entfernt. Dies hat auch den Grund, dass es für die Wesen sehr anstrengend wäre die teilweise starken Energien an den Toren dauerhaft auszugleichen. Sie sind jedoch jedem, der dort vorbeikommt sehr gerne behilflich.

Als wir festgestellt hatten, dass sich die negative Energie in die Kräfte von Extonaria einspeist und nach Quantiqua fließen möchte, mussten wir umgehend Maßnahmen ergreifen, um das zu verhindern.

Einige der Tierwesen, die dort ansässig sind, haben ein sehr feines Gespür für den Umbruch von Energien. Sie haben deswegen gefühlt, dass etwas auf sie zukam. Die Aura, die von Extonaria ausging, hatte sich geändert und die Wesen waren alarmiert. Durch ihre Rufe konnte das Problem schnell ausfindig gemacht werden.

Die Erzengel bereinigten die Energiestränge und blockierten den Durchfluss, damit Quantiqua nicht mehr von anderen Energien gespeist werden konnte. Die Wesenheiten, die dort hingekommen waren, um in eine andere Dimension überzusiedeln, wurden nach Hause zurückgeschickt, denn es gab keine Garantie dafür, dass sie später nochmal zurückkommen würden. Als die letzten Reisenden in Sicherheit waren, wurden die Übergänge geschlossen.

Dadurch ergab sich allerdings ein weiteres Problem:

Quantiqua besitzt keine stabilen, festen Eigenenergien, sondern gedeiht durch die Kräfte, die durch die Welt hindurchfließen. Ist dieser Durchfluss gestoppt, gerät sie ins Wanken.

Die einzige Lösung, die es für dieses Problem gab, war, eine oder mehrere Energiequellen in der Welt zu schaffen, die das Gleichgewicht aufrechterhielten.

Wir berieten in einer Besprechung darüber, wie das vonstattengehen könnte, doch kamen sehr schnell zu dem Ergebnis, dass nur Gott selbst dieses Wunder vollbringen konnte. Nur er hatte die Weitsicht alle Auswirkungen und Zusammenhänge zu überblicken und auch die richtigen Punkte für die Quellen auszuwählen.

Jesus begab sich daraufhin zu Gott, um mit ihm über die Angelegenheit zu reden. Wir, also die Wesenheiten die an der ganzen Sache mitarbeiteten, unterstützten das Vorhaben mit einem gemeinsamen Gebet im Tempel. Wir versammelten uns alle dort und trugen dann unser

Anliegen vor. Einige Engel, die nicht direkt an der Aufgabe mitwirkten, schlossen sich uns an und schon bald war der Tempel bis in die letzte Reihe gefüllt.

Gott erhörte unser Ersuchen und wollte zügig mit der Einsetzung der Energiequellen und der Umleitung der Energien beginnen.

Wie so oft, wenn Gott selbst etwas in seiner Schöpfung wirkte, wollten natürlich alle die Sache mitverfolgen.

So geschah es schon kurze Zeit später, dass in unterschiedlichen Stellen in den Himmeln Übertragungen stattfanden, währenddessen man Gottes Wirken ganz genau verfolgen konnte. Eine davon war im Versammlungsgebäude, an denen die Erzengel und ich das Geschehen beobachteten.

Er schuf sieben große Energiequellen auf Quantiqua, welche die wichtigsten Energien trugen und die wunderschöne Welt erhielten. Um sie herum wurde eine Schutzbarriere errichtet, um sie vor dem Eindringen von Fremdenergien zu bewahren. Die Vegetation blühte daraufhin auf und auch ein paar neue Arten bildeten sich.

Gott löste sie von den Durchgängen los und machte Quantiqua zu einer ganzheitlichen Welt.

Das war eine absolute Primere. Noch nie vorher war eine Welt in ihrer Beschaffenheit und Aufgabe grundsätzlich verändert worden. Das war ein besonderer Moment und wir alle blieben ehrfürchtig vor der Macht und Größe Gottes zurück. Umso mehr ehrte es mich, als Jesus zu mir kam und mich bat, die neue Welt zu analysieren und einen ersten Bericht darüber zu verfassen.

Ich und Gandolin machten uns gleich auf den Weg dorthin und bestaunten die neuen fließenden Energiequellen, die von Gottes Hand selbst geschaffen worden waren. Die Wälder waren dichter geworden. Einige Tierwesen saßen in den Kronen und gaben singende Laute von sich. Ich hatte solche Wesen noch nie zuvor gesehen. Sie ähnelten Affen, aber hatten Flughäute unter den Armen, ähnlich wie Gleithörnchen. Außerdem tragen sie zwei Hörner wie Ziegenböcke auf ihren Köpfen und ihre Füße waren ungewöhnlich groß. Sie hangelten sich an den Ästen der lilafarbenen Bäume entlang und griffen nach den blauen Früchten, die daran wuchsen. Die Bäume gaben dabei manchmal ein Brummen von sich, das an tiefes Lachen erinnerte.

Ich stellte wie aufgetragen eine Analyse auf, schrieb ein paar Notizen und nahm die Welt mit all ihren Neuerungen in das Verzeichnis auf.

Zurück in den Himmeln wurden diese Informationen dann in das Hologramm eingegeben und alles auf den neusten Stand gebracht.

Ich durfte natürlich auch über diesen Auftrag einen Bericht schreiben und war sehr dankbar dafür, dass ich bei dieser wundervollen Neuschöpfung eine so wichtige Rolle spielen durfte.

Die negative Energie hingegen schien regelrecht vor der neuen Welt zu fliehen. Jesus hatte die Vermutung, dass es damit zusammenhing, dass Gott selbst an diesem Ort frisch gewirkt hatte. Seine Präsenz war auch bei unserem Besuch ganz deutlich zu spüren gewesen. Die negative Energie verträgt sich nicht mit der Liebe und dem Licht Gottes, weshalb sie weichen muss, wenn Gottes Kraft auftritt. Dieser Auftrag stellte eine meiner schönsten und wertvollsten Erfahrungen da, die ich je machen durfte. Ich trug dieses Gefühl noch sehr lange in meinem Herzen. Selbst dann, als sich bereits neue Herausforderungen stellten.

Xirphonis

Xirphonis ist eine Welt mit der Möglichkeit der Materialisation. Sie gilt als eine der geiheimnissvollsten Welten, die existieren. Dies liegt vor allem daran, dass es eine Auftragswelt der Erzengel ist. Auf ihr befinden sich unterschiedliche Höhlen, in denen sie Vorhersagen bekommen, oder aber in manchen Dingen unterrichtet werden. Sie ist deshalb allgemein auch als Welt der Geheimnisse bekannt. Sie ist hochenergetisch und außer Jesus und den Erzengeln hat dort niemand Zutritt. Ich selbst habe sie deswegen auch nie besucht und kann nur aus Erzählungen berichten. Es ist aber wichtig, diese Welt in diesem Buch zu erwähnen, denn sie spielt eine für die kommenden Ereignisse tragende Rolle.

Sieht man die Welt auf dem Hologramm, so ist sie immer von leuchtendem Nebel umgeben und es ist nicht möglich, darauf zu blicken.

Die Erzengel waren gerade auf den Weg dorthin, um die Barriere einzurichten, doch währenddessen geschah etwas Unerwartetes: Es zeigten sich schwarze Schlieren auf dem Hologramm.

Sollte das etwa heißen, dass die dunkle Energie in die Welt eingedrungen war? Wie sich später herausstellte, war diese Einschätzung falsch. Der schwarze Dunst ging von einer Höhle aus, die auf der Welt lag. Zumindest erzählten das die Erzengel, als sie wieder zurück waren, um Bericht zu erstatten.

Jesus bejahte dies und sagte ihnen, dass es mit dem Sinn der Welt zu tun hätte. Sie wäre für die Erzengel geschaffen worden um Wissen und Erkenntnisse zu erlangen und weiterzugeben.

Einer aber, derjenige, der als Hüter des Wissens bezeichnet wurde, hatte seine Aufgabe verraten und sich gegen den Gehorsam entschieden. Da seine Energie die anderen Energien trug, würden das Ungleichgewicht und die Negativität die von ihm ausgingen dort alles verderben.

Ich wusste sofort, dass er von Luceriel redete. Er hatte sich die letzte Zeit bei den Besprechungen nicht mehr blicken lassen und kam auch seinen anderen Aufgaben nur noch sporadisch nach. Das an sich war schon schlimm genug. Es kam aber noch dazu, dass immer mehr Wesenheiten seinem Beispiel folgten. So wurde das Ungleichgewicht immer größer und die negative Energie breitete sich rasend schnell aus und nahm immer weiter zu.

Ich fragte Jesus, ob ich mit Luceriel sprechen sollte. Er überlegte ziemlich lange doch dann sagte er schließlich zu. Er ermahnte mich aber und merkte an, dass er nicht mehr der wäre, den ich kennengelernt hatte. Etwas in ihm habe sich verändert. Ich wusste zu dem Zeitpunkt nicht, was er meinte. Das erfuhr ich erst, als er mich nach Xorps schickte, an dem Ort, an dem ich den Erzengel antreffen sollte.

Xorps

Xorps ist eine geistige Welt mit Möglichkeit der Materialisation. Sie ist eine eher kleine Welt und liegt in der Rubuka-Dimension. Sie ist eine unbelebte Welt, deren Oberfläche von leuchtenden Steinen und Bergen bedeckt ist. Ihr Energieniveau ist sehr hoch, weshalb nur wenige Wesen dort vorbeikommen. Meistens wird sie genutzt, um das Energielevel eines Geschöpfes schnell aufzufüllen, oder aber um Energien in eine höhere Ebene zu überführen.

Ich reiste diese Mal nicht mit Gandolin, sondern mit Jesus selbst dorthin, um Luceriel zu treffen.

Als wir dort ankamen, spürte ich bereits, dass die Energien in Bewegung waren. Jesus sagte, wir würden ihnen folgen, um herauszufinden, was der Auslöser war.

Nachdem wir quer durch die Welt hindurchgelaufen waren, entdeckten wir immer wieder Energiepunkte, die umgelenkt worden waren. Alle Energien in dieser Welt flossen nun in ein und dieselbe Richtung. Das war ungewöhnlich. Normalerweise gab es auf Xorps unterschiedlich große

Energiequellen und kleine Strudel, die manche Energien miteinander vermischten, um das Gleichgewicht aufrechtzuerhalten. Es gibt auf Xorps einige energetische Mischungen, die nur dort existieren.

Als wir das Ende der Spur erreicht hatten, fanden wir auch die Stelle, an der die Energien zusammenliefen. Luceriel hatte dort einen neuen Energiepunkt gesetzt, der offenbar alle Kräfte anzog.

Mir klappte der Mund auf und ich fragte ihn, was er da mache. Er erschrak, als er bemerkte, dass ich anwesend war. Zuerst zeigte sich Freude in seinem Gesicht, doch als er Jesus erblickte, verdunkelte sich sein Antlitz und er blickte genervt zur Seite und schwieg.

Ich wollte mich jedoch nicht geschlagen geben und sprach ihn erneut an. Dieses Mal ergriff ich seinen Ärmel und zerrte daran. Er blickte mich an, doch war keine Wärme in seinem Blick wie üblich. Er erwiderte, er hätte keine Zeit und dass ich gehen sollte. Ich weigerte mich und fragte ein drittes Mal, was er dort tue. Er sagte, er würde einen Energietransfer vollziehen und dass es für mich gefährlich werden würde, wenn ich hierbleiben wollte. Bei diesen Worten spürte ich kurz eine Welle der Wärme und der Sorge, die von ihm ausstrahlten. Die verflog allerdings schnell, als Jesus zu uns trat und ihn aufforderte offenzulegen, was er tat. Zu meinem großen Entsetzen entgegnete er Jesus gegenüber barsch, dass ihn das nichts angehe und das wir ihn in Ruhe lassen sollen. Ich war schockiert von der Kälte, die in dem Moment von ihm ausging. Ich trat langsam zu ihm und fragte ihn schließlich, was mit ihm los sei. Dieses Mal war es eine Welle aus Traurigkeit und Wut, die mir entgegenschlug. Er sagte, dass ich genau wisse, was los war. Er schickte mir Bilder von dem letzten Gespräch, das wir geführt hatten.

Wir saßen zusammen auf einer Decke am Waldrand und picknickten. Wir waren uns die letzte Zeit näher gekommen und so lagen wir eng zusammengekuschelt beieinander und küssten uns. Luceriel sagte mir, wie sehr er mich liebte und dass er lange gebraucht hätte, um sich zu überwinden, doch nun wäre er bereit. Er kniete vor mir nieder und zog einen wunderschönen Goldring mit einem großen Diamanten aus seinem Gewand. Mit zittrigen Händen fragte er

242

mich, ob ich eine Verbindung mit ihm schließen wolle. Ich war überrascht und erfreut, allerdings auch unsicher. Die letzte Zeit hatte er mich sehr eingeengt. Er war immer dagewesen und hatte mich sogar heimlich auf einige meiner Aufträge begleitet. Was ich zu dieser Zeit nicht wusste war, dass er dafür bereits seiner eigenen Aufträge sausen ließ. Jesus hatte mir dann allerdings davon erzählt und ich beschloss, ihn darauf anzusprechen. Seine Augen zeigten Traurigkeit, als ich ihm sagte, dass ich mir nicht sicher war, weil er sich die letzte Zeit nicht gut verhalten hatte. Ich redete mit ihm über das, was ich wusste und auch die Konfliktpunkte, die es immer wieder zwischen uns gegeben hatte. Ich sagte ihm, dass es so nicht funktionierte. Er streichelte mir über das Gesicht und erwiderte, dass ich für ihn das Allerwichtigste sei und es nichts gäbe, was er über unsere Liebe stellen würde. Ich sagte zu ihm, dass Gott und seine Aufgaben immer seine erste Priorität sein sollten. Er sah das jedoch anders und es entstand, wie so oft in der letzten Zeit, ein Streit. Am Ende behauptete er, wir würden Gott nicht brauchen. Er könnte mich genauso lieben, wie Gott es tat und mir ebenso viel geben. Ich war schockiert über diese Aussage, lehnte seinen Antrag ab und rannte davon. Er rief mir hinterher, dass er mir beweisen werde, dass er Recht hat, doch ich winkte ab und ging.

Als die Erinnerungen vorübergezogen waren, spürte ich, wie erneut die Fassungslosigkeit über seine Worte in mir aufstieg. Bevor ich allerdings etwas sagen konnte begann er mit Tränen in den Augen zu sprechen. Er sagte, er hätte mit Gott gesprochen, doch er gab mich nicht frei, also würde er nun um mich kämpfen und mir beweisen, dass er mich genauso lieben konnte wie Gott. Er würde nun Xorps nutzen um seine Energiebasis aus Xirphonis abzuspalten und hier seine eigene aufzubauen. Er würde ein neues Zentrum errichten und beweisen, dass er es ebenso gut konnte wie Gott.

Ich spürte eine ungeheuere Taubheit durch meine Glieder fahren. Hätte Jesus mich nicht festgehalten, wäre ich zusammengesackt.

Der Messias sagte zu Luceriel, dass dies alles nicht sein müsse. Es gäbe einen Weg und er würde ihm helfen, wenn er es nur wollen würde. Er winkte jedoch ab und sagte, für ihn existiere nur eine Möglichkeit. Ich versuchte, nochmals mit ihm zu reden und ihm zu erklären, dass sein Treiben die negative Energie ausgelöst und die Welten zerstört hatte. Doch er lächelte mich nur an und sagte, er würde alles bald wieder aufbauen und es würde noch viel besser werden als zuvor. Mir blieb bei diesen Worten die Luft weg und Jesus gab mir kurz darauf ein Zeichen zu gehen.

Ich weinte, als wir uns auf den Weg zurückmachten, denn er bedeutete mir sehr viel und ich hatte das tiefe Bedürfnis ihm zu helfen. Jesus tröstete mich und sagte zu mir, es würde der Zeitpunkt kommen, an dem dies möglich wäre, doch vorerst war der Weg entschieden und Luceriel stand vor einer ganzen Reihe an Entscheidungen und Erfahrungen, die notwendig waren. Zu dieser Zeit hatte ich noch nicht verstanden, was diese Worte genau bedeuteten und wie lange es dauern würde, bis er endlich begriffen hatte. Bis dahin blieb uns nichts anderes übrig, das entstandene Chaos so gering wie möglich zu halten.

Ritunila

Unser nächster Auftrag führte uns nach Ritunila. Sie ist eine geistige Welt mit der Möglichkeit der Materialisation. Ihre Landschaften sind von bunten Flüssen durchzogen und es wachsen einzigartige Bäume mit gewundenen Stämmen darin, dessen Blätter einen beinahe aufdringlichen süßen Duft verströmen. Sie werden zur Heilung allerlei Leiden eingesetzt, denn es gibt sie in vielen Farben und Formen.

Die Artenvielfalt in dieser Welt ist überschaubar und beschränkt sich auf 18 unterschiedliche Wesen, die alle friedlich zusammenleben.

Die Energien dort sind ausgewogen und die Quellen stabil, weshalb es nur sehr selten zu Vorfällen kommt. Damit dies so blieb, sicherten die Erzengel auch dort die Grenzen ab und errichteten Barrieren. Ich wurde mit Gandolin anschließend dorthingeschickt, um die Änderungen durch die Energieeinspeisungen zu dokumentieren und einen Bericht anzufertigen.

Es war der erste Auftrag seit des Energieumschwungs, der mir Probleme bereitete. Die Begegnung und das Gespräch mit Luceriel schwebten dauernd durch meinen Kopf, weshalb es mir schwerfiel, den Fokus bei der Analyse zu halten.

Gandolin machte sich Sorgen um mich, denn es war die fünfte Überprüfung, die ich abbrechen musste. Ich erzählte ihm, was passiert war, und er bot mir an, mich mit seiner Energie zu unterstützen. Ich nahm das Angebot an. Nach einem weiteren Versuch funktionierte es endlich. Ich hatte bemerkt, dass der Einfluss der Barrieren neue Pflanzen hatte wachsen lassen. Das Energieniveau der Welt schien nun allgemein stabiler zu sein. Auch die Wesen dort fühlten sich wohler als jemals zuvor. Dieses Ergebnis ließ etwas Beruhigung in mein Inneres aufsteigen, den es zeigte eines ganz deutlich: Egal wie negativ manche Entwicklungen waren, es gab dennoch immer etwas Positives, das daraus erwachsen konnte. Mit dieser neuen Wärme im Herzen machten wir uns auf den Rückweg und ich versuchte, dieses wunderbare Gefühl festzuhalten und es in die bevorstehenden Aufträge stets miteinfließen zu lassen.

Siqueno

Siqueno ist eine geistige Welt mit Möglichkeit der Materialisation. Sie liegt in der Bubex-Dimension und ist eine der 400 belebten Welten, die es dort gibt. Sie ist bekannt als die Welt der 1000 Wälder, denn auf ihrer Oberfläche, leben in erster Linie Pflanzenwesen. Sie sind unterschiedlich groß und ihre Beschaffenheit unterscheidet sich, je nach Region in der sie leben sehr stark. So gibt es welche, die den Höhenlagen mehr angepasst sind und andre, die ein feuchtes Klima benötigen, um zu gedeihen. Einige der Bäume und Büsche produzieren Beeren und Früchte, die von Tierwesen, aber auch Engeln, dir dort regelmäßig vorbeikommen, gegessen oder aufgesammelt werden. Das Energieniveau ist ausgewogen und es ist angenehm, sich dort aufzuhalten. Die Wesen sind im Allgemeinen sehr freundlich. Sie strotzen vor Energie und manche geben diese an ihre Artgenossen oder vorbeikommende Wesenheiten ab. Obwohl die Bedingungen auf Siqueno sehr gut sind, leben keine Tierwesen darauf. Sie gilt als Wanderwelt was bedeutet, dass in erster Linie

Reisende zu ihr stoßen, die eine Weile dortbleiben und dann wieder weiterziehen. Es gibt noch mehr solche Welten im Kosmos. Meist liegen sie zwischen großen belebten Welten, die energetisch miteinander verbunden sind. Die Tierwesen die dort leben, pendeln zwischen den Welten hin und her, weil sich in ihrer Heimat manchmal die Bedingungen ändern. Man kann sich das ähnlich wie bei Zugvögeln auf der Erde vorstellen. Wenn sich die Temperaturen und das Nahrungsangebot zeitweise ändern, verlassen sie ihre Welt und ziehen in eine andere. Dort bleiben sie, bis die Bedingungen in ihrer Heimatwelt wieder optimal für sie sind. Auf den Welten, die sich dazwischen befinden, machen sie Rast, wenn die beiden Welten, die sie bereisen weiter auseinanderliegen.

Da die Pflanzenwesen in Siqueno für energetischen Ausgleich sorgen, kommt es nur sehr selten vor, dass dort Einsätze von Nöten sind. Ich selbst, war bis zu dem Zeitpunkt, von dem ich jetzt gleich erzählen werde, nie in dieser Welt, habe aber zwei Wandererkollegen für einen Auftrag dorthingeschickt.

Damals war eine Verletzung von einem der leitenden Baumwesen schuld daran, dass die Energien nicht mehr richtig fließen konnten. Der Auftrag war allerdings durch das beherzte Eingreifen unserer himmlischen Gärtner sehr rasch erledigt gewesen und der Energiefluss erholte sich schnell wieder.

Dieses Mal, war bei meinem Besuch nicht ein Fehler aufzuspüren, sondern wie bei den Auftragen davor auch, die Änderungen durch das Einbringen der Barrierenenergie zu dokumentieren.

Was mir direkt und ohne Analyse auffiel, war die Tatsache, dass es Baumwesen gab, die ihre Blätter verfärbt hatten und deren Größe sich deutlich von den anderen unterschied. Wie sich herausstellte, betraf dies die ältesten Wesen und diejenigen, die am nächsten zu der neuen Barriere lebten. Auch ihre Stimmen waren tiefer und hallender geworden. Außerdem änderten sich einige der Flussläufe, die durch die Wälder hindurch plätscherten. Sie wurden breiter und das kostbare Nass gewann an silbernen Glanz. Es schien den Baumwesen gutzutun, denn diejenigen, die ihr Wasser von dort bezogen, bekamen einen metallenen Schimmer an den Blättern und der Rinde. Einige Stellen der Wälder erschienen so in einem sehr schönen funkelnden weiß-silbernen Licht. Ich analysierte alle Kräfte, die dort herrschten, und stellte fest, dass sich auch die Energien von den Pflanzenwesen durch die Barrierenenergie verändert hatte. Sie wirkte stabiler und einige der Wesen bildeten dadurch, so wie ich später erfuhr, neue Fähigkeiten aus.

Ich dokumentierte alle Erkenntnisse und schrieb sie später in meinem Bericht nieder. Jesus freute sich und lächelte, als ich ihm daraus vorlas. Ich denke, es war für ihn nach den ganzen schrecklichen Ereignissen, schön zu sehen, dass auch etwas Positives daraus erwachsen konnte.

Wanquora

Wanquora ist eine rein geistige Welt und sie liegt in der Dilex-Dimension. Sie ist eine sehr kleine Welt, in der die sogenannten Buma leben. Sie sind Formwandler, die in der Lage sind, unterschiedliche Gestalten anzunehmen. Die meiste Zeit jedoch verbleiben sie in ihrer rein geistigen Form. Sie sind ungeheuer schnell. Außerdem kann man ein kicherndes Gelächter vernehmen, wenn Sie an einem vorbeihuschen.

Wanquora ist eine feststehende Welt, die nicht wandert und einen trägen energetischen Austausch aufweist. Das bedeutet, dass jegliche energetische Wandlung sehr langsam vollzogen wird. Die Auswirkungen, die durch das Errichten der Barriere eintraten, gingen deshalb schleppend vonstatten.

Aus diesem Grund hatte Jesus etwas gewartet, bis er mir den Auftrag erteilte, dorthin zu reisen und die Auswirkungen zu dokumentieren.

Da es sich dabei um eine rein geistige Welt handelte, waren es natürlich in erster Linie energetische Änderungen, die ich verzeichnen konnte.

So zum Beispiel stellte ich fest, das der Energie-austausch innerhalb der Welt zwischen den einzelnen Fixpunkten nun schneller vollzogen wurde. Außerdem schienen sich neue Punkte entwickelt zu haben, die durch ein Netz miteinander verbunden waren.

Ich dokumentierte alles, konnte aber noch nicht sehr viel damit anfangen. Jesus und Raphael allerdings freuten sich, denn sie sagten, es wäre ein Zeichen dafür, dass sich noch etwas Größeres daraus entwickeln würde. Vielleicht würde es die Welt sogar in Zukunft schaffen, sich zu materialisieren. Eigentlich war Wanquora als Welt geschaffen worden, die theoretisch die Möglichkeit hätte, sich zu materialisieren. Durch ihren trägen Energiefluss allerdings hatte sie es bis jetzt noch nicht geschafft, ihre Energien so zu verdichten, dass dies klappte. Somit wusste auch niemand, wie sie in dieser Form aussah und sie wurde als rein geistige Welt geführt.

Die Vorstellung, dass sich das nun bald ändern könnte, war ungeheuer spannend. Jesus sagte zu mir, ich sollte die Entwicklung weiter verfolgen, was ich auch tat.

Es dauerte noch eine ganze Zeit, aber als ich mit Gandolin dann eines Tages wieder dorthin reiste, um die Änderungen zu dokumentieren, hatte sich eine schroffe, sehr weiche Landschaft gebildet. Einzelne Hügel aus weißen, gesteinsartigen Material zeigten sich dort. Einige Flecken waren noch nicht richtig überführt und die Oberflächen wiesen Lücken auf, aber dennoch war es das erste Mal, das die Welt es geschafft hatte, sich zu materialisieren.

Große Aufregung stieg in mir auf und ich sagte gleich Jesus Bescheid. Er und Raphael kamen wenig später dort an und begutachteten neugierig die neu entstandenen Formen. Er beauftragte mich, alles zu dokumentieren und auch Bilder von der Landschaft in meinem Geist zu speichern, die ich meinem Bericht, den ich schreiben durfte, hinzufügen sollte. Ich ging also mit ihm, Gandolin und Raphael durch die Welt und speicherte alles genauestens ab. Jesus schickte uns dann zurück und ich machte mich eifrig daran meinen Bericht zu schreiben.

Als Jesus und Raphael zurückgekehrt waren, wurde das Hologramm überarbeitet, das die unterschiedlichen Welten zeigt. Zu meiner großen

Freude durfte ich dazu beitragen, indem ich die in meinem Geist gespeicherten Bilder übertrug, damit die anderen Lichtwesen die Welt auch betrachten konnten.

Anfangs konnte sie ihre Form nicht dauerhaft halten. Allerdings kehrte sie immer öfter in ihre materialisierte Gestalt zurück und die Zeiten, in denen sie darin verweilte, wurden stetig länger. Ich schaute regelmäßig bei dem Hologramm vorbei und dokumentierte die Fortschritte.

So wie Wanquora erging es auch anderen Welten. Einige änderten ihre Form oder ihre Zusammensetzung. Bibulex ist eine der Welten, die wohl die größten Veränderungen durchlaufen hat. Im nächsten Kapitel werde ich davon berichten.

Bibulex

Bibulex ist eine geistige Welt mit Möglichkeit der Materialisation. Sie liegt in der Sotax-Dimension und ist eine mittelgroße Welt.

Auf ihr liegen die sogenannten Donnerlandschaften. Der Name rührt von den elektronischen Entladungen her, die über alle Wiesen, Berge, Täler und sogar in den Wäldern stattfinden und ein bedrohliches Donnern verursachen. Es ist eine raue Welt mit von Blitzen geformte Landschaften, die unbewohnt ist. Das Klima dort ist sehr wechselhaft und es entstehen teils heftige Stürme, wenn mehrere Entladungen gleichzeitig stattfinden. Sie ist deswegen keine Welt, in der man gerne unterwegs ist.

Zumindest war das so, bevor die Barriere um die Welt errichtet wurde. Mir wurde etwas flau bei dem Gedanken dorthinzureisen, um die Welt zu analysieren. Ich war dort bereits einmal gewesen und wie bei vielen anderen Welten auch, die sich entladen, ziehen energetische Umschwünge die Blitze an. In diesem Fall würden also ich und Gandolin das Ziel darstellen. In unseren vergangenen Aufträgen dort, bekamen wir ableitende Schutzanzüge zur Verfügung gestellt. Ihr Material ist aus speziellen Mineralien und Stoffen gefertigt, die in der Lage sind, große Energiemengen, wie sie bei Blitzen entstehen, zu zerstreuen. Auch tragen sie Energiesteine im Brustbereich, die in der Lage sind Energien zu absorbieren. Sie hatten uns gute Dienste erwiesen und wir waren unverletzt wieder zurückgekehrt. Ich ging davon aus, dass es dieses Mal ebenfalls so sein würde, doch Jesus sagte, wir würden die Schutzrüstung nicht brauchen.

Mir war sehr unwohl bei dem Gedanken, aber trotzdem machten wir uns auf den Weg.

Als wir ankamen, fiel uns sofort auf, dass es ungewöhnlich ruhig war. Kein einziges Donnergeräusch war zu hören. Durch die dunklen Wolken hindurch kämpfte sich Helligkeit und ein Strahl fiel auf den Boden vor unsere Füße, der normalerweise an der Stelle von grauem Gestein bedeckt war. Mit klappte der Mund auf, als ich sah, dass ein kleines grünes Pflänzchen ihren Kopf durch die Steinkruste streckte. Wir gingen hinunter zu den Wiesen und entdeckten, dass sich dort eine Kuhle formte, die begann, sich mit Wasser zu füllen. Während wir weiter durch die Welt streiften, verzogen sich die dunklen Wolken und gaben einen rotgetünchten Horizont frei. Die Temperaturen stiegen an und eine leichte Biese kitzelte die Äste einiger grauer Bäume, auf denen sich vereinzelt grüne gewellte Blätter bildeten.

Eine unbändige Freude nahm mein Herz ein, denn es ergab sich überall in der Welt das gleiche Bild: Neues Leben entfaltete sich, die Entladungen hatten aufgehört und der Donner war verstummt. Die Analyse, die ich daraufhin startete, bestätigte das. Offenbar hatte die Energie, die von der Barriere ausstrahlte, das Energieniveau in der Welt harmonisiert. Ich ging mit Gandolin noch weiter in der Welt umher, denn es gab so viele neue Entwicklungen, die ich dokumentieren musste.

Auf den Wiesen bildeten sich neue Blumenarten. Einige davon hatten Blüten in sonderbaren Formen und bunten Farben, die aber einen sehr einladenden süßen Duft verströmten. Aus meiner Erfahrung heraus vermutete ich, dass sie einmal Nektar oder Ähnliches produzieren würden, was sich später auch bestätigte. Die bereits dort existierenden Blumen, hatten ihre raue Schutzschale abgeworfen und es formten sich erste zierliche weiße Blüten. Die Bäume, deren Oberfläche Felswände geglichen hatte, warfen ihre Schale ebenfalls ab und darunter kam eine dunkelbraune noch sehr weiche Rinde zum Vorschein. Einzelne Knospen zeigten sich an den Zweigen, die wohl bald Blätter bilden würden. Mitten in der felsigen Ebene bahnte sich ein Rinnsal seinen Weg und offenbarte, dass dort in absehbarer Zeit ein Fluss entstehen sollte. Je mehr ich entdeckte, desto freudiger wurde mein Herz und am Ende standen mir die Tränen in den Augen.

Als wir zurückkehrten und ich meinen Bericht geschrieben hatte, kam Jesus in mein Büro und fragte mich mit einem wissenden Lächeln auf den Lippen, wie es gewesen war.

Es sprudelte förmlich aus mit heraus und ich erzählte ihm jedes Detail, das ich festgehalten hatte. Jesus freute sich ebenso wie ich über die Entwicklungen dort und eröffnete mir, dass sich bald Tierwesen in Bibulex ansiedeln würden. Dann wurde er allerdings ernst und sagte, dass es auch Welten gäbe, die den Energieumschwung nicht so gut verkraften würden. Eine davon wäre mein nächster Auftrag.

Mattabem

Mattabem ist eine geistige Welt mit der Möglichkeit der Materialisation, die in der Gokarbs-Dimension liegt. Ihr Name ist auf ihre mittige Lage im Kosmos zurückzuführen. Sie ist eine mittelgroße Welt und durchzogen von pinkfarbenen Seen und lilafarbenen Hügeln. Die Gipfel der Berge glitzern in violettem Licht, denn dort finden sich viele seltene Edelsteine und Erze. Die Bäume tragen pinkes Laub, wodurch ihre Kronen wie von flauschigen Wolken eingekesselt wirken. In der Welt leben unterschiedliche Wesenheiten, die in ihren Erscheinungsformen ebenso sonderbar sind wie ihre Heimat.

Mattabem steht energetisch mit den Welten um sich herum in ständigen Austausch. Dies ist notwendig, um ihr Energielevel aufrecht zu erhalten. Dieser Umstand war es allerdings, der Probleme auslöste.

Ich wurde von Jesus dorthingeschickt, um nach dem Rechten zu sehen und die Veränderungen in der Welt zu dokumentieren.

Schon ab dem ersten Moment, in dem wir Mattabem betreten hatten, spürten Gandolin und ich
eindeutig, dass etwas nicht stimmte. Dieses Gefühl
sollte sich bestätigen, als wir uns in der Welt
genauer umsahen. Wir stellten fest, dass die Flüsse
nicht mehr flossen, das Laub in den Bäumen welk
wurde und die lieblichen Rufe der unterschiedlichen Tierwesen verstummt waren, die dort in
den Wäldern, Höhlen und im Wasser lebten. Die
Luft war nicht mehr so klar, wie sie sein sollte,
sondern stickig und irgendwie schwer. Auch die
Temperatur war um ein paar Grad gefallen.

Ich startete eine Analyse und stellte sehr schnell
fest, dass die Probleme zunahmen, je näher ich
der Barriere kam. Es waren nicht die neuen Energien, die eingespeist wurden, die Schwierigkeiten
machten. Das Problem lag eher darin, dass die
Kräfte von den anderen Welten fehlten, an denen
sich Mattabem normalerweise bediente. Durch die
Barriere konnte nichts hinein aber auch nichts
hinaus dringen. Dies war jedoch wichtig, um die
Harmonie in der Welt aufrecht zu halten. Nun da
die Energien nicht mehr zur Verfügung standen,
wankte das Gleichgewicht der Welt und würde, je

länger sie fehlten, immer weiter aus den Fugen geraten.

Ich teilte Gandolin meine Erkenntnisse mit und wir beschlossen, so schnell es ging zurückzukehren, um Jesus von der Angelegenheit zu berichten und eine Lösung zu finden.

Kurze Zeit später saßen wir bereits im Besprechungsraum und ich hatte meine Analyse und die Schlüsse die ich daraus zog offengelegt.

Jesus und die Erzengel waren anwesend, mit Ausnahme von Luceriel der sich seit unserem Treffen auf Xorps gar nicht mehr dort blicken ließ.

Wir beratschlagten einige Zeit, kamen aber schließlich zu dem Ergebnis, dass es keine andere Möglichkeit gab, als die Welt innerhalb der Barriere mit Energie zu versorgen. Jesus sagte, er würde mit Vater sprechen und im Anschluss sollten wir uns noch einmal hier zusammenfinden.

Ich schrieb derweilen meinen Bericht, soweit es möglich war, bis eine Stimme meine Aufmerksamkeit auf sich zog.

Mir fiel alles aus dem Gesicht, als ich Luceriel dort an der Tür zu meinem Büro stehen sah. Er fragte, ob er mit mir reden könnte, doch ich spürte eine große Wut in mir aufsteigen und sagte ihm nur, er solle verschwinden. Ich packte meine Akten zusammen und wollte an ihm vorbei nach draußen gehen, doch er hielt mich fest.

In seinen Augen spiegelte sich etwas Dringliches, fast Flehendes und er bat mich, nochmals mit ihm zu reden. Die Traurigkeit in seinem Blick brachte mich schließlich dazu, ihm zuzuhören.

Er sagte mir, dass er es geschafft habe, seinen eigenen Wirkungskreis zu errichten und er sich freuen würde, wenn ich mit ihm kommen würde um mir anzusehen, was er geschaffen hat.

Ich wehrte entschieden ab und sagte ihm, dass ich keine Zeit hätte, weil es wegen seiner Spinnerei jede Menge Probleme in den Welten gab, um die sich gekümmert werden musste. Er sagte, er habe ein paar Ideen, wie man alles wieder in gute Bahnen lenken könnte. Ich wollte natürlich wissen was er vorhatte und er unterbreitete mir einige Zettel mit Notizen, in denen er sich einen Plan überlegt hatte. Ich sagte ihm, er hätte es in den Besprechungen weitergeben können, wenn er die letzte Zeit mal anwesend gewesen wäre, dann wüssten wir auch schon, was Gott davon halten würde. Er blickte unmutig zu Boden und murmelte, dass er es nur mir zeigen wollte und das er keine Erlaubnis bräuchte. Er wüsste, dass es funktionierte und hatte auf meine Unterstützung gehofft. Im selben Moment kam Jesus durch die Tür und sagte mir, dass die Besprechung weiterginge.

Ich sah Luceriel auffordernd an, doch er wich meinem Blick aus. Ich erzählte Jesus daraufhin, dass er einen Plan hatte. Der Messias blickte ihn neugierig an, doch Luceriel knurrte nur und drängte sich an ihm vorbei zur Tür. Er warf mir einen enttäuschten Blick zu und sagte dann zu Jesus, dass ihn das nichts anginge. Bei dem Kommentar blieb mir beinahe die Luft weg und ich fragte ihn ob er das wirklich ernst meine und was mit ihm los sei. Er sagte er habe noch nie etwas so ernst gemeint und dass er mir beweisen würde, dass er es alleine schaffen würde. Ich blickte hilfesuchend zu Jesus, der nur zu mir sagte, ich sollte ihn gehen lassen.

Immer noch erschüttert machte ich mich zusammen mit Jesus auf den Weg in die zweite Besprechung. Der Messias hatte mit Gott abgesprochen, dass die Erzengel neue Energiepunkte in der Welt setzen sollten, die Mattabem mit den Energien versorgte, die es benötigte, um sein Gleichgewicht aufrecht zu halten. Ich verfolgte das Treiben der Erzengel auf dem Hologramm ganz genau, doch ich konnte nicht anders als über Luceriel und seine Worte nachzudenken. Was ging nur in seinem Kopf vor, dass er Jesu so unverschämt ansprach? Bei meinem nächsten Auftrag sollte ich merken, wie ernst es ihm war, und wie seine Starrsinnigkeit das ganze Chaos immer weiter befeuerte.

Nerophima

Nerophima ist eine geistige Welt mit der Möglichkeit der Materialisation. Sie ist auch als die Welt der 1000 Nebel bekannt, denn in ihr herrscht ein sich immer wieder verändernder Dunst. Dieser ist nicht grau oder weiß, sondern nimmt unterschiedliche Farben an je nachdem, welche Energie gerade vorherrscht.

Ich und Gandolin wurden dorthin geschickt um wie in den vorherigen Aufträgen auch, die Änderungen zu dokumentieren die sich aufgrund der neuen Barriere einstellten.

Gleich als wir ankamen, bemerkte ich, dass der Dunst nicht mehr so dicht schien, wie er ursprünglich gewesen war. Es trieb sich irgendetwas im Nebel herum, dass ich aber nicht genau ausmachen konnte. Ich beschloss deswegen, eine Analyse durchzuführen. Das Ergebnis verblüffte und verwirrte mich zugleich. Es schien sich bei den Gestalten um Engel zu handeln. Dies war ungewöhnlich, denn wären andere Wesen, egal welcher Art in Nerophima unterwegs gewesen, hätte Jesus mich nicht hierhergeschickt. Die

Anwesenheit jedes Wesens, das auf dieser Welt normalerweise nicht vorkam, verfälschte das Ergebnis der Analyse. Ich zählte insgesamt 6 Engel, wobei es sich bei einem von ihnen um einen sehr mächtigen Fürsten handeln musste, denn seine Aura war außerordentlich stark. Ich hatte bereits einen Verdacht, dem ich mit Gandolin zusammen nachgehen wollte. Wie ich es vermutet hatte, war es Luceriel, der sich dort herumtrieb. Er hatte fünf andere Engel bei sich, die offenbar gerade damit beschäftigt waren, Energiepunkte zu errichten.

Ich fragte ihn, was er dort mache, und sagte ihm, dass er meine Analyse stören würde.

Er erwiderte, er würde das umsetzen, was er geplant hatte. Er hätte für jeden der betroffenen Welten einen Plan aufgesetzt. Ich war fassungslos und sagte ihm, dass er das mit Gott absprechen musste und nicht einfach irgendetwas aufrichten durfte. Er antwortete nur, dass er das sehr wohl konnte und dass ich bald sehen würde, dass sich der Zustand in den Welten wieder normalisiert. Ich fragte ihn, was er genau vorhabe, doch er erwiderte nur, dass ich das sehen würde, wenn es soweit ist.

Gandolin nahm mich zur Seite und sagte mir, er habe ein schlechtes Gefühl bei der Sache und wir sollten lieber zurückgehen und Jesus Bescheid geben. Ich gab ihm Recht und wir machten uns auf den Weg in die Himmel. Dort suchten wir sogleich Jesus auf. Er wirkte besorgt und nickte nur, als er uns in sein Haus kommen sah. Ich fragte ihn, ob er schon Bescheid wisse, und er nickte erneut. Er erzählte mir, dass es auch viele Engel gäbe, die sich ihm angeschlossen hatten. Sie würden versuchen, die Dinge auf eigene Faust zu regeln. Jesus sagte, einige seiner Einfälle wären gut, aber wenn er sie nicht mit Gott abklärte, würden sie mehr Chaos stiften, als beseitigen. Luceriel würde die Weitsicht fehlen, die Gott besaß im Bezug dessen, wie sich die Welten verhalten würden. Einige würden sich nämlich die Besetzung mit anderen Energien nicht gefallen lassen. Sie würden sich gegen seine Einflussnahme wehren und dadurch ihre Beschaffenheit verändern. Wie sich das aber genau auswirken würde, konnte Luceriel nicht wissen. Sein Plan, den er sich überlegt hatte, war deshalb in Teilen fehlerhaft. Dies wolle er aber nicht glauben. Jesus seufzte auf und erklärte, Luceriel würde alles, was man zu ihm sagte, als Angriff ansehen und den Versuch, seine Pläne zu torpedieren.

Ich spürte große Traurigkeit und Hoffnungslosigkeit in meinem Herzen aufsteigen, als Jesus mir diese Worte offenbarte. Er nahm mich in den Arm und sagte mir, wir müssten nun die Zeit arbeiten lassen. Was geschen müsse, müsse geschehen. Ich fragte ihn, was wir nun tun sollten. Er antwortete, wir würden versuchen, den Schaden so gering wie möglich zu halten. Wieder donnerte eine Welle der Traurigkeit und des Schmerzes durch meinen Leib. Jesus bemerkte dies. Er legte mir seinen Arm um die Schultern und sagte, ich sollte mich etwas zurückziehen und Ruhe finden. Ich hörte auf seinen Rat und machte mich auf den Weg in mein Haus, in dem ich einige Zeit blieb, und versuchte, meine Gedanken und Gefühle zu ordnen.

Zeberyx

Mein neuer Auftrag sollte mich nach Zeberyx führen, einer geistigen Welt mit der Möglichkeit der Materialisation. Jesus kam persönlich bei mir zuhause vorbei, um mir davon zu berichten. Ich weiß nicht sicher, wie lange ich mich daheim eingeigelt hatte. Ich kann nur sagen, dass ich ungefähr fünfmal in dieser Zeit im Tempel bei Gott gewesen war und mit ihm geredet hatte. In mir tobten Phasen der Wut, der Verzweiflung und der unendlichen Traurigkeit. Ich hörte immer wieder Luceriels Worte in meinem Kopf und sah gleichzeitig die Bilder unserer gemeinsamen Zeit, die mich unendlich schmerzten. Gott hatte mich wieder aufgebaut und mir Mut zugesprochen. Dadurch befand ich mich wieder auf den Weg der Besserung.

Jesus umarmte mich und berichtete mir, dass es eine Aufgabe für mich gäbe. Die Erzengel hatten ihr Tun weiter verfolgt und die Barrieren errichtet, während Luceriel seinerseits versuchte, das Chaos durch einspeisen von Energien zu beseitigen. Leider war es genauso gekommen, wie der

Messias es vorhergesagt hatte: Einige der Welten wehrten sich gegen die Änderung und fingen an, Abwehrsysteme zu entwickeln. Dies befeuerte zum einen die negative Energie und machte es zum anderen schwierig, den entsprechenden Welten Hilfe zukommen zu lassen. Sie wehrten sich mittlerweile gegen alles, was sich ihnen näherte.

Zeberyx war eine der Welten, die noch nicht von den Änderungen betroffen war, doch wurde bereits von Luceriel anvisiert. Er hatte sich die letzte Zeit auf die Welten konzentriert, auf denen die Erzengel noch keine Barrieren eingerichtet hatten. Hintergrund war der, dass er sich nicht nachsagen lassen wollte, er hätte es nur mit ihrer Hilfe geschafft. Er wollte beweisen, dass er es alleine konnte.

Jesus trug mir nun auf, dass ich dorthin reiste, um eine Analyse durchzuführen, um herauszufinden, ob Zeberyx gefährdet war, einen Selbstverteidigungsmechanismus zu entwickeln.

Michael und Raphael hatten anscheinend in der letzten Zeit genaue Forschungen durchgeführt, welche Welten es waren, die solch einen Mechanismus ausprägten. Es gab wohl gewisse Anzeichen in der Zusammensetzung der Energien, die Schlüsse darauf zuließen, ob sich die Welt verteidigen würde oder nicht. Meine Aufgabe sollte es nun sein, eine Analyse zu erstellen um, das genaue Verhältnis der Energien aufzuschlüsseln, damit die Erzengel eine Vorhersage treffen konnten. Zeberyx war die erste Welt, bei der dies geschehen sollte, doch in Zukunft würde ich meine Arbeit auf andere Welten ausweiten.

Die Zeit drängte, denn es würde nicht mehr lange dauern, bis Luceriel seine Energiepunkte dort errichten würde.

Ich sagte also Gandolin Bescheid und wir machten uns kurz darauf auf dem Weg.

Zeberyx ist eine wunderschöne dicht bewachsene Welt, in der unterschiedliche Arten von Wesenheiten zusammenleben. Die größte Art bilden humanoide Geistwesen mit den Namen Vior. Sie bewegen sich in den Elementen und können ihr Aussehen ändern, gelten also als Gestaltwandler. Ihre Haupterscheinungsform ist jedoch groß und von wässriger Gestalt. Sie leben in Häusern, die überall auf der Welt verteilt sind und aus Stein gebaut sind. Sie sind sehr sozial und wohnen meist in Gruppenverbänden von bis zu fünf Wesen in einem Haus zusammen.

In Zeberyx wachsen seltene Kräuter und Blumen, die klebrigen, roten Nektar produzieren. Er wird von den dort lebenden Wesenheiten hoch geschätzt, weil er schmackhaft und sehr vitaminreich ist.

Als ich und Gandolin dort ankamen, war alles friedlich. Die Wasserfälle die über die zerklüfteten Berge nach unten donnerten und die vielen Quellen in der Welt speisten, wiesen den typischen hellblauen Schimmer auf. Die Luft glitzerte silbern und war erfüllt von den Rufen der Tierwesen, die in der Nähe in dem verworrenen Dschungelwald lebten.

Ich startete eine Analyse und schrieb alle meine Erkenntnisse nieder. Dann plötzlich spürte ich eine Änderung in dem Energielevel der Welt. Eine große Menge Energie war eingetreten. Obwohl ich bereits einen Verdacht hatte, startete ich eine weitere Analyse, um die Quelle auszumachen. Tatsächlich konnte ich mehrere Engel wahrnehmen, die gerade angekommen waren. Ich wusste sofort, was das zu bedeuten hatte, und nahm Kurs auf die Energiequellen. Es war Luceriel mit einigen seiner Anhänger, die in der Welt gelandet waren.

Ich preschte auf ihn zu und sagte ihm, er soll von seinem Vorhaben ablassen. Er blickte mich beleidigt an und erwiderte nur, dass ich meine Zweifel bald bereuen werde, die ich an ihm habe. Ich legte ihm meine Analyse vor und versuchte, ihm zu erklären, was Jesus mir gesagt hatte. Nämlich, dass es Welten gab, die sich gegen die Energieänderung wehren würden und er nicht wissen könnte, welche es wären. Er lachte jedoch nur und sagte, dass er genau wisse, was er tat und das sein Plan bestens funktioniere. Ich entgegnete, das bereits Welten begonnen hätten sich gegen seine Energiepunkte zu wehren und er nur alles immer schlimmer machen würde. Er erwiderte, dass es nur an dem Gelegen hätte, dass die Barrieren der anderen Erzengel dort noch aktiv waren. Dem würde er nun entgegenwirken, indem er seine eigenen Barrieren baute. Ich sagte ihm, dass dies nicht funktionieren würde, denn es bräuchte mindestens immer zwei mit annäherndem gleichen energetischen Level, damit eine Barriere errichtet werden konnte. Er grinste nur und sagte, dass er das ganz genau wisse und er seine Möglichkeiten hätte, aber ich könnte ihm gerne helfen, wenn ich wollte. Ich wies diesen Vorschlag entschieden zurück. Gandolin trat an Luceriel heran und sagte ihm, wenn er alles zerstören wollen würde, wäre das seine Sache, aber er solle mich gefälligst aus dem Spiel lassen. Luceriels Aura veränderte sich daraufhin deutlich. Sie wurde kalt und hart. Er trat Gandolin entgegen und keifte, dass ihn das in keiner Weise etwas angehen würde und er sich nicht erdreisten sollte, für mich zu sprechen. Ich spürte Wut in meiner Brust aufsteigen. Entschlossen trat ich an Gandolins Seite und untermauerte seine Worte. Luceriel wirkte zuerst geschockt, doch dann verfinsterte sich sein Antlitz und er blickte mich mit großer Wut in den Augen an. Er sagte, dass er das alles für mich tun würde, und nun würde ich ihm in den Rücken fallen. Ich kann die Fassungslosigkeit nicht in Worte fassen, die nach dieser Aussage meinen Leib einnahm. Ich trat ein paar Schritte zurück und sagte ihm, dass er verrückt geworden sei. Ich würde versuchen, ihm zu helfen, wir alle würden das. Er drehte sich nur um und sagte zu mir, dass sie ihn boykottieren und zurückhalten wollen würden, weil sie wüssten, dass er es schaffen würde. Dann drehte er sich zu mir um und sagte, das ich das ganze noch unterstützen und ihm nicht vertrauen würde. Ich hielt dagegen, dass das nicht stimmte, aber er sich verrennen würde. Er wandte sich jedoch ab und erwiderte, dass wir sehr bald sehen würden wer recht hat und ich dann zu ihm zurückkommen würde.

Gandolin zog mich schließlich weg und sagte, wir sollten gehen, er wäre nicht bei Sinnen. Ich folgte seinem Rat, konnte aber den Schmerz nicht betäuben, der in meiner Brust hämmerte. Ich versuchte zu verstehen, was Luceriel dazu bewegte so verbohrt zu sein, doch ich konnte es einfach nicht begreifen.

Ich und Gandolin suchten nach unserer Rückkehr Jesus auf und ich erzählte ihm, was passiert war. Er nickte und sagte dann, dass Zeberyx bereits anfangen würde, sich gegen die Umleitung der Energien zu wehren. Er nahm mich in den Arm und gab mir zu verstehen, dass er wusste, wie es mir ging, aber keine Zeit blieb, um darüber nachzudenken. Es gab noch einige Welten, von denen wir die Analyse für die Erzengel einholen mussten und das, bevor Luceriel sie erreichen würde.

Tshatuque

Tshatuque war einer jener Welten, von der wir eine Analyse machen sollten. Sie ist eine sehr andersartige Welt, denn in ihr wachsen Berge, Bäume und Wiesen kopfüber. Auch die Flüsse liegen himmelwärts und es fällt kein einziger Tropfen davon auf den Grund. Die Welt liegt in der Fibrox-Dimension. Sie ist belebt so wie die meisten Welten, die dort existieren.

Durch ihre umgedrehte Daseinsform ist es etwas schwierig sich darin zu bewegen. Meistens fliegen und klettern wir, um die Punkte zu erreichen, die wir suchen. Ich hatte dort in der Vergangenheit bereits zwei Aufträge. Die Energiequellen die sich an teils schwer zugänglichen Stellen befinden, verursachten immer wieder Probleme. Es war sehr langwierig dort die genaue Ursache auszumachen. Dieses Mal sollten wir uns aber darauf beschränken eine Analyse durchzuführen, die wir den Erzengeln vorlegen konnten.

Wir durchstreiften die umgedrehte Wildnis der Welt, um uns zum ungefähr mittigen Punkt hinzubewegen, als plötzlich ein lautes Scheppern an unsere Ohren drang. Als ich eine erste kleine Analyse startete, stellte ich erschrocken fest, dass einige der Berge begannen, nach unten zu stürzen. Wir hingen gerade abseits davon an ein paar Bäumen fest, an denen wir uns vorwärts arbeiteten. Ein verdächtiges Knacken ließ mich nochmals nach oben sehen. Nicht nur die Berge schienen in die Tiefe zu stürzen, auch die Bäume glitten aus dem Erdreich und stürzten einer nach dem anderen ab. Ich blickte Gandolin an und wir stießen uns gerade noch rechtzeitig ab und flogen nach oben, ehe der Wald uns in die Tiefe reißen konnte. Dies war allerdings nicht das größte Problem. Als ein ohrenbetäubendes Rauschen in meinen Ohren hämmerte, erstarrte mein Herz. Die ganzen Flüsse, Seen und alle Quellen stürzten auf uns zu.

Gandolin versuchte, mich noch einzusammeln und zurückbringen, doch die Wassermassen waren zu schnell und schwemmten mich weg. Ich spürte nur noch, wie ich durch das Wasser getrieben wurde und keine Luft mehr bekam. Irgendwann wurde es schwarz vor meinen Augen.

Als ich wieder zu mir kam, lag ich auf einem Bett. Ich sah mich um. Es war nicht die Krankenstation, in der ich herausgekommen war. Um mich herum war es hell, aber ich befand mich in einem Gebäude. Über dem Bett hingen Schwerter an der Wand und eine größere Fensterfront lag auf der rechten Seite. Ein schwerer weißer Schrank thronte auf der anderen. Ich wusste, wo ich mich befand. Seufzend hielt ich mir den Kopf und rappelte mich auf. Mir tat alles weh. Fast zur gleichen Zeit öffnete sich die Tür und Luceriel kam herein. Ich war in seinem Schlafzimmer. Er fragte mich, wie es mir ginge, und setzte sich zu mir aufs Bett. Er streichelte mir über die Wange und ich erkannte die ursprüngliche Weichheit in seinen Augen. Von der Kälte, die er neulich ausgestrahlt hatte, war nichts mehr zu sehen oder zu spüren. Ich fragte ihn, was passiert sei. Er sagte mir, dass die negative Energie in die Welt vorgedrungen wäre und ihre Struktur zerstört hätte. Er wäre gerade mit seinen Anhängern dorthingekommen, aber es wäre schon zu spät gewesen. Er hätte beobachtet, dass ich weggespült wurde und mich gerettet.

Ich erinnerte mich wage daran, das Gandolin uns wegbringen wollte, aber ich weggeschwemmt worden war. Er hatte es offenbar zurückgeschafft, aber mich hatte das Wasser mitgerissen. Ich fragte Luceriel, warum er mich nicht in die Krankenstation gebracht hätte. Er sagte, er könne sich auch um mich kümmern. Ich spürte wie wieder Wut in mir aufstieg und ich stemmte mich hoch um selbst dorthinzugehen. Er wollte mich festhalten und merkte an, dass ich noch nicht fit genug wäre. Ich sagte ihm, er könne das nicht beurteilen, weil er kein Arzt war, dann schleppte ich mich aus dem Haus. Mein ganzer Leib schmerzte und ich musste mich immer wieder abstützen, aber ich wollte nicht dortbleiben. Ich musste in die Krankenstation, um abklären zu lassen, was mir fehlte. Luceriel versuchte, mich zu stützen als ich die Haustür erreicht hatte, aber ich schubste ihn weg und stürzte dabei auf die Straße. Einige Engel die gerade vorbeikamen, bekamen das mit und brachten mich schließlich in die Krankenstation. Dort blieb ich einige Zeit und wurde behandelt. Bei dem Versuch des Springens waren Wunden entstanden, weil Gandolin den Übertrag nicht mehr vollständig geschafft hatte. Ich würde wieder gesund werden, aber es würde einiges an Zeit kosten. Zeit die wir eigentlich nicht hatten. Durch das Fenster meines Zimmers in der Krankenstation sah ich Luceriel stehen der mit besorgter, aber gleichsam ärgerlicher Miene zu mir hinaufsah. Ich für meinen Teil war verwirrt, weil ich nicht wusste, was der Sinn des Ganzen gewesen war. Er war kein Arzt. Er hätte meine Wunden nicht behandeln können. Konnte seine Sturheit soweit gehen, dass er in Kauf nahm, dass mir etwas zustieß? Ich verstand nicht, was in seinem Kopf vor sich ging. Eine Seite von mir wollte es verstehen, weil ich immer noch an die Zeit zurückdachte, die wir zusammen erlebt hatten. Andererseits hatte sich alles so sehr verändert und ich wusste, dass es wahrscheinlich nie wieder so werden würde, wie es gewesen war.

Gisgab

Gisgab ist eine geistige Welt mit der Möglichkeit der Materialisation. Sie liegt in der Fibrax-Dimension und ist eine von 300 unbelebten Welten. Ihre Oberfläche ist bergig und rau, das Gestein blau bis eisfarbig. Es herrscht dort eine unsagbare Kälte mit Temperaturen bis zu -200 Grad, die eisige Gebilde von Blumen und Bäume formt. Beinahe wirkt es so, als hätte ein begabter Künstler Eisskulpturen dorthin platziert, die nun von den Besuchern bewundert werden können.

Was aber könnte jemanden dazu bewegen, in solch ein raues Gebiet zu kommen? Nun sicher gibt es dort weder Beeren noch Erze, die einladen würden, den Ort zu besuchen. Der Schatz dieser einzigartigen Welt liegt viel tiefer in den Bergen verborgen. Dort fließen Quellen besonderen Wassers, die mächtige Heilkräfte in sich tragen. Es wird für Medizin verwendet und ist ein begehrtes Gut vieler verschiedener Arten. Sie kommen dorthin und holen sich meist kleine Mengen, die sie dann für unterschiedliche Zwecke verwenden. Rein trinken kann man das Wasser nicht, da es einen stark metallischen Geschmack aufweist, der Würgereiz hervorrufen würde. Mit den richtigen Komponenten zusammen allerdings ist es ein sehr wirkungsvolles Heilmittel.

Ich war bis zu dem Moment, von dem ich nun erzähle, noch nie dort gewesen. Ich habe nur von anderen Besuchern Berichte darüber gelesen und sogar einen Sirup probiert, der mit Wasser aus dieser Welt angereichert worden war. Der Geschmack war gewöhnungsbedürftig. Irgendwie wie eine Mischung aus bitterem Harz und honigsüßen Faungibeeren. Aber die Wirkung war schnell und zuverlässig. Ich war etwas mitgenommen nach einem sehr kräfteraubenden Auftrag. Nachdem ich von dem Gebräu gekostet hatte, fühlte ich mich viel frischer und hatte wieder deutlich mehr Energie. Jetzt aber zurück zu dem eigentlichen Auftrag:

Gisgab war in Gefahr, eine verteidigende Welt zu werden. Das wäre schlecht gewesen, weil wie oben ausgeführt, das Wasser dieser Welt sehr erfolgreich für Medizin eingesetzt wurde.

Ich und Gandolin reisten dorthin, um eine genaue Analyse durchzuführen und ein paar Proben des Wassers zu nehmen. Die Erzengel wollten die

Flüssigkeit untersuchen, um zu sehen, welches Szenario denkbar wäre, wenn die Welt anfangen würde, sich zu wehren.

Wie machten uns also auf den Weg nach Gisgab, um unsere Aufträge zu erledigen. In der Zeit, in der ich im Krankenstand gewesen war, hatte sich eine Menge verändert. Viele Welten die ich noch hätte analysieren sollen waren inzwischen von Luceriel energetisch umgekrempelt worden. Wie es von Jesus bereits vorhergesagt wurde, wollten sich das nicht alle Welten gefallen lassen und fingen an, sich zu verteidigen.

Luceriel hatte das offenbar bemerkt und versuchte nun, die Energien der Welten zu brechen. Das bedeutete, er wollte die Welten energetisch dazu zwingen, sich seinen Barrieren und Energieänderungen anzupassen. Je vehementer er versuchte, seinen Rettungsplan in die Tat umzusetzen, desto schneller geriet alles ins Chaos.

Gisgab war eine der wenigen Welten, die auch ohne Barriere bisher verschont geblieben war. Die negative Energie hatte die Dimension, in der sie lag bislang nicht erreicht und so blieb noch eine kurze Zeit. Dennoch wollten wir so schnell wie möglich den Schutz der Welt aufbauen. Deswegen hatte Jesus mich sogleich abgefangen, als ich aus der Krankenstation entlassen worden war.

Als Gandolin und ich in der Welt ankamen, gab es zuerst nichts, was verdächtig wirkte. Wir kamen inmitten eines riesigen, verschneiten Feldes heraus, das ringsum von einem Gebirge eingekesselt war. Dort oben so wusste ich, in dem Kern des höchsten Berges, der Mori genannt wurde, floss das Wunderwasser in Quellen durch das Gestein. Es nahm dabei Materialien und auch Energien in sich auf. Das war wohl ein Grund für seine Wirksamkeit.

Ich führte auf dem Feld meine Analyse durch und speicherte die Ergebnisse genauestens ab. Ich konnte keine Abweichungen oder Auffälligkeiten feststellen. Es schien alles in Ordnung zu sein. Als ich einige Notizen niedergeschrieben hatte, beratschlagte ich mit Gandolin, wie wir zu den Quellen kommen sollten. Aus Erzählungen wusste ich, dass die Oberfläche vor dem Höhleneingang sehr glatt war und es äußerst schwierig werden würde, daran emporzuklettern. Die Höhle selbst zeigte sich nur als kleines Loch, das durch einen breiten, vorstehenden Felsen von außen fast unsichtbar war. Es stellte also bereits eine Herausforderung da, den Eingang zu finden. Wir beschlossen, zum Fuße des Berges zu springen. Ich startete dann eine Analyse, um den Durchgang ausfindig zu machen. Das klappte sehr gut. Ich ermittelte den Durchschlupf circa 18 Meter über unserem Standpunkt auf der rechten äußeren Seite. Nun blieb nur noch das Problem, dorthin zu gelangen. Die Oberfläche des Gesteins war so glatt, dass man sich darin spiegeln konnte. Zu allem Überfluss begann es dann auch noch zu schneien. Die Möglichkeit, nach oben zu fliegen wurde dadurch erheblich erschwert, denn die Sicht war schlecht und der Schnee machte die Federn schwer. Gandolin hatte dann die Idee einen Schutzschirm zu errichten, an dem die dichten Flocken abprallen würden. So könnten wir nach oben zum Eingang fliegen. Gandolin nahm mich auf seine Arme und aktivierte dann den Schutzschild. Das war der Sache dienlich, denn je kleiner der Radius sein muss, desto weniger Energie verbraucht der Bewahrer. Wir flogen zum Eingang und klammerten uns an dem Felsen, der den Durchgang verdeckte. Das Loch war so klein, das man sich hindurchzwängen musste. Wir schoben uns dahinter in den schmalen Spalt und erreichten bald eine dunkle Höhle. Sie war gerade so hoch, dass man darin aufrecht stehen konnte. Als wir uns nach vorne bewegten, leuchteten einige weiße Edelsteine an den Höhlenwänden auf und tauchten den schmalen Gang in ein mystisches Licht. Man konnte sehen, dass hier öfter Wesen unterwegs waren, denn an den Seiten sah man Spuren von Werkzeugen. Einige hatten wohl versucht, durch die Wände hindurch an das Wasser zu kommen. Der Gedanke war nicht abwegig, denn man hörte hinter den Felsen ganz klar das Plätschern der Quelle. Ich wusste jedoch aus Erzählungen, dass es einfachere Wege gab, an das Wasser zu kommen. Man musste sich nur tief genug in den Berg wagen. Ich hatte allerdings eine Ahnung, warum manche versucht hatten, an früheren Stellen nach Wasser zu graben. Je weiter wir in den Berg eintraten, desto kälter wurde es. Der Weg führte immer tiefer nach unten. Am Ende befand sich eine große Quelle mit einem glasklaren See, der bläulich schimmerte. Auf dem Grund waren weiße Steine erkennbar, an denen sich teilweise das mitgetragene Material ablagerte. Es war so kalt, dass sich Reif an meinem weißen Kälteschutzanzug gebildet hatte. Wir hatten die

Kleidung von Jesus bekommen. Der Stoff war extra dick und isolierend, was für eine angenehme Wärme im Inneren sorgte. Ich nahm die Phiole, die ich von Michael erhalten hatte aus meiner Tasche und sammelte die geforderten Proben ein. Anschließend gab ich Gandolin ein Zeichen, zu gehen. Wir stiegen den Weg wieder nach oben. Jeden Höhenmeter wurde es ein kleines bisschen wärmer. Als wir etwa die Hälfte der Strecke geschafft hatten, erklang ein heftiges Rumpeln und ein Erdbeben warf uns von den Beinen. Gandolin legte sich schützend über mich, während vor uns eine Lawine aus Felsen von der Decke stürzte und uns den Ausgang versperrte. Zu allem Überfluss waren dabei auch die Edelsteine aus der Wand gerissen worden, die den Weg erhellten. Als der Staub sich gelegt hatte und wir wieder atmen konnten, blieb nichts zurück als eisig kalte Dunkelheit. Gandolin fragte mich, ob alles in Ordnung sei. Ich bejahte und wir beschlossen, erst einmal eng zusammenzubleiben, um uns gegenseitig zu wärmen. Man könnte nun denken, dass es möglich sein sollte, einfach eine Flamme erscheinen zu lassen die Wärme und Licht spendet. Dies ist aber auf Gisgab nicht umzusetzen, da die Elementarenergie des Feuers, die dafür benötigt werden würde, nicht in ausreichender Konzentration vorhanden ist. Es kann nichts hervorgebracht werden, was Wärme oder warmes Licht spendet. Gandolin hatte dann den Einfall uns vor der Kälte abzuschirmen. Das funktionierte, und erzeugte auch einen schwachen Schein. Allerdings würde er das nicht ewig durchhalten und die Starre kroch langsam in unsere Glieder. Wir mussten, so schnell es ging, einen Weg finden, dort herauszukommen. Ein erneutes schweres Erdbeben, unterbrach die Überlegungen und wir spürten einen kräftigen Schlag im Rücken. Es schleuderte uns nach vorne durch die Wand des Berges hindurch und wir brachen auf der anderen Seite wieder heraus. Hinter uns schoss eine Fontäne Wasser aus der entstandenen Öffnung und wir stürzten einige Meter in die Tiefe. Als wir heftig aufgeschlagen waren, rappelten wir uns auf und blickten ungläubig zu dem Berg nach oben. Noch immer strömte dort unter Hochdruck das Wasser aus dem Felsen und große Steine stürzten in die Tiefe. Ich tastete vorsichtig in meiner Tasche nach der Viole und stellte fest, dass sie heilgeblieben war. Ich wollte noch eine

Analyse starten, doch Gandolin zog mich weg und deutete auf den Berg. Der Bruch des steinernen Riesen hatte im Gebirge eine Lawine ausgelöst! Ich packte Gandolin am Arm und er brachte uns in die Himmel zurück.

Dort warteten Jesus und die Erzengel bereits auf uns. Ich übergab Michael die Viole, doch er betrachtete sie und sagte, dass sie die wohl nicht mehr benötigen. Jesus führte mich zu dem Hologramm und erklärte mir, das Gesamtgleichgewicht des Kosmos wäre aus den Fugen geraten und die Zerstörung nicht mehr aufzuhalten. Auch die Dimensionen und Welten, die noch nicht betroffen waren, würden durch das Zusammenbrechen des Gleichgewichts ins Chaos gestürzt werden. Das war auch gerade mit Gisgab passiert. Ich setzte mich hin, weil eine alles einnehmende Schwäche durch meinen Körper waberte. Jesus sagte mir, es wäre nun nicht mehr aufzuhalten. Meine Aufgabe würde sich abermals ändern. Sie würde gefährlicher werden. Ich sollte die gestürzten Welten bereisen und dokumentieren, was sich dort alles geändert hatte. Die Welten und wie ich sie kannte, würden nie mehr so sein wie vorher.

Das Leben in Frieden und Harmonie war endgültig vorbei.

Sunflex

Sunflex ist eine geistige Welt mit der Möglichkeit der Materialisation. Sie befindet sich in derselben Dimension wie Gisgab und man könnte sagen, dass sie ihr absolutes Gegenteil darstellt. Ist es in Gisgab kalt und vereist, so herrschen in Sunflex brütend heiße Temperaturen und die Landschaft ist von Vulkanen und Lavaseen geprägt. Wie auf Gisgab gibt es auch hier etwas sehr begehrliches, nämlich widerstandsfähiges Erz, das tief in den Vulkanen verborgen liegt.

Ich und Gandolin bekamen von Jesus den Auftrag, dorthinzureisen. Dieses Mal allerdings, sollte ich keine Probe des wertvollen Werkstoffes nehmen, sondern eine Analyse durchführen. Das Chaos hatte Sunflex bereits erreicht und dort vieles geändert. Meine Aufgabe war es nun, eine Untersuchung durchzuführen und diese Änderungen zu dokumentieren.

Als ich mit Gandolin dort ankam, blieben uns beinahe die Münder offen stehen. Die großflächigen Lavaseen, waren allesamt erstarrt. Die einstige Hitze, die von dem Ort ausging, war vollkommen gewichen und eine seltsame, stickige Kühle lag über der Oberfläche. Das Rauchen der Vulkane war verstummt und das Gestein schwarz und ausgekühlt. Das Erz im Inneren des einst brennenden Berges, war davon abhängig, das die Lava dort immer in Bewegung war und eine bestimmte, konstante Temperatur aufwies. Da dies nun nicht mehr der Fall wahr, waren die Erze höchstwahrscheinlich unbrauchbar geworden.

Wir gingen auf der Welt umher, aber es zeigte sich überall dasselbe Bild: Schwarzes kaltes Gestein bedeckte den Boden und die Wärme schien sich immer weiter zu verlieren. Die kühlenden, weißen Schutzanzüge, die wir trugen, wären nicht von Nöten gewesen. Sie bestanden wie die Kälteschutzanzüge aus speziellen Stoffen und hatten die Aufgabe, den Körper nach unten zu kühlen, wenn die Temperatur einen kritischen Punkt erreichte.

Mit einem schweren Herzen machte ich mich auf, die Analyse zu starten. Zu meinem Schreck musste ich feststellen, dass sich die Grundenergien der Welt zu verändern begannen. Das bedeutete, dass alle Regeln die für Sunflex galten, sehr bald nicht mehr greifen würden. Die Welt war grundlegend in ihren Festen erschüttert worden. Ich kehrte mit Gandolin schnell wieder zurück, um meine Erkenntnisse zu berichten und die Analyse offenzulegen. Jesus sagte mir, dass dies nur der Anfang dessen sei, was ich noch sehen würde. Sunflex wäre eine unbewohnte Welt, in der sich die Landschaft und die Beschaffenheit grundlegend verändern hatten. Sie würde sehr bald zu einer toten Welt werden, die giftige Gase ausstößt, die es unmöglich machen würden, dass sie wieder besucht werde. Bei bewohnten Welten würden sich noch viel gravierendere Probleme entwickeln: Neue Wesen würden entstehen. Arten, die nicht freundlich gesinnt wären und das ganze Chaos immer weiter anfeuern würden. Eine Welt, der solch ein Schicksal drohte, war Faro, die Welt der bunten Lichter. Dorthin führte mich mein nächster Auftrag von dem ich im folgenden Kapitel berichte.

Faro

Faro ist eine geistige Welt mit der Möglichkeit der Materialisation. Einst war sie durchzogen mit weitläufigen Landschaften. Die süß duftenden Blumen der saftigen Wiesen waren allgemein beliebt. Unterschiedliche Wesen flitzten dort durch das hohe Gras und liebten es, die Besucher der Welt zu beobachten. Die Pflanzen und auch die Tierwesen die dort lebten, hatten eine Besonderheit: Sie leuchteten in verschiedenen Farben. Möglich machte dies ein spezieller Stoff in ihren Körpern, der fähig war, Licht zu speichern. Gewisse Farbpigmente auf den Oberflächen ihrer Haut wirkten dann wie viele kleine Lampen und ließen die Wesen erstrahlen.

Es war immer wieder wunderschön in dieser Welt umherzuwandern. Alle Geschöpfe, die darin lebten, waren freundlich und überaus neugierig. Es grauste mir, dort hingeschickt zu werden, denn nach den Aussagen von Jesus hatte ich mir bereits einige Szenarien ausgemalt, was alles passiert sein könnte und wie die Welt jetzt aussah.

Was ich dann allerdings erlebte, als ich mit Gandolin zusammen dorthin reiste, hätte ich in meinen schlimmsten Alpträumen nicht erahnen können.

Gandolins Antlitz wurde blass, als er die Energien der Welt aufnahm, um mich zu synchronisieren. Er sagte nicht ein einziges Wort, doch ich erkannte an seiner Aura ganz genau, dass sich etwas grundlegend geändert haben musste.

Als wir dann dort ankamen, gefror das Blut in meinen Adern. Die sonst so klare, frische Luft war stickig und kalt. Ich ließ meinen Blick über die Landschaft schweifen und mein Herz stockte. Von den üppig blühenden Wiesen war nichts mehr zu sehen. Der Boden zeigte sich kahl und schwarz. Die wenigen Pflanzen, die den Umbruch überlebt hatten, waren finster wie die Nacht. Die bunten Lichter waren einen dunklen Glimmer gewichen, der ein Gefühl der Bedrohung in mir auslöste. Gandolin spürte wohl meine Bestürzung und ergriff meine Hand.

Ich kam allerdings nicht mehr dazu, weiter umherzublicken, denn mit voller Wucht traf mich etwas in die Seite. Wir wurden zu Boden geworfen und ein bedrohliches Knurren drang an unsre Ohren. Als ich und Gandolin uns wieder orientiert hatten, sahen wir, dass uns ein paar der Tierwesen, die dort in den Wiesen lebten, eingekreist hatten und bedrohlich knurrten. Diese wieselartigen Wesen, namens Etagurs waren normalerweise sehr scheu und zeigten sich nur selten. Ihr flauschiges Fell wirkte stumpf und strubbelig. Das bunte Leuchten in ihren Leibern war erloschen. Wo sonst satte Farben und tanzende Lichter flackerten, zeigte sich nun ein unheimliches schwarzes Glimmen. Auch ihre Augen hatten sich dunkel verfärbt und ihnen waren lange Zähne und Krallen gewachsen. Gandolin trat vor mich und zog einen seiner Kampfstäbe. Es widerstrebte mir zutiefst, den Geschöpfen etwas anzutun, was ich meinem Bewahrer auch mitteilte. Er erwiderte nur, dass die Wesen nicht mehr das seien, was sie einst waren und sie uns angreifen würden. Ich wollte das nicht glauben und trat vor, um mit ihnen zu sprechen. Eines sprang ohne Vorwarnung auf mich los und biss mich in den Arm. Gandolin reagierte blitzschnell und schlug ihm seinen Stab auf den Kopf. Ein schrecklicher Schmerz donnerte durch meinen Leib und ich sank auf die Knie. Der

Bewahrer wehrte mit seiner Waffe weitere der Geschöpfe ab, während ich mich bereitmachte, die Analyse durchzuführen, für die wir hergekommen waren. Die Wesen wurden immer aggressiver und versuchten weiter, mich anzuspringen und zu beißen. Gandolin wehrte die Angriffe ab und ich schaffte es, die Analyse abzuschließen und niederzuschreiben. Dann aber spürte ich, wie mich heftige Übelkeit überkam. Alles um mich herum wurde dumpf und unscharf. Der Schmerz in meinem Leib pulsierte und ich versank in ein schwarzes Nichts.

Als ich wieder aufwachte, lag ich im Bett in der Krankenstation und mehrere Personen standen um mich herum. Links von mir saß Jesus und hielt meine Hand. Rechts von mir erkannte ich Gandolin, der erleichtert aufatmete. Ein Engel mit einem Arztkittel zog eine kleine Lampe hervor und leuchtete mir in die Augen. Hinter Jesus trat dann Faronel hinzu. Er ist der leitende Engel in der Krankenstation und der begabteste Arzt in den Himmeln.

Jesus erklärte mir, dass durch den Biss den ich erlitten hatte, dunkle Materie in meinen Körper gelangt sei. Diese hätte sich ausgebreitet und versucht, mein Licht zu löschen. Ich verstand die Worte zunächst nicht, denn bis zu dem Zeitpunkt war dunkel Materie gänzlich unbekannt gewesen. Jesus sagte, sie hätten herausgefunden, dass die negative Energie dazu in der Lage wäre, weißes Licht in dunkles zu verkehren. Daraus würde sich dunkle Materie entwickeln. Diese würde das Licht in den Wesenheiten in Dunkelheit stürzen. Faronel sagte, ich wäre eine ganze Zeit lang bewusstlos gewesen. Sie hätten die Materie aus meinem Körper geholt und ihn mit göttlichem Licht durchflutet, damit die Wunden heilen konnten. Ich war noch lange nicht genesen und Jesus sagte, dass ich einige Zeit hierbleiben müsste. Eine schreckliche Mattheit durchzog meinen Körper und ich hatte das große Bedürfnis zu schlafen. Faronel nickte zufrieden und erklärte, das wäre gut, denn im Schlaf könnte sich die Heilung voll entfalten. Jesus umarmte mich und sagte, ich solle mir keine Sorgen machen. Das Wichtigste wäre, wieder ganz gesund zu werden. So verbrachte ich noch einige Zeit in der Krankenstation, ehe ich meinen nächsten Auftrag antreten durfte.

Instenta

Instenta ist eine geistige Welt mit der Möglichkeit der Materialisation. Sie liegt in der Gantom-Dimension und wird als Welt der 1000 Berge bezeichnet, denn sie ist von jeder Menge Gebirge durchzogen, die sich in sehr sperrigen Dschungelgebieten befinden. Die Durchquerung ist schwierig und dauert einige Zeit. Die Welt ist unbewohnt, jedoch wachsen hier seltene Kräuter, aus denen wertvolle Medizin hergestellt wird.

Die bekanntesten sind wohl die spitzen gelben Blätter des Otarnibaumes. Sie werden getrocknet und dann mit etwas Wasser aus Gisgab und einigen rotbraunen Gutamubeeren zu einem Sirup vermengt. Er wird bei Magenleiden aller Art eingesetzt. Eine genaue Auflistung hilfreicher Medikamente, Beeren, Früchte und Kräuter sind in Faronels Buch: Die himmlische Hausapotheke zu finden. Das Originalwerk ist in der Bibliothek im dritten Himmel einzusehen. Zusammenfassungen und Auszüge davon, sind in den Krankenstationen im zweiten und dritten Himmel zu erwerben.

Als ich wieder gesund war, schickte Jesus mich und Gandolin nach Instenta, um die Änderungen in der Welt zu dokumentieren. Die Angst hämmerte in meiner Brust, aufgrund des letzten Erlebnisses. Jedoch beruhigte mich die Tatsache etwas, dass es hier keine Wesenheiten gab, die angreifen konnten.

Als Gandolin und ich dort ankamen, staunten wir nicht schlecht: Die vielen ruhigen Berge, auf denen teilweise sogar Schnee gefallen war, hatten sich in dampfende Vulkane verwandelt.

Es fiel uns schwer zu atmen, denn die Rauchwolken, die aus den Mündern der Feuerberge hervordrangen, waren offenbar von den Mineralien durchzogen, die sich im Inneren der ehemaligen Berge abgelagert hatten. Wir bekamen beide einen Hustenanfall. Gandolin sagte, wir müssten so schnell wie möglich wieder weg, sonst würden wir ersticken. Ich versuchte noch, eine Analyse zu starten, doch mir wurde bereits schwummrig. Gandolin packte mich und wir reisten zurück.

Ich berichtete Jesus davon, was wir erlebt hatten und dass es mir nicht möglich war, eine Analyse durchzuführen. Er bedankte sich und sagte mir, es wäre in Ordnung, er würde sich darum kümmern.

Wie ich etwas später erfahren hatte, verbreiteten sich die Rauchschwaden in Instenta und drangen bald auch in andere umliegenden Welten ein. Das war ein riesen Problem, denn die Dämpfe waren giftig und die betroffenen Welten allesamt belebt.

Was ich zu der Zeit nicht gewusst hatte war, dass die dunkle Energie diese Welten bereits verändert hatte. Drei der Welten, nämlich Jaquusita, Gubalis und Ratamaqua verwandelten sich in Giftsümpfe und tragen seither den Namen Giftdreieck. Sie sind allesamt belebt und ihre Bewohner mutierten durch den Einfluss der negativen Energie und den giftigen Dämpfen aus Instenta in regelrechte Monster. In den folgenden Kapiteln werde ich mich diesen speziellen Welten widmen.

Jaquusita

Jaquusita ist eine der Welten, die im Giftdreieck liegt. Sie ist bewohnt und galt ursprünglich als eine der schönsten Welten im Kosmos.

Ihre satten Wälder und wohlduftenden Wiesen verleiteten sehr viele Wesen dazu, sie immer mal wieder zu besuchen. Ich selbst war zweimal dort, um mir die Landschaften anzusehen, und aus den silberscheinenden Quellen zu trinken, die nur dort existieren und denen eine Heilwirkung nachgesagt wird.

Auf Jaquusita gab es eine sehr große Artenvielfalt. Eine ausführliche Beschreibung der dort lebenden Arten findet sich in Raphaels Büchern. Einige von ihnen waren sehr scheu und man bekamm sie kaum zu Gesicht, wie beispielsweise die kleinen wuschligen Omigos. Sie wirkten wie Wollkugeln mit zwei großen Hasenohren. Sie besaßen sechs Pfoten und waren unvorstellbar schnell. Andere wie die frechen Patumas waren eher neugierig und begleiten einen auf dem Weg, den man in dieser Welt zurücklegte. Es waren kleine geflügelte Wesen, die Mäusen ähnelten und drei lange dünne Ruten besaßen, mit denen sie sich an den Ästen der Bäume entlang hangelten. Die Wesenheiten in dieser Welt, waren ziemlich unterschiedlich. Eines hatten sie jedoch gemein: Sie waren von den Elementen abhängig. Das Energieniveau in Jaquusita war sehr ausgeglichen, bis die dunkle Energie dort Einzug hielt und sich der giftige Dampf von Instenta darin ausbreitete.

Ich wurde von Jesus mit Gandolin zusammen dorthingeschickt, um zu überprüfen, was sich dort verändert hatte. Wir bekamen Schutzanzüge und ein Gerät, das es uns ermöglichte, in der verseuchten Luft zu atmen. Ich machte mir große Sorgen um die Wesenheiten. Die meisten von ihnen würden den Umschwung wohl nicht überleben.

Als wir dort ankamen, erschauderte ich. All die duftenden Pflanzen, die auf den Wiesen geblüht und die Luft mit ihrem honigartigen Aroma erfüllt hatten, waren zu seltsam verdrehten Erscheinungen mutiert. Spitze Dornen wucherten aus den schwarzen Stängel und ihre Farben hatten sich geändert. Sie trugen verschlungene Muster, die wie Warnzeichen wirkten. Ein beißender, fast ätzender Geruch, der in der Nase brannte, ging von ihnen aus. Dennoch schienen die weiterhin Leben in sich zu tragen, den sie wandten sich in die Richtung, in der sie eine Bewegung wahrnahmen. Ich und Gandolin sprangen erschrocken einen Satz zurück, als wir feststellten, dass die Pflanzen mit Dornen, Sekreten und Kernen auf uns schossen. Unsere Anzüge waren, Gott sei es gedankt, so hergestellt, dass sie eine ähnlich gute Abwehr hatten wie die Rüstungen der Engel. So leicht würde sie nichts durchdringen. Dachten wir zumindest. Wir stellten sehr bald fest, dass die giftigen Säuren sich langsam durch das Material fraßen. Im selben Moment erklang ein unheimliches Knurren neben uns. Aus den Sümpfen, die sich dort gebildet hatten, stiegen seltsame, unförmige Wesen empor. Sie schienen komplett aus Schleim zu bestehen und verströmten einen widerlichen, schwefelartigen Geruch. Sie versuchten, sich auf uns zu stürzen, allerdings waren sie sehr träge. Gandolin wehrte sie mit seinen Stäben ab, doch das giftige Hautsekret der Wesen zersetzte das Material. Ich versuchte, eine Analyse durchzuführen, was aber nicht funktionierte, da die Wesenheiten, ebenso wie die Pflanzen begannen uns mit Sekret zu bespucken. Ich spürte einen Schmerz in meinem Arm und bemerkte, dass die Substanz sich langsam durch die drei Schichten des Anzugs hindurchgefressen hatte und auf meine Hand traf.

Gandolin beschloss, dass es besser wäre, zurückzukehren um die Wunden behandel und säubern zu lassen. Das taten wir auch, obwohl ich enttäuscht darüber war, dass ich wieder keine Analyse abliefern konnte. Wie sich allerdings später auf der Krankenstation herausstellte, waren die Proben, welche die Engel von der Forschungsabteilung von den Wunden genommen hatten, beinahe genauso viel wert. Jedes Sekret hatte eine komplizierte Zusammensetzung und wirkte auf andere Art und Weise. Jesus sagte, dass wir uns ausruhen sollten, bis die neuen Anzüge fertig waren. Sie wurden auf Grundlage der Ergebnisse der Forschungen zu den Sekreten entwickelt, mit welchen wir angegriffen worden waren. Das war wichtig, um bei unseren nächsten Auftrag im Giftfreieck zu verhindern, das sich erneut etwas durch das Material ätzen würde. Wir befolgten Jesus Worte und ich versuchte bis dahin so gut es ging, das Erlebte zu verarbeiten und zu begreifen.

Gubalis

Gubalis ist eine geistige Welt mit der Möglichkeit der Materialisation. Sie gehört ebenfalls zum Giftdreieck und ist die größte der drei betroffenen Welten. Durch sie hindurch flossen einst klare Flüsse, in denen sich allerlei Wesenheiten tummelten. In der größten der drei Adern, die alle in ein großes Meer führen, liegt eine Unterwasserstadt mit dem Namen Atuma. Dort leben humanoide Wesen, die Spinx, die einen menschenähnlichen Körper, aber Gliedmaßen mit Flossen besitzen. Sie sind normalerweise friedliebend und sehr gerechtigkeitsbewusst.

Über den Seen und Flüssen von Gubalis kreisten vogelähnliche Wesen, die sich von den lilafarbenen kreisrunden Kotamiwasserbeeren die dort einst an großen Unterwassersträuchern, den Kotamisträuchern wuchsen, ernährten. Es war eine wunderschöne Welt, die vor allem bei Wesen beliebt war, die es liebten, zu schwimmen.

Durch die dunkle Energie und den giftigen Rauch von Instenta wurde aber auch hier alles grundlegend verändert.

Ich und Gandolin wurden mit neu konzipierten Anzügen dorthingeschickt, um eine Analyse durchzuführen. Ich hoffte inständig, dass es dieses Mal klappen würde, damit wir endlich mehr Informationen darüber bekamen, welche Änderungen die toxischen Rauchwolken in den Energien verursachten.

Als wir dort ankamen, war zunächst alles ruhig. Wir beschlossen, uns etwas in der Welt umzusehen. Das, was wir dann entdeckten, erschütterte uns bis ins Mark: Die einst klaren Flüsse hatten sich alle in stinkende Schlacken verwandelt. Dämpfe stiegen daraus empor und erschwerten trotz unseres Geräts das Atmen erheblich. Es lag ein Geruch von geschmolzenem Metall und irgendetwas Bitterem in der Luft, das ich aber nicht näher benennen konnte. Blasen erschienen immer wieder auf den Oberflächen der Gewässer. Sie platzten und gaben dabei dunkle Wolken ab. In mir regte sich die Frage, was wohl aus der Unterwasserstadt geworden war, die dort unten verborgen lag. Waren die Wesen noch am Leben? Hatten sie sich verändert?

Meine Frage wurde urplötzlich beantwortet, als Harpunen aus der Schlacke herausschossen und uns nur um Haaresbreite verfehlten. Gandolin reagierte sofort und zog seinen Stab. Seine Waffen hatten nun ein spezielles Gehäuse das gegen die Toxine, mit denen wir bei unserem vorherigen Auftrag attackiert worden waren, resistent war. Wir eilten über den schmalen Landesteg zum Ufer. Die Harpunen schossen wie ein mächtiger Regen an uns vorbei. Durch die spezielle, gedrehte Form der Spitzen wussten wir sofort, dass es sich dabei um die Waffen des Unterwasservolks handelte. Als wir uns einige Meter ins Festland vorgewagt hatten, verstummte der Angriff und wir wiegten uns zunächst in Sicherheit.

Als ich jedoch versuchen wollte, eine Analyse zu starten, wurden wir plötzlich von oben angegriffen. Es waren ein paar der Vogelwesen, die dort lebten. Ihre Federn schossen wie Speerspitzen auf uns herab. Wieder wehrte Gandolin den Angriff ab. Er sagte zu mir, er hätte die Situation unter Kontrolle und ich solle versuchen, die Analyse durchzuführen. Ich tat, was er verlangte, doch schaffte ich nur gut die Hälfte, der Welt zu analysieren, dann erschütterte ein heftiges Erdbeben Gubalis. Gandolin packte mich und brachte uns zurück in die Himmel.

Dort angekommen versuchte ich zu verstehen, was gerade passiert war. Jesus trat zu uns und zeigte uns dann auf dem Hologramm im Versammlungsraum, das ein großes Gebilde auf Gubalis entstanden war. Ein Berg mit einer Öffnung, beinahe wie ein Vulkan, doch floss keine Lava, sondern die giftige Schlacke der Seen dort heraus. Obwohl meine Analyse nicht vollständig war, sollte sie hinzugezogen werden. Jesus gab uns dann den Auftrag, auch noch die dritte der betroffenen Welten, nämlich Ratamaqua zu besuchen. Er sagte, wenn ich dort eine weitere Analyse herausziehen könnte, würde es leichterfallen zu bestimmen, was durch den Giftrauch genau passiere. Von diesem Einsatz erzähle ich im nächsten Kapitel.

Ratamaqua

Ratamaqua ist die dritte Welt die sich im Gift-dreieck befindet. Auch sie ist eine geistige Welt mit Möglichkeit der Materialisation.

Im Gegensatz zu den anderen beiden Welten war ihre Landschaft sehr kahl und bergig, mit einer kargen Vegetation. Es lebten nur wenige Wesen-heiten darauf. Sie wohnten in den Höhlen, die sich dort befanden und waren in erster Linie Energiewandler. Sie waren dafür bekannt zwi-schen unterschiedlichen Welten hin und her zu ziehen. Dies, so stellten wir sehr bald feststellen, würde ein riesiges Problem werden.

Ich und Gandolin reisten dorthin mit dem Auf-trag, eine Analyse durchzuführen. Als wir dort ankamen, erschien uns die Luft weniger stickig, als auf den Welten davor. Es fiel aber etwas ande-res auf: Die Temperatur war soweit abgekühlt, dass sich Schneespitzen auf den Bergen zeigten. Dieser Schnee war allerdings toxisch, ebenso wie der Erdboden und die wenigen Gewässer, die es dort gab. Wir sahen uns um und es tat sich ein ähnliches Bild auf wie in den Welten davor: Die

Gewässer waren verschlackt, die vereinzelten Bäume stark verformt oder aber abgestorben. Durch die Luft wanderte ein seltsamer grünlicher Nebel. Ich beschloss, eine Analyse zu starten. Dieses Mal klappte alles. Ich konnte sie abschließen und niederschreiben. Dann allerdings zog ein lautes Gekreische meine Aufmerksamkeit auf sich. Es kam von einem der Berge, die die Ebene einschlossen, auf der wir uns befanden. Einige der Tierwesen flogen aus ihren Höhlen heraus. Es waren Karubi. Wir dachten zuerst, sie wollten uns angreifen, aber sie segelten dicht über unsere Köpfe hinweg und verließen Ratamaqua. Ihr Erscheinungsbild hatte sich geändert. Ihr einst rotbraunes Federkleid war schwarz geworden und die gelben, treuen Augen giftgrün. Der lange Schnabel war nun gebogen und die Krallen hatten deutlich an Länge und Breite zugelegt. In meinem Kopf schrillten sofort die Alarmglocken, denn ich wusste, dass diese Wesen Energiewandler waren. Wenn sie von der negativen Energie beeinflusst waren, dann würde alles, was sie wandelten, damit vermengt werden. Ich sagte zu Gandolin, dass wir so schnell wie möglich zurückmüssten.

In den Himmeln suchte ich sogleich Jesus auf. Zuerst war er erleichtert, als ich ihm erzählte, dass die Analyse dieses Mal geklappt hatte, doch als ich von meiner Beobachtung und Vermutung berichtet hatte, zeigten sich sogleich wieder tiefe Sorgenfalten auf seiner Stirn.

Er berief eine Besprechung ein und teilte den Erzengeln die Sache mit. Es wurde daraufhin beschlossen, alle Welten, welche die Wesen normalerweise anflogen, für sie zu sperren. Sehr bald kam allerdings die Frage auf, ob es noch mehr Tierwesen gab, die zwischen den Welten pendelten und von der negativen Energie beeinflusst waren.

Jesus eröffnete mir dann, dass dies nun meine neue Aufgabe wäre. Ich sollte zu den Welten reisen und überprüfen, ob es dort Wesen gab, die negative Energien verbreiteten. Ich hatte Respekt vor diesen Aufträgen, denn wenn Wesenheiten beeinflusst sind, kann man nie sagen, wie sie reagieren. Jesus legte mir die Hand auf die Schulter und sprach mir Mut zu, ehe wir unseren nächsten Auftrag antraten.

Merophinis

Merophinis war die erste Welt, in der ich auf die Suche nach gekippten Wesenheiten gehen sollte. Sie ist eine geistige Welt mit Möglichkeit der Materialisation, und relativ weitläufig, aber dennoch unbewohnt. Es gibt dort üppige Beerensträucher und Fruchtbäume, die so voll hängen, dass sich die Äste bis zum Boden neigen. Die meisten Geschöpfe schauen kurz vorbei, um sich an den Früchten zu stärken, und reisen dann wieder in ihre Welt zurück oder weiter in die Nächste. Es herrscht also reger Durchgangsverkehr in dieser Welt.

Die Aufgabe, die mir Jesus gegeben hatte, war deswegen auch sehr anstrengend und langwierig. Ich und Gandolin reisten dorthin und sollten, bis wir von Jesus Bescheid bekamen, dortbleiben. Während dieser Zeit startete ich immer wieder Analysen, aber mir fiel zunächst nichts Ungewöhnliches auf.

Merophinis war eine jener wenigen Welten, die von der negativen Energie noch nicht befallen war, weshalb ich mich sehr freute, dorthinzureisen. In mir herrschte eine enorme Motivation vor, diese Welt vielleicht durch mein jetziges Tun vor dem Kippen zu bewahren.

Es breite sich fast automatisch eine schmeichelnde Entspannung im Leib aus, wenn man dort auf den Wiesen zwischen den duftenden Beerensträuchern saß und seinen Blick über das herrliche Land ziehen ließ. Nach den vielen Rückschlägen in der Zeit davor, war es eine Wohltat, einfach hiersitzen zu können und sich anzusehen, mit welcher Freude die unterschiedlichen Wesenheiten sich an den Beeren und Früchten labten. Ich musste allerdings jedes Mal eine Analyse starten, was anstrengend war und dazu führte, das Gandolin und ich uns ebenfalls ein paar knackige Sibunafrüchte eines Baumes genehmigten, der in unserer Nähe stand. Das herrlich süße Aroma verwöhnte die Sinne und das weiche, gelbe Fruchtfleisch wurde angenehm warm im Mund. Mich durchströmte ein völliges Wohlgefühl und ich schloss für einen kurzen Augenblick die Augen, um das Gefühl zu genießen. Ein plötzlicher Umschwung ließ die Entspannung in meinem Leib jedoch in Sorge umschlagen. Es war nicht sehr stark, aber durch die Energien hindurch vernahm ich wieder dieses ekelhafte, kalte Zerren. Dieses spezielle Gefühl ist die verlässlichste Quelle, die man vor einem Energieumschwung hat. Es kündigt an, dass sich sehr bald etwas ändert und irgendetwas nicht stimmt.

Ich machte daraufhin sogleich eine Analyse, die das Gefühl bestätigte. Ein Wesen hatte die Welt gerade betreten und schien diesen Umschwung auszulösen. Ich eilte mit Gandolin zu der Stelle, an der ich die Auffälligkeit lokalisiert hatte. Zu meinem Schreck, entdeckte ich die Vogelwesen, die bei unserem vorherigen Auftrag die Welt verlassen hatten. Sie waren wohl hierhin gekommen, um Beeren zu fressen. Ihre Körper zogen wie üblich die umliegenden Kräfte an und begannen sogleich, sie umzuwandeln. Da ihre Leiber mit negativer Energie gespeist waren, wurde diese in die umliegenden Energien eingeleitet.

Die Natur reagierte sofort darauf und begann sich zu verändern. Das Gras wurde welk, die Blätter der Bäume kräuselten sich und die Früchte wurden faul. Ich und Gandolin schlossen uns zusammen, um eine Energieblockade zu errichten, damit die negative Energie auf einen möglichst kleinen Radius beschränkt blieb. Diese würde allerdings nicht lange standhalten. Wir brauchten die Erzengel, um eine stärkere Barriere zu errichten und die Wesenheiten zu separieren.

Da ich und Gandolin die Energieblockade in der Welt aufrecht erhalten mussten und den Ort nicht verlassen konnten, beschlossen wir, zusammen zu beten und Gott selbst um Hilfe zu bitten. Er schickte uns umgehend die Erzengel vorbei, die sich der Sache annahmen.

Ich und Gandolin wurden währenddessen in die Himmel zurückgeschickt. Ich verfolgte das weitere Geschehen über das Hologramm und sah, das Michael, Gabriel und Uriel die Barriere errichteten, während Raphael und Phenuel die betroffenen Wesenheiten separierten und in einem eigenen Bereich unterbrachten.

Ich und Gandolin wurden dann zu unserem nächsten Auftrag geschickt, um weitere Geschöpfe zu finden, die das Energieniveau negativ beeinflussten.

Betojag

Betojag war die nächste Welt, zu der ich und Gandolin geschickt wurden. Sie ist eine geistige Welt mit der Möglichkeit der Materialisation und ebenfalls belebt. Zu der Zeit als wir dort unseren Auftrag nachgingen, war sie der negativen Energie noch nicht zum Opfer gefallen. Auf ihr herrscht ein sehr feuchtes, aber warmes Klima. Unterschiedlichste Tier und Pflanzenwesen leben dort in Freude und Harmonie miteinander. Es war mein erster Einsatz Betojag. Die Größe der Bäume, die entlang der Flussufer wurzelten, überwältigten mich. Sie waren sicher so hoch wie das Versammlungsgebäude in den Himmeln. Ihr Stamm war gut zwei Meter dick und die weißen Blätter hatten die Größe von Teller und waren ebenso kreisrund. Die Reinheit der vielen Quellen, die in den mit Früchten bestückten Wäldern und in den süß duftenden Wiesen entsprangen, war mit schier keiner anderen Welt dieser Größenordnung zu vergleichen. Die unterschiedlichen Edelsteine, die auf dem Grund des Hauptflusses glitzerten, leuchteten so hell, dass es schier unmöglich war, sie anzublicken.

Jesus hatte uns berichtet, dass ein auffälliger Energieumschwung dort vonstattenging. Er war plötzlich aufgetreten und nicht konstant. Der Messias hatte die Vermutung, dass es sich dabei um ein wanderndes Tierwesen handelt, weshalb er uns dorthingeschickt hatte.

Ich überprüfte das Energieniveau der Welt und stellte fest, dass bei den Grundenergien alles in Ordnung war, aber eine Störquelle von außerhalb wie beschrieben vorlag. Ich verfolgte die Spur mit der Analyse nicht, denn ich wollte vermeiden, dass ich wieder angegriffen werde oder Schmerzen erleide. Es erschien mir sicherer, eine neue Untersuchung des Gebietes zu starten, in der ich die Energiestörung wahrgenommen hatte. So konnte ich die Lokalisation etwas näher eingrenzen. Als ich meine Arbeit abgeschlossen hatte, gab ich Gandolin die Anweisung mit mir dorthinzuspringen.

Als wir ankamen, dröhnten sogleich kreischende Laute an unsere Ohren. Wir bemerkten, dass sich alle Wesenheiten, die in dem Wald lebten, wohl zurückgezogen hatten. Bis auf das markerschütternde Rufen war es erschreckend still dort.

Wir schlichen uns näher an das Geräusch an und verbargen uns dann hinter einigen Bäumen, als wir etwas durch die Baumkronen hindurchhuschen sahen.

Es war ein Repinek. Diese vogelartigen Wesen haben einen katzenähnlichen Körper mit üppigem Gefieder und einen langen, trichterartigen Schnabel. Sie leben in der Welt Ukarnus und laben sich gerne an den blauen Mosinabeeren die auf Betojag an den gleichnamigen Bäumen wachsen. Sie wandern zwischen den Welten hin und her und suchen nach Nahrung. An ihren Federn haften Energien, die sie in die unterschiedlichen Welten tragen. Sie werden allgemein als Energiespeicher benutzt, wenn sie ausgefallen sind.

Nach einer erneuten Analyse konnte ich feststellen, dass der Energieumschwung tatsächlich von dem Repinek ausging. Ich kontaktierte Jesus, der sogleich Raphael und Phenuel vorbeischickte. Die beiden separierte nicht nur das Wesen, sondern spürte auch seinen Schwarm auf, der ebenfalls mit der Energie in Berührung gekommen war.

Der wohl traurigste Aspekt an der Sache war, dass wir nun wussten, das Ukarnus auch gekippt war, denn immerhin waren die Wesen dort heimisch. Betojag wurde so vor der Zerstörung bewahrt, da sie von der negativen Energie und weiteren Umschwüngen verschont blieb. Ich und Gandolin wurden allerdings zu einem neuen Auftrag weitergeschickt, bei dem es erneut darum ging, einen plötzlichen Umbruch zu überprüfen.

Jegunela

Unser nächster Einsatz führte mich nach Jegunela, die in der Rutex-Dimension liegt. Sie ist eine rein geistige Welt ohne die Möglichkeit der Materialisation. Auf ihr leben, so wie es ihre Beschaffenheit vielleicht vermuten lässt, rein geistige Lebensformen, die sich in erster Linie von dem Energiefluss dort ernähren, ihn filtern und die Energien wandeln. Eines der Geschöpfe trägt den Namen Pirumex und wird auch als Raupe nimmersatt bezeichnet. Es ist das einzige Wesen dort, dass in der Lage ist, sich zu materialisieren. Das Geschöpf gleicht dann einer großen Raupe, die sich zu einem schmetterlingsähnlichen Wesen wandeln kann. Dafür muss es eine bestimmte Zusammensetzung an Energien gewandelt und in sich gespeichert haben. Um dies zu erreichen, wandert es zwischen 18 unterschiedlichen Welten hin und her und kehrt am Ende wieder nach Jegunela zurück um seine Wandlung zu vollziehen.

Ich und Gandolin hatten bereits eine Vermutung, dass es sich bei dem Wesen das die Störung verursacht hatte, um die Raupe handeln könnte. Wir hatten von Michael die Information bekommen, dass das Wesen in ein paar der gekippten Welten bereits gesehen worden war.

Dieser Verdacht sollte sich bestätigen, nachdem ich eine Analyse durchgeführt hatte und wir der Störung gefolgt waren. Das Wesen hat eine einzigartige energetische Signatur und hinterlässt eine Spur. Diese konnte ich in unmittelbarer Nähe des Störherdes feststellen. Wir informierten Jesus, der wiederum Raphael und Phenuel Bescheid gab, die kurz darauf eintrafen. Ich verfolgte sie Spur zurück, die das Wesen hinterlassen hatte, um festzustellen, auf welchen Welten es sonst noch gewesen war. Ein wichtiger Schritt, denn so konnten wir bestimmen, welche Welten nun von der negativen Energie verunreinigt worden waren. Ich gab den Erzengeln und Jesus meine Erkenntnisse weiter, die sich sogleich aufmachten, um die Lage vor Ort einzuschätzen und falls noch möglich, Gegenmaßnahmen zu ergreifen. Ich und Gandolin kehrten dann wieder in die Himmel zurück, denn Jesus hatte angekündigt, dass er einen besonderen Auftrag für uns beide hätte.

Agursaak

Unser Auftrag führte uns nach Agursaak. Auch sie hat die Möglichkeit, sich zu materialisieren. Sie ist eine kleine Welt, die in der Orx-Dimension liegt, die lediglich 72 Welten umfasst. Die meisten sind unbewohnt, doch Agursaak ist eine der wenigen bewohnten Welten dort. Sie ist allerdings nur etwa so groß wie eine Kleinstadt und es gibt nur einen einzigen tiefen See in der Mitte der Welt. Die Quelle, die sie speist, liegt im Grund des Teiches verborgen und das Wasser fließt dort nach oben wie durch eine Fontäne hinein. Es ist mit Gold und Silberpartikeln durchsetzt, die ihm einen besonderen Schein und einen metallischen Geschmack verleihen. Es hat deswegen eine vitalisierende und heilende Wirkung.

Die Geschöpfe die dort leben sind geistiger Natur und besitzen keine feste Form. Sie überprüfen ganz genau, wer sich in die Nähe der Quelle aufhält, und verjagen ihn auch, wenn er dort nichts zu suchen hat. Jeder Zwischenfall dieser Art, lässt sie unruhig werden und bringt das empfindliche Gleichgewicht der Welt ins Wanken. Agursaak ist allerdings eine der wenigen Welten, die sich von alleine wieder einpendeln können. Da sie eine Spiegelwelt ist, überträgt sich dieser Effekt auch auf die Welten, die in ihrer unmittelbaren Umgebung liegen. Aus diesem Grund ist der Energiefluss um Agursaak sehr stabil und die Welten um es herum ausgeglichen. Sie gilt deswegen, wie alle 13 existierenden Spiegelwelten als besonders schützenswert und wertvoll.

Gandolin und ich sollten nun nach Agursaak reisen um dort eine vollständige Analyse aller Energien durchführen. Jesus erläuterte uns, dass er zusammen mit den Erzengeln eine spezielle Barriere bauen wolle. Dies war nicht ganz einfach, denn die Grundenergien der Spiegelwelten wurden besonders verwebt. Es würde also eine Herausforderung werden, die Barriere darin einzubinden. Aus diesem Grund sollte ich eine ganz genaue Analyse jeder einzelnen der dort fließenden Energieströme durchführen. Ich war mir bewusst, dass dies einiges an Zeit und auch an Energie kosten würde. Außerdem gab es noch ein weiteres Problem, dass sich darstellte: Der Teich in der Mitte der Welt hatte eine besondere Eigenenergie, die von den Wesen dort geschützt wurde.

Man musste sie erst mit guten Argumenten davon überzeugen, dass man den Teich analysieren durfte.

Ich beschloss, zu allererst ein Gespräch mit ihnen zu führen und die Sache so genau wie möglich darzulegen, denn ich wusste, dass sie sehr empfindlich für auch nur kleinste Änderungen des Energiefeldes waren. Würde ich meine Analyse durchführen, würden sie höchstwahrscheinlich in Aufregung geraten, also wollte ich ihnen Bescheid geben, bevor ich mit meiner Arbeit anfing.

Gandolin begleitete mich bei dieser schwierigen Aufgabe und war sehr angespannt, denn die Wesenheiten waren dafür bekannt, streng und nicht leicht überredbar sein. Ich war jedoch zuversichtlich, denn immerhin hatte es sich mittlerweile im Kosmos herumgesprochen, was mit den Welten passierte und dass etwas Gefährliches vor sich ging.

Wir erreichten den Teich sehr schnell, denn wir waren in unmittelbarer Nähe davon in der Welt angekommen. Die Wesenheiten kamen sogleich aus ihren Erdhügeln hervor und stellten sich uns in den Weg. Gandolin griff reflexartig an seinen Stab, doch ich ermahnte ihn ruhig zu bleiben.

Ich trat auf die Geschöpfe zu und begann mit ihnen zu sprechen. Ich sagte, dass ich von Jesus hergeschickt worden war, um die Energien zu analysieren, damit die Erzengel und er einen Schutzschild um die Welt bauen konnten und das dies auch positive Wirkung auf die umliegenden Welten hätte. Die Wesenheiten hörten sich alles ruhig an und begannen dann, Fragen zu stellten. Sie wollten wissen, ob die Analyse Auswirkungen auf den Teich und die Welt hätte und wie lange es dauern würde bis ich meinen Auftrag abgeschlossen hatte.

Ich verneinte dies und sagte, dass ich es nicht hunterdprozentig einschätzen könnte, aber sich der Zeitaufwand in Grenzen halten würde. Sie fragten mich dann, wo lang die Barriere verlaufen würde. Ich musste ihnen leider mitteilen, dass ich das nicht sagen konnte und sie sich an Gott oder Jesus wenden sollten, wenn sie mehr darüber erfahren wollten. Sie zogen sich daraufhin zurück und beratschlagten sich, während die Nervosität von mir und Gandolin immer weiter anstieg.

Als sie fertig waren, gaben die Wesen bekannt, sie würden gerne selbst noch einmal mit Jesus über die ganze Sache reden. Ich kontaktierte ihn und er kam wenig später dorthin um mit den Wesenheiten das Gespräch zu suchen. Er erklärte ihnen genau, was sie vorhatten und welchen Sinn die Analyse und die Barriere hatte.

Nach einer erneuten Beratung stimmten sie schließlich zu und ich konnte mit meiner Arbeit beginnen. Wie vorhergesagt dauerte es eine beträchtliche Zeit, bis die Analyse abgeschlossen war. Dafür konnte ich aber, ohne Zwischenfälle die wichtigen Daten erheben. Ich gab meine Ergebnisse schließlich an Jesus weiter und wir kehrten in die Himmel zurück. Nach einer erneuten Besprechung brachen er und die Erzengel auf, um die Barriere in der Spiegelwelt zu errichten. Der Messias schickte mich und Gandolin auch auf die 12 weiteren Spiegelwelten, denn sie wollten diese Schutzbarriere nun auf jeder von ihnen aufbauen. Es ging alles gut. Wir besuchten eine nach der anderen und lieferten die Daten, die Jesus und die Erzengel benötigten. Auf der Letzten kam es allerdings zu einem Zwischenfall, der Auswirkungen für alle weiteren Aufträge hatte. Davon berichte ich im nächsten Kapitel.

Askibelip

Askibelip war die letzte Spiegelwelt, die ich zusammen mit Gandolin bereiste. Sie ist die kleinste dieser Welten, aber nicht weniger wichtig. Ihre Wirkung nach außen ist nicht so enorm, da die Energien die in ihr fließen, nicht hochenergetisch sind wie in anderen Welten. Trotzdem stellte Askibelip eine große Gefahr für den gesamten Kosmos dar.

Ich und Gandolin reisten mit einem sehr positiven Gefühl in die Spiegelwelt. Die Aufträge zuvor hatten gut geklappt und Askibelip war eine unbelebte Welt, was darauf schließen ließ, dass es relativ wenig gab, was uns bei unserem Vorhaben in die Quere kommen könnte.

In der Palix-Dimension gab es nur 23 Welten, wobei nur fünf davon belebt waren. Meist herrschten dort mäßiges Klima und eine karge Vegetation. Außerdem gab es in den unterschiedlichen Welten sehr viele Energiequellen und Fixpunkte.

Askibelip war das Zentrum hiervon. Fast alle paar Meter wurde die Welt von anderen Energien gespeist, die sich in Querpunkten kreuzten und teilweise in der Dicke eines Belubabaumstammes nebeneinander verliefen. Dieser Fakt würde die Analyse erheblich erschweren.

Als ich mit Gandolin zusammen ankam, durchzog eine herrliche Ruhe den Ort. Nur das Zischen einzelner Energiestränge war zu vernehmen, das hin und wieder von einem kurzen Aufleuchten begleitet wurde. Ich setzte mich mittig auf den Felsenboden, um meine Untersuchung durchzuführen. Es dauerte einige Zeit, bis ich alle Energien erfasst hatte. Als ich fast am Ende der Analyse angelangt war, vernahm ich plötzlich eine Auffälligkeit. Eine der größeren Energiestränge in der Welt, floss unregelmäßig. Es schien, als würde irgendetwas auf ihrem Weg liegen, was einen glatten Fluss verhindern würde.

Ich informierte Gandolin über meine Entdeckung und wir machten uns auf den Weg zu der besagten Stelle, um herauszufinden, wo das Problem lag.

Als wir dort ankamen, wurde mir flau in der Magengegend, denn ich entdeckte etwas, das ich so noch nie gesehen hatte:

Die goldenen Felsen, die für die Landschaft in dieser Welt typisch waren, begannen damit, sich seltsam zu verfärben. An einigen Stellen wirkte es, als würden sie rosten, an anderen zeigten sie sich bereits kohlschwarz. Mich beschlich ein zähes bohrendes Gefühl. Ich tauschte einen Blick mit Gandolin aus und bemerkte sogleich, dass er wohl dasselbe dachte wie ich: Irgendetwas Ungutes ging hier vor sich. Merkwürdig war an der ganzen Sache allerdings, dass ich bei meiner vorherigen Analyse keinen negativen Einfluss hatte aufspüren können. Nur aufgrund der Unregelmäßigkeit des Energieflusses war uns diese Anomalie in dem Gestein überhaupt aufgefallen. Ich startete eine weitere Analyse, doch konnte wie auch schon beim ersten Mal keine Auffälligkeiten an der Stelle feststellen. Wir beschlossen dann, uns dort genauer umzusehen, fanden aber nichts Ungewöhnliches. Nur eine kleine Kerbe zeigte sich an der Oberfläche der goldenen Felswand. Ich startete eine dritte Analyse, doch bekam erneut kein Ergebnis, das erklärt hätte, warum sich die Beschaffenheit der Wand dort verändert hatte. Auch war die Kerbe einige Meter von der

Stelle entfernt, an dem sich der Rost gebildet hatte.

Ich schrieb alles auf und wir beschlossen dann, in die Himmel zurückzukehren, um Jesus den Fall darzulegen.

Der Messias lud die Erzengel zu einer Besprechung ein, als ich meine Ergebnisse mitgeteilt hatte. Ich war gleichsam verwirrt wie auch schockiert, als Raphael alles aus dem Gesicht fiel, während Jesus sie von meiner Entdeckung unterrichtete. Der Erzengel sagte dann, dass sie schnell handeln müssten, weil ein Bruch des Energiekerns der Welt vorliegen könnte. Dies würde die drastischen Änderungen erklären. Er stand auf und ging nervös im Besprechungszimmer auf und ab. Dann erklärte er, dass dies ein Zeichen dafür war, dass das Ungleichgewicht der Energien schon weiter vorangeschritten war, wie sie bis zu dem Zeitpunkt dachten. Ein Energiekern einer Spiegelwelt war sehr solide. Wenn er begann, zu brechen musste das Gesammtenergieniveau des Kosmos aus den Fugen geraten sein, denn er war abhängig von den Trägerenergien.

Die Nachricht ließ uns einen Moment schweigen und es dauerte eine ganze Weile, bis ich meine Gedanken wieder einigermaßen geordnet hatte.

Wenn die Trägerenergien aus dem Gleichgewicht geraten waren, würde das heißen, dass ich meine Aufgabe nicht mehr weiter ausführen konnte. Es wäre zu gefährlich. Die Welten konnten nun ohne jeglichen Einfluss von negativer Energie, jeden Augenblick kippen. Dazu kam noch, dass die Spiegelwelt, die ihre Kräfte nach außen trug, diesen Vorgang beschleunigen würde.

Jesus blickte mich an. Er wusste ganz genau, was mir durch den Kopf ging. Er nickte und sagte, dass meine Gedanken richtig waren und sich meine Aufgabe nun erneut ändern würde.

Ich würde in die bereits gekippten Welten geschickt werden, um dort etwas Wichtiges aus-zulesen. Etwas, das den Fortbestand der jeweiligen Welten sichern sollte. Als ich anmerkte, dass ich Bedenken hatte wegen der negativen Energien, die dort herrschten, erklärte Jesus, er würde mich persönlich begleiten, wenn ich meine nächsten Aufträge antrat. Das war etwas Besonderes und ich freute mich darüber, obwohl die Unruhe in meinem Bauch noch eine ganze Zeit anhielt. Ich werde von diesen Aufträgen nun in den kommenden Kapiteln berichten.

Netorcarcan

Netorcarcan war die erste Welt, die ich zusammen mit Jesus besuchte. Sie liegt in der Mitox-Dimension und war einst eine belebte Welt mit umfangreichen Mischwäldern und klaren blauglitzernden Flüssen, in denen es von über 800 verschiedenen Arten wimmelte.

Nachdem sie gekippt war, herrschte seltsamer lilafarbener Nebel auf ihr und die Bäume waren zu schwarzen bleiähnlichen Gebilden erstarrt. Die Flüsse zeigten sich als schwarzbraune Sümpfe, deren Konsistenz an Teer erinnerte und auch so ähnlich roch. Die einst süß duftende, klare Luft kratzte in der Nase und im Hals. Es stank so extrem dass man damit zu kämpfen hatte, nicht zu würgen.

Ich hatte ein sehr beklemmendes Gefühl, als ich mit Jesus dorthin reiste und durch die weitläufige Landschaft hindurchging.

Verwirrung herrschte in meinem Inneren, denn ich wusste nicht, was wir hier eigentlich wollten. Es war nicht mehr möglich, eine Barriere aufzurichten, irgendwelche Wesen zu evakuieren oder

Früchte aus der Welt zu sammeln. Netorcarcan wurde in der Liste als vergangen geführt, was hieße, dass es keine Umkehr mehr zu ihrer ursprünglichen Struktur gab.

Jesus las meine Gedanken. Er nickte und sagte dann, dass dies auch stimmen würde. Allerdings hieße vergangen nicht verloren.

Die Worte verwirrten mich noch mehr, doch keimte eine Spur der Hoffnung in mir auf.

Er sagte, dass jede Welt einen inneren geistigen Kern besäße, indem ihre grundsätzliche Zusammensetzung gespeichert wäre. Diese Informationen sollte ich nun Analysieren und abspeichern. Später würden wir sie dann auslesen und sicher verwahren. Aufgrund dieser DNA könnte die Welt neu erschaffen werden.

Die Worte lösten eine tiefe Freude in meiner Brust aus. Das würde bedeuten, es gäbe eine Lösung und die Welten könnten wieder neu entstehen!

Ich sah allerdings ein Problem bei der ganzen Sache: Ich hatte noch nie in meinem Leben einen Weltenkern analysiert. Bis eben wusste ich nicht einmal, dass so etwas überhaupt existierte. Ich hatte nicht die geringste Ahnung, wo ich ansetzen oder wie die Analyse ablaufe sollte.

Wieder las Jesus meine Gedanken und gab mir nur ein Zeichen mit seiner Hand.

Ich folgte ihm durch einen kleinen Trampelpfad, der aus dem Wald hinausführte, durch den wir gerade liefen. Die einst von Früchten übersäten Bäume gaben tiefe knurrende Laute von sich. Ihre Rinde zeigte seltsame schuppenartige Muster und auf den Ästen hatten sich lange spitze Stacheln gebildet. In der Ferne vernahm man das Rufen einzelner Tierwesen. Ich konnte nicht ausmachen, um welche es sich konkret handelte, aber sie waren nicht freundlich gesinnt. Die Wesen fürchteten das göttliche Licht, das durch Jesus in der Welt Einzug hielt, und blieben so auf Abstand. Auf der anderen Seite des Gehölzes befand sich eine verdorrte Wiese mit bräunlich bis schwarz verfärbten Pflanzenstielen. Einst gab es hier grünlichen Nektar und kleine runde Pollen zu ernten, die von den Blumen produziert wurden. Sie dienten als Zutat für schmackhafte Nachspeisen wie Otanubeerencreme.

Wir überquerten die Wiese und blieben dann mittig auf einer offenen, von Nebel durchzogenen

Ebene stehen. Einige dunkle Felsen ragten am Rand empor, um denen sich der lilafarbene Dunst sammelte. Jesus erklärte, dass ich mir den Kern wie das Herz der Welt vorstellen muss. Er sitzt meistens mittig und alles andere ordnet sich um ihn herum an. Er ist rein geistig, unabhängig davon, ob sich die Welt materialisieren kann oder nicht.

Jesus sagte, dass ich normalerweise die Beschaffenheit der Welt überprüfen würde. Nun würde es darum gehen, die Welt in ihrem Kern zu analysieren. Ich müsste mich dafür auf das Innere der Welt konzentrieren. Ich sollte mit meiner Analyse nach innen gehen und nicht nach außen, wie ich es normalerweise zu tun pflegte.

Ich versuchte also, nicht wie sonst, alles von außen zu erfassen, sondern mich nach innen zu arbeiten, den Tiefen der Welt nachzugehen. Tatsächlich spürte ich bald etwas Warmes und sehr Energiereiches. Ich sagte Jesus Bescheid und er gab mir die Anweisung, es auszulesen. Ich hatte großen Respekt davor, den ich wusste, dass die Informationen sehr umfangreich waren. Allerdings vertraute ich auf Jesus Wort und führte eine Analyse durch. Es war extrem anstrengend, doch ich schaffte es, alles zu erfassen und abzuspeichern. Jesus umarmte mich mit einem warmen Lächeln und wir kehrten in die Himmel zurück.

Dort angekommen, gingen wir in sein Haus und er gab mir einen klaren Diamanten in die Hand, den er aus einer Schatulle hervorgeholt hatte. Der Messias erklärte mir, dass es sich dabei um einen Speicherstein handeln würde. Ich sollte die Informationen die ich über die Welt in meinem Geist abgespeichert hatte dort hineinladen, dann würden sie sicher verwahrt werden.

Ich tat, was Jesus mir auftrug. Ich legte meine Hand auf den Stein und konzentrierte mich, alle Informationen aus meinen Geist, welche die Welt betrafen in den Diamanten hinüberzuziehen. Es dauerte etwas und war sehr anstrengend, aber ich war glücklich, weil ich nun die Hoffnung hatte, dass es einen Ausweg aus der Misere gab.

Als ich fertig war, legte Jesus den Diamanten in ein rotes Kästchen und sagte, dass er sich nun darum kümmern werde, dass es versiegelt und sicher verwahrt wird. Ich sollte mich etwas ausruhen, denn wir würden bald unsere nächste Reise antreten, um die Information einer weiteren Welt abzuspeichern.

Ritumagosh

Die nächste Welt, in die ich mit Jesus reiste, war Ritumagosh. Sie ist eine geistige Welt mit der Möglichkeit der Materialisation, die in der Nynx-Dimension liegt. Einst war sie eine ausgeglichene Welt mit einer weitläufigen Berglandschaft mit umfangreichen Höhlensystemen, durch die eine besondere Zusammensetzung von goldenen Energiesträngen floss. Die Artenvielfalt war überschaubar, jedoch hatten sich die Wesenheiten, die dort lebten, perfekt an ihre Welt angepasst. Die Perdox beispielsweise waren wolfsartige Geschöpfe mit dichtem braunen Fell, die sehr verspielt waren. Sie kamen aus ihren Lagerstätten heraus und versuchten wie kleine Hundewelpen, einen dazu zu bringen, mit ihnen zu balgen. Dabei verwandelten sie sich gerne in unterschiedliche Elemente, was eine ihrer besonderen Fähigkeiten ausmacht. Dies hatte sich, seitdem die Welt gekippt war, vollkommen geändert. Ich hatte bedenken, dorthinzureisen, da die Wesenheiten zu wahren Monstern mutiert waren, die jegliches Licht attackierten und am liebsten auslöschen wollten. Viele Welten in der kleinen Nynx-Dimension teilten dieses Schicksal und so hatte sie seit langer Zeit niemand mehr besucht.

Als ich mit Jesus dort ankam, stürmten die wolfsartigen Mischwesen auf uns zu aber als sie den Messias erblickten, blieben sie abrupt stehen und begannen zu winseln. Sie zogen sich wieder zurück und wir konnten unsere Arbeit beginnen.

Es dauerte einige Zeit, uns durch die Kälte und den Schnee zu kämpfen, der dort in riesigen Mengen fiel. Jesus hatte uns beide warme Gewänder mit Kapuzen besorgt, die für diesen Einsatz mehr als notwendig waren. Der zentralste Punkt der Welt, befand sich auf dem Kotama. Das ist der höchste Berg auf Ritumagosh. Dort in der Nähe, befinden sich auch die Höhlen der Wesenheiten, die wir bei unserer Ankunft gesehen hatten. In mir regten sich deswegen leichte Bedenken, doch Jesus sagte, es würde alles gut gehen. Wir sprangen auf die Spitze des Berges und ich startete dort meine Analyse in derselben Art, wie Jesus es mich in Netorcarcan gelehrt hatte. Dieser Weltenkern war größer als der Letzte und so dauerte es länger und war um einiges anstrengender als beim Mal davor. Es klappte allerdings auf Anhieb und ich konnte alle Information aus dem geistigen Kern herausziehen und abspeichern. Jesus lobte mich und sagte, wir würden uns auf den Weg zurückmachen. Ehe wir allerdings aufbrachen, erreichte mich ein dumpfes Wimmern. Ich wandte meinen Blick zu einer nur wenige Meter entfernten Höhle. Dort saß das Rudel der Tierwesen in einem Felsspalt und beobachtete uns. Ich spürte tiefe Traurigkeit die in meine Brust aufstieg. Irgendwie hatte ich das Gefühl, dass sie sich zu erinnern schienen, wer wir waren. Im nächsten Moment fletschten sie aber wieder die Zähne und verschwanden dann tief in der Höhle. Jesus klopfte mir auf die Schulter und sagte, das Licht würde immer die Wahrheit offenbaren. Das wäre allerdings mit Schmerzen verbunden. Ich warf noch einmal einen Blick zu den Höhlen zurück, ehe wir uns auf den Weg machten.

In den Himmeln überreichte mir Jesus in seinem Haus wieder einen Energiestein, in den ich das, was ich eingelesen und gespeichert hatte, hineinladen sollte. Er war größer als der Vorherige, denn es handelte sich auch um mehr Informationen, die eingespeist werden mussten. Nachdem ich meine Arbeit getan hatte, übergab ich Jesus den Stein, den er sogleich in eine neue rote Kiste verschwinden ließ.

Ich konnte mich nicht dagegen verwehren, kurz an Luceriel zu denken, den er war der Spezialist gewesen, wenn es um Energiesteine ging. Jesus las meine Gedanken und sagte, er habe auch diese Steine hergestellt. Ich war sehr erstaunt darüber, denn ich wusste, dass er die letzte Zeit seinen Aufgaben nicht mehr nachgekommen war. Jesus erklärte, es habe an der Motivation gelegen, die er bei der Erschaffung der Steine gehabt hätte. Die Aussage verstand ich nicht und fragte ihn, was er damit meinte. Jesus sagte mir, er habe ihm gesagt, dass ich die Steine für meine nächsten Aufträge brauchen würde, dann habe er zugesagt. Das verwirrte mich noch mehr, doch Jesus verließ den Raum, um die Kiste zu versiegeln, weshalb ich nicht weiter nachfragen konnte.

Als ich zu meinem Haus ging, fiel mir alles aus dem Gesicht, als ich Luceriel an meinem Gartentor stehen sah. Ich hatte eine Abneigung mit ihm zu sprechen, aber irgendwie war ich auch neugierig, was er wollte. Vielleicht konnte er mir sagen, warum er die Energiesteine geschaffen hatte. Er vermied es zuerst, meinen Blick zu suchen doch dann blickte er mich an und begann zu sprechen. Er sagte, er wolle noch einmal mit mir reden und mir etwas zeigen. Ich sollte nach Luxenricah kommen. Ich war zuerst unwillig und wies ihn daraufhin, dass ich nicht einfach so zwischen den Welten hin und herspazieren könnte, sondern jemanden brauchen würde, der mich synchronisiert. Er nickte und sagte, er würde mich mitnehmen. Ich war sehr unsicher, und hatte das tiefe Bedürfnis vorher Jesus zu fragen. Da vernahm ich allerdings Gottes Stimme in meinem Herzen, die mir sagte, ich solle mit ihm gehen. Ich war erstaunt und sehr verwirrt doch ein Teil von mir freute sich auch. Ich ging zu ihm und sagte, dass Gott mir gesagt habe, dass ich mitkommen soll. Er wirkte auf der einen Seite erleichtert aber auch irgendwie genervt über meine Aussage. Die Tatsache, dass Gott mit mir geredet hatte, hatte ihm offenbar nicht gepasst. Ich ignorierte dies jedoch und machte mich mit ihm zusammen auf den Weg nach Luxenricah. Von den Ereignissen dort, berichtet das nächste Kapitel.

Luxenricah

Luxenricah ist eine geistige Welt mit der Möglichkeit der Materialisation. Sie ist eine sehr große und wunderschöne Welt, die allerdings unbewohnt ist. Sieben donnernde Wasserfälle schließen ein idyllisches Tal ein, das in der Mitte der Welt liegt. Dort wachsen süß duftende Blumen, knorrige Sträucher mit leckeren mehrfarbigen Früchten und hohe Bäume mit langen Ranken die als heilende Wurzeln verwendet werden, wenn sie abgeworfen wurden. Die Engel sind dort öfter zu Gast, um einige der Kostbarkeiten zu sammeln. Nicht nur Heilkräuter und Früchte werden eingesammelt, sondern auch unterschiedliche Edelsteine die dort in den weiß schillernden Bergen verborgen liegen. Diese meterhohen Gebirge geben der Welt ihren Namen. Durch ihre edelsteinerne Struktur reflektieren sie das Licht und scheinen taghell. Es ist beinahe unmöglich, sie anzublicken.

Ich wandte meinen Blick zu Luceriel, als wir angekommen waren. Er war durch seine Aufgabe hier sehr oft unterwegs, um Steine zu beschaffen.

Er kannte die Welt wie kein anderer von den Erzengeln.

Erst jetzt fiel mir auf, wie nah wir uns waren. Er hatte seine Arme um mich gelegt und meine Hände lagen auf seiner Brust. Sein Blick verharrte in meinem und er streichelte mir über meine Wange. Ich spürte das Blut in meinen Adern pulsieren und senkte den Blick. Ich wollte nicht, dass ich so auf ihn reagiere. Immerhin war in der Zwischenzeit sehr viel passiert. Er jedoch nahm meine Hände und begann mit mir zu sprechen. Er sagte mir, dass es ihm leidtat, wie unser letztes Treffen verlaufen war und dass er mich schrecklich vermissen würde. Seine Finger streichelten über meine Hände und in seinen ozeanblauen Augen lag dieser wunderschöne Glanz. Außerdem war da noch etwas. Es blitzte aus seinem Blick hervor und war auch in seiner Aura ganz klar wahrnehmbar: Traurigkeit. Er schien das, was er sagte, tatsächlich ernst zu meinen. Er führte mich über die Ebene zu einem großen Baum und erzählte mir, dass hier irgendwann etwas Neues entstehen wird, wenn die Zeit gekommen ist. Ich fragte ihn, wie es sein kann, dass die Welt noch so unversehrt aussieht. Er lächelte und sagte, dass manche

Dinge stärker sind, als jede Finsternis. Ich verstand nicht, was er meinte, doch kam auch nicht mehr dazu, zu fragen, denn mein Blick wurde von einem Schatten abgelenkt, der sich über meine Augen legte. Ich schreckte kurz zurück, doch dann sah ich, dass ein seltsames riesiges Konstrukt vor uns stand. Es hatte mehrere Bahnen, so ähnlich wie die Flugbahnen der Welten in einer Dimension. Unterschiedliche Kugeln liefen darauf entlang. Sie waren verschieden groß und hatten einen unterschiedlichen Abstand. Plötzlich erkannte ich zwei Lichter, die dazwischen hin und her wanderten. Eines war golden, das andere Silber. Das Goldene war größer, das silberne kleiner.

Ich fragte Luceriel, was das ist, und er eröffnete mir, dass es sich dabei um eine neue Dimension handle, die Gott erschaffen werde.

Die Nachricht machte mich sprachlos. Es war mir nicht bekannt, dass Gott noch einmal etwas erschaffen wollte. Luceriel nickte aber und sagte, es solle eine neue Art werden. Ich betrachtete voller Neugierde die kreisenden Kugeln und fragte ihn dann, wann es soweit sein sollte. Er antwortete, dass es nicht mehr allzu lange dauern würde. Ich sagte ihm, dass mich das freuen würde, aber ich noch nicht verstand, wieso er mir das zeigen wollte und warum genau wir hier waren. Luceriel nahm meine Hand und richtete sie auf das Gebilde. Die silberne Kugel schwebte zu mir und begann hell aufzuleuchten. Er sagte, dass ich eine wichtige Rolle in dieser Dimension übernehmen sollte. Ich betrachtete skeptisch die Silber glänzende Kugel, die um mich herum schwebte und dann wieder zu dem Gebilde mit den Welten zurückkehrte. Obwohl ich spürte, dass eine gewisse Wahrheit in seinen Worten lag, war ich sehr skeptisch und beschloss, später bei Gott nachzufragen. Er bemerkte dies wohl, den sein Blick verfinsterte sich und er sagte, dass ich ihm nicht glauben würde. Ich reagierte etwas barsch darauf und merkte an, dass er die letzte Zeit nicht dafür gesorgt hatte, dass ich ihm vertrauen konnte. Er erwiderte, er würde das alles für uns tun, damit wir zusammen sein können. Der Kommentar machte mich sehr wütend und mir gingen die Bilder der zerstörten Welten und von dem Chaos durch den Kopf, das durch seinen Starrsinn ausgelöst worden war. Ich fuhr ihn an, dass er alles kaputt gemacht hätte und es kein wir geben würde. Sein Gesicht wurde daraufhin sehr dunkel und ich meinte Tränen in seinen Augen zu sehen. Dies änderte sich aber schnell und ich vernahm dieses beißende Wut in seiner Aura, die ich bereits beim letzten Mal gespürt hatte. Er kam auf mich zu und beharrte darauf, dass ich einen Fehler machen würde und er nicht aufgeben würde mich zu überzeugen. Ich versuchte, ihm zu erklären, dass ich das nicht wollte und er mich in Ruhe lassen soll. Er erwiderte, dass er das nicht könnte, weil er mich liebte. Die Worte sorgten dafür, das ich für einen Moment erstarrte. Sein Blick wurde kurz wieder weich und die Wut in seiner Aura verflog. Er umschloss mich mit seinen Armen und streichelte mir mit seinen Daumen über die Lippen. Ein warmes Kribbeln donnerte durch meinen Körper und ließ beinahe mein Herz aussetzen. Er flüsterte, dass er mich immer lieben würde, und setzte an, mich zu küssen. Ein neuer Schauer durchzog mich, doch ich stieß ihn weg und sprang zurück in die Himmel. Es ist für mich nicht ungefährlich, das alleine zu tun, aber ich wollte einfach nur weg. Meine Gefühle fuhren Achterbahn und ich konnte keinen klaren Gedanken mehr fassen. Auf der einen Seite war da dieses wunderschöne Gefühl, wenn er bei mir war und die vielen gemeinsamen Erinnerungen. Auf der anderen Seite jedoch, waren da seine Aussagen in der letzten Zeit, sein schlechtes Verhalten und diese beißende Wut, die immer wieder von ihm ausging. Ich rannte in mein Haus und igelte mich in meine weiße Decke auf meine cremefarbene Couch ein. Was ging nur in ihm vor? Und ... Was ging in mir vor?

Ich beschloss, mit Jesus über die ganze Sache zu sprechen, wenn ich mit ihm zusammen meinen nächsten Auftrag antreten würde.

Arcanol

Arcanol war die nächste Welt, die ich zusammen mit Jesus besuchte, um ihren Kern auszulesen. Sie ist eine geistige Welt mit der Möglichkeit der Materialisation, die in der Lyber-Dimension liegt. Sie ist bekannt als die Sandwüste unter den Welten, denn sie ist sehr trocken. Auf ihr gibt es so gut wie keine Vegetation und sie ist unbelebt, was die Arbeit wesentlich ungefährlicher machte.

Jesus und ich stapften nach unserer Ankunft über das harte Erdreich. Die glatten, bräunlichen Felsen waren zu schwarzen Klumpen geworden. Ein seltsamer, undefinierbarer Gestank lag in der Luft, der von den versumpften Mooren herrührte, die sich immer wieder zwischen den einzelnen Gebirgsketten und auch in der Wüste gebildet hatten.

Jesus blickte immer wieder zu mir herüber. Er hatte längst bemerkt, dass etwas nicht stimmte, aber bis jetzt noch nichts zu mir gesagt.

Ein lautes Knacken ließ uns aufhorchen. Der unebene schwarze Grund, begann sich zu heben und zu senken. Beinahe wirkte es so, als würde die Welt atmen. Ich und Jesus hielten uns aneinander fest und sprangen einige Male auf der Welt hin und her, bis wir einen Fleck fanden, der weniger bebte und auf dem wir stehen konnten. Jesus sagte, dass durch die vielen Energiestränge, die einst in dieser Welt flossen, Bewegungsenergien entstanden seien, die es nun möglich machten, dass der Grund sich bewegte. Es wäre besonders an den Stellen der Fall, an dem die Energien flossen, die für die Stabilität der Welt wichtig gewesen waren. Da Arcanol ursprünglich aus schwebenden Steinen bestand, die immer mal wieder ihren Standort wechselten, herrschten dort starke Stabilitätsenergien, die verhinderten, dass die Welt in viele kleine Teile auseinanderdriftete. Die dunkele Energie nun, kehrte die Wirkungsweise der Kräfte um und verwandelte sie in Bewegungsenergie. Diese führte dazu, dass der Boden atmete.

Ich und Jesus hatten wieder einen festen Stand. Allerdings war der Ort sehr weit südlich. Der Messias sagte, dass ich von hier versuchen sollte, meine Analyse durchzuführen. Dafür müsste ich den Kern der Welt zuerst aufspüren, ehe ich ihn auslesen konnte. Es kostete mich einige Kraft, aber ich schaffte es schließlich, ihn ausfindig zu machen.

Die Analyse allerdings musste ich dreimal neu anfangen, weil ich den Fokus verloren hatte. Nicht zuletzt wegen des Erlebnisses mit Luceriel, dass sich immer wieder in meinen Kopf schob. Jesus sagte schließlich, dass er mit mir reden wolle, wenn ich später die Informationen in den Energiestein abgespeichert hatte.

Ich nickte und machte mich an eine neue Analyse. Dieses Mal funktionierte es. Ich speicherte alle Informationen in meinen Geist ab, dann kehrten wir zu Jesus Haus zurück. Er übergab mir einen neuen Diamanten und ich lud die DNA der Welt wie besprochen dort hinein.

Als ich fertig war, blitzte kurz das Gespräch mit Luceriel in meinem Kopf auf, als ich den Stein in meiner Hand drehte, aber ich schüttelte die Bilder von mir. Jesus hatte mich allerdings beobachtet und setzte sich zu mir an den Tisch. Er musste nichts sagen. Ich spürte, dass er wissen wollte, was los war. Ich atmete tief durch und erzählte ihm von dem, was ich mit Luceriel erlebt hatte. Auch setzte ich ihn darüber in Kenntnis, dass

Gott zu mir gesagt hatte, ich sollte mit ihm kommen.

Zu meiner Überraschung lächelte Jesus und nahm meine Hand. Er nickte und sagte, es wäre wahr. Gott hatte vor, eine neue Dimension zu schaffen. Zentrum davon sollte eine sehr artenreiche Welt werden. Sie sollte geistig geschaffen werden, aber wie sehr viele Welten eine Möglichkeit der Materialisation besitzen. Außerdem würde sie eine Besonderheit aufweisen: Sie würde sich auch in eine physische Form überführen können. Das war bisher noch keiner anderen Welt möglich! Im Zentrum dieser Welt würden humanoide Wesen stehen, aber auch Pflanzen und Tierwesen sollten darauf existieren. Jesus senkte den Blick und sagte, dass diese Welt Schauplatz für die ganze Schöpfung werden würde. Ich war etwas verwirrt, und fragte, was das zu bedeuten habe. Er erwiderte nur, dass es schon bald so weit sein würde und sich dann viele Fragen klären aber auch neue ergeben würden. Aus Erfahrung wusste ich, dass es manchmal notwendig war, abzuwarten, weshalb ich die Antwort einfach so stehen ließ. Ich fragte Jesus aber noch wegen dem, was Luceriel mir gesagt hatte. Diesbezüglich, dass ich eine wichtige

Rolle in dieser Dimension übernehmen sollte. Jesus nickte und lächelte. Er sagte mir, dass Gott etwas geplant hätte, aber das würde ich erst dann erfahren, wenn die Zeit reif war. Zuerst gab es noch einige andere Welten, zu denen wir reisen mussten. Unser nächster Auftrag würde uns nach Sibronesah führen.

Sibronesah

Sibronesah ist eine geistige Welt mit der Möglichkeit der Materialisation. Einst war sie sehr fruchtbar. Viele verschiedene Fruchtbäume und Beerensträucher wuchsen dort zwischen saftigen Blumenwiesen empor. Einige Beeren und Früchte reiften nur hier zu ihrer vollen Größe heran. Ihre Formen und Farben unterschieden sich dabei, je nachdem, in welchem Bereich der Welt sie sich befanden. Sie wurden von den dort lebenden Tierwesen mit großer Leidenschaft gesammelt und verspeist.

Auf Sibronesah gab es jede Menge Höhlen, in denen die Hobimufs lebten. Diese Geschöpfe ähneln Maulwürfen. Sie haben keine Augen und verständigen sich mit Klicklauten. Die langen Gänge die sie unter der Erde graben, enden in geräumigen Schlafhöhlen und Lagerkammern. Ursprünglich waren sie eher scheu, doch die Ausbreitung der negativen Energie hat diese Wesen von Grund auf verändert. Sie wurden sehr aggressiv, fauchen und springen einen an.

Auch die Natur wurde durch den Umschwung sehr verändert: Die malerischen Landschaften glichen nun Gesteinswüsten. Die Bäume waren verdorrt und ihre prallen, leckeren Früchte allesamt sauer oder bitter geworden. Die kleinen Flüsse, welche die Wiesen nährten, ähnelten nur noch unsauberen Pfützen, die einen seltsam säuerlichen Geruch verströmten. Die Welt war kein Ort mehr, an dem man lange bleiben wollte. Dennoch reiste ich zusammen mit Jesus dorthin.

Wie in den Aufträgen zuvor, hatte ich auch hier die Aufgabe, den Kern der Welt zu analysieren und die Informationen zu speichern.

Wir waren bereits einige Zeit durch die raue Landschaft hindurchgewandert, als wir die Stelle erreichten, an der ich meine Analyse starten sollte. Als ich mich gerade bereit gemacht hatte, vernahm ich jedoch ein beängstigendes Fauchen. Ehe ich mich orientieren konnte, sprang mich etwas Schwarzes an und ich stürzte zu Boden. Spitze Zähne bohrten sich in meinen Arm und ich schrie laut auf. Jesus reagierte sofort und fasste meine Hand. Das Wesen kreischte daraufhin auf und wich zurück. Es fuhr sich mit seinen langen Krallen über die Schnauze und wimmerte. Jesus ging darauf zu. Zuerst fauchte es, doch dann, als er es auf den Arm nahm und anblickte, beruhigte es sich plötzlich. Jesus sagte, es hätte sich einen der Zähne ausgebrochen und wir würden es mitnehmen. Ich warf einen Blick auf die Wunde an meinem Arm. Tatsächlich erkannte ich darin einen Zahnsplitter.

Jesus ging zu mir und zog ihn vorsichtig heraus. Das Wesen auf seinem Arm senkte den Kopf und gluckerte dumpf, dann stupste es mich an und schleckte über die Wunde. Ich streichelte es sanft am Kopf, worauf es genüsslich brummte.

Jesus gab mir dann die Anweisung meine Analyse durchzuführen. Dieses Mal klappte alles ohne Probleme oder weitere Zwischenfälle.

Als wir wieder in die Himmel zurückgekehrt waren, bestückte ich den nächsten Diamanten mit Informationen, während Jesus das Tierwesen in die Krankenstation brachte. Je länger es sich in den Himmeln aufhielt, desto mehr fand es zu seiner ursprünglichen Wesensart und Form zurück. Als der Messias den Stein bei mir abholte, sagte er mir, das Wesen würde hierbleiben. Ich freute mich sehr darüber. Jesus eröffnete mir, dass er mit Gott reden werde, denn unsere Aufgabe würde sich erneut ändern. Außerdem erteilte er mir einen weiteren Auftrag. Ich sollte nach Xirespherb reisen. Eine sehr abstrakte Welt mit einem Sonderstatus, die sich direkt unter den Himmeln befand und keine eigene Dimension besaß. Sie war hochenergetisch und meines Wissens nach, konnten sie nur die Erzengel betreten. Jesus bejahte dies, sagte aber, dass ich Hilfe erhalten würde, wenn es soweit ist. Allerdings wäre es wichtig, offen zu sein und mich nicht zu verschließen. Ich beschloss, mich noch vorher umzuziehen, denn der Angriff des Tierwesens hatte deutliche Spuren auf meinem Kleid hinterlassen. Danach, so sagte Jesus, sollte ich meinen Auftrag antreten.

Xirespherb

Jesus Worte sollten sich erfüllen. Jedoch anders als ich es gedacht hatte. Ich war auf dem Weg nach Hause, um meine zerrissenen Kleider zu wechseln, als ich ein bekanntes Gesicht am Gartentor erblickte. Ich stöhnte auf und überlegte, ob ich nicht wieder umdrehen sollte, doch mein Name fiel im gleichen Moment. Es war Luceriel, der dort stand und auf mich zu warten schien. Ich fühlte mich hin und hergerissen. Ein Teil von mir wollte zu ihm gehen, doch ein anderer Teil wollte einfach nur weglaufen.

Er kam mir entgegen, nahm meine Hände auf und bat mich, noch einmal mit ihm zu reden. Ich dachte an Jesus Worte. Er hatte mir gesagt, ich solle mich nicht verschließen. Als ich meine Augen emporhob, trafen sich unsere Blicke. Ein warmer Stich durchflutete mein Herz und hinterließ ein Kribbeln in meinem Bauch. Es war das eine Gefühl, das ich so sehr liebte und vermisste, wenn er nicht bei mir war. Er fühlte es ebenso wie ich und zog mich näher zu sich. Unsere Gesichter berührten sich fast und ich konnte seinen süßlichen warmen Atem auf meiner Haut spüren. Er streichelte mir durch das Haar. Ich schloss die Augen und genoss die kribbelnde Welle, die durch meinen Körper strich. Er legte seine Stirn an meine und begann mit sanfter Stimme zu erzählen, dass er es nicht aushalten würde, wenn zwischen uns Disharmonie herrsche und er sich aussprechen will. Ich sagte, ich könne nicht, ich hätte einen Auftrag in Xirespherb und müsste mich nun darum kümmern, dorthinzukommen. Sein Blick zeigte sofort Sorge aber auch Überzeugung. Er merkte an, es wäre eine spezielle Welt, in der nur wenige Zutritt hätten, aber er würde mich hinbringen, wenn ich das wollte. Ich überlegte kurz, dann sagte ich zu. Er führte meinen Kopf auf seine Brust und umfasste mich fest mit seinen Armen, ehe wir uns auf den Weg machten.

In Xirespherb angekommen, blickte ich mich zögerlich um. Pinker Nebel waberte über den Boden, der nicht fest zu sein schien. Er fühlte sich unter meinen Füßen an, als würde ich auf einen mit Wasser gefüllten Ballon stehen. Als ich drohte hinzufallen, zog mich Luceriel noch näher zu sich und verfestigte seinen Griff. Seine weichen blonden Haare streichelten über mein Gesicht und sein Blick fixierte meinen. Die Welle in meinen Inneren verstärkte sich weiter und ich konnte nicht anders als über sein Gesicht zu tasten. Er schloss kurz die Augen und seufzte auf, doch dann besann ich mich wieder und zog meine Hand zurück. Er ergriff sie jedoch und verschränkte seine Finger in meinen. Unendliche Sehnsucht lag in seinen Augen und er fragte mich, ob ich das nicht auch vermissen würde. Ich war unfähig, ihm darauf etwas zu erwidern, und wandte den Blick ab, denn in meinem Herzen spürte ich die Antwort ganz genau.

Er hob mein Kinn mit seinem Finger an und ich versank erneut in seinen tiefblauen Augen. Er sagte mir, dass er alles vermisse und nicht wollte, dass es so endet. Ich spürte, wie Tränen in mir aufstiegen, doch ich versuchte, mich zu besinnen und mich daran zu erinnern, dass ich wegen eines Auftrags hergekommen war. Ich sagte Luceriel, dass ich etwas zu erledigen hätte. Seine Augen blitzten auf und er fragte mich, was mein Auftrag wäre. In dem Moment realisierte ich, dass Jesus mir nicht gesagt hatte, was es hier eigentlich zu tun gab. Dann allerdings spürte ich eine heftige

Erschütterung auf dem Boden und ein großer spitzer Edelstein, der in vielen unterschiedlichen Farben schimmerte, brach dort hervor. Ich spürte sogleich Sorge in Luceriels Aura. Er führte uns zu dem riesigen Objekt, dann berührte er den Stein mit seinem goldenen Stab. Der Edelstein reagierte sofort und leuchtete hell auf. Ich hielt mir schützend die Hand vors Gesicht und duckte mich reflexartig hinweg. Luceriel lächelte jedoch nur und zog mich zu sich. Er sagte, ich müsste keine Angst haben, es ginge keine Gefahr von dem Edelstein aus. Ich fragte ihn, was es damit auf sich hatte. Er erklärte mir, dass die verschiedenen Farben für unterschiedliche Ebenen stehen und man mit diesem Stein auf allen davon wirken könnte. Ich blickte den Energiestein vorsichtig an. Irgendwie hatte er eine ungeheure Anziehung auf mich. Luceriel schien dies zu bemerken. Er lächelte mich an und fragte, ob er mir gefallen würde. Ich nickte verhalten. Der Erzengel drehte vorsichtig meinen Kopf zu sich und sagte, dass er etwas ganz besonderes sei. Seine Augen verharrten in meinen und ich spürte erneut wie sich das wunderbare Kribbeln in meinem Bauch verbreitete. Er streichelte mir über das Gesicht und flüsterte in mein Ohr, das er alles an mir vermisse. Ich spürte seine Backe an meiner und seufzte durch die Berührung kurz auf. Sein Blick verklärte und er sagte, dass er mich über alles liebte. Ich spürte, wie sein Griff fester wurde, dann küsste er mich. Mein Herz überschlug sich beinahe und das Kribbeln in meinem Leib explodierte in meinem Bauch. Ich gab mich dem Kuss hin und streichelte durch sein samtiges blondes Haar. Der Edelstein schien darauf zu reagieren, den er leuchtete taghell auf. Dann allerdings zog plötzlich die Erinnerung an das letzte Gespräch in meinen Kopf ein und ich löste den Kuss. Luceriels Augen spiegelten Sorge und Traurigkeit wieder und er fragte mich, was los sei. Ich wich langsam von ihm zurück und sagte, dass ich an unser letztes Treffen denken musste. Er nahm meine Hände und erwiderte, es müsste nicht so enden. Wir hätten eine gemeinsame Aufgabe, die uns wieder näher zusammenbringen würde. Dann würde ich ihn verstehen. Die Worte ließen das schöne Gefühl sofort verschwinden und ich spürte, wie Unwillen in meinem Inneren aufstieg. Ich wandte mich von ihm ab und sagte, dass ich sein Verhalten nie verstehen würde, und es auch nicht wollte. Der Edelstein lenkte meine Aufmerksamkeit plötzlich auf sich. Das Licht in seinem Inneren erlosch.

Luceriels Augen wirkten traurig, doch dann versuchte er erneut, meine Hände zu greifen, und sagte, dass er einen Plan hätte. Die Worte verstärkten Abneigung in meiner Brust nur noch, denn ich erinnerte mich an seinen letzten Plan, den er geschmiedet hatte. Ich rief ihm das Geschehene wieder ins Gedächtnis und merkte an, dass er sein Vorhaben bestimmt nicht mit Gott oder Jesus abgeklärt hatte. Die Worte lösten wiederum bei ihm Widerstand aus und er keifte, dass er keine Erlaubnis bräuchte und das letztes Mal nicht sein Fehler gewesen war. Ich erwiderte, dass bei ihm immer alle anderen Schuld sind, und fragte ihn, warum er nicht einfach seinen Irrtum eingestehen kann. Er fuhr mich an, er habe nichts falsch gemacht und wüsste, dass er im Recht sei. Ich schüttelte nur mit dem Kopf und sagte, solange er seine Fehler nicht einsehen und umkehren würde, könnte es keine gemeinsame Zukunft für uns geben. Ich spürte, wie tiefe Traurigkeit in mir aufstieg, doch ich ließ ihn wie beim letzten Mal einfach stehen und sprang zurück in die Himmel. Dort angekommen, verzog ich mich in mein Haus und weinte. Ich verstand nicht, warum Jesus mich dorthingeschickt hatte. Mit tat alles weh und mein ganzer Leib war von Traurigkeit erfüllt. Kurz darauf klopfte es an der Tür. Es war der Messias. Er tröstete mich und wollte mir von dem Gespräch mit Gott erzählen. Er sagte mir, dass unsere nächsten Aufträge anders verlaufen würden als bisher und wir gleich aufbrechen mussten. Ich kleidete mich noch um, dann machten wir uns auf den Weg zu unserer nächsten Aufgabe in Acomacir.

Acomacir

Unser Ziel für den nächsten Auftrag war Acomacir. Diese Welt ist ebenfalls eine geistige Welt mit der Möglichkeit der Materialisation und liegt in der Rutam-Dimension, die 423 Welten umfasst, die belebt, aber auch unbelebt sind.

Acomacir ist als die Welt der 1000 Blumen bekannt, denn auf ihrer Oberfläche wuchsen so viele Blumenarten wie nirgendwo sonst. Einige von ihnen, wie die gelb leuchtenden Saburablumen, hatten Heilkräfte oder produzierten sehr nahrhaften Nektar. Unterschiedlichste Wesenheiten besuchten sie, ernähren sich dort und zogen dann wieder weiter.

Zumindest war dies so, bevor sich die negative Energie ausgebreitet hatte. Durch ihren Einfluss sind viele der Pflanzen verdorrt oder begannen, giftige Substanzen zu produzieren. Die Eingänge und Ausgänge zu der Welt wurden deshalb gesperrt, damit die Geschöpfe die normalerweise dort Nahrung suchten, sich nicht versehentlich selbst vergifteten.

Es gab wenige Wesen, die fest in dieser Welt lebten. Es sind kleine flinke Tierwesen, die dem Element Erde unterstehen. Sie konnten sich als Pflanzen tarnen und schützten sich so davor entdeckt zu werden. Ihre eigentliche Form entsprach der eines Eichhörnchens, das aber zwei watteartige Ohren und zwei Hörner auf seinem Kopf trug. Was aus ihnen geworden ist, wusste bis zu diesem Zeitpunkt niemand, denn sie waren in der Lage, sich unsichtbar zu machen. Die einzige Information, die sich durchgesetzt hatte, war, dass manchmal seltsam langgezogene Schreie zu hören waren, wenn man in der Welt unterwegs war.

Ich und Jesus mussten nicht lange warten, ehe wir dies bestätigen konnten. Kurze Zeit, nachdem wir angekommen waren, hörten wir bereits die beschriebenen Laute. Jesus sagte mir, das die Wesen in Baumhöhlen saßen und Hilfe benötigen würden. Durch ihre komplexe Beschaffenheit war es ihnen bis jetzt gelungen ein Energieniveau, um sich herum aufzubauen, dass sie davor bewahrte, ihre Form zu verlieren. Allerdings würden sie nun dort festsitzen und hätten kein Futter, weil die Welt sich rapide geändert hatte. Wir hatten nun die Aufgabe, die Wesen mitzunehmen und in die

Himmel überzusiedeln. Das war aber nicht ganz einfach, denn sie waren sehr verängstigt. Jesus hatte allerdings eine Lösung. Dafür sollte uns die zweite Aufgabe die wir hier heute erledigen durften, zugutekommen.

Ich sollte wie schon bei den Welten vorher, den Kern der Welt auslesen und die Informationen abspeichern. Dieses Mal aber würden wir nicht in die Himmel zurückkehren, um diese dann in einen Stein abzuspeichern, sondern Jesus hatte bereits alles, was wir brauchten dabei und ich sollte das Hochladen der Daten hier in der Welt erledigen. Jesus würde derweilen einen Energieraum schaffen, der die Übertragung gefahrlos möglich machte. Ich sagte natürlich zu und wir begannen gleich darauf mit der Arbeit. Die Welt war relativ groß und die Analyse und das Abspeichern dadurch extrem anstrengend. Ansonsten funktionierte aber alles reibungslos und ich konnte Jesus sehr bald den leuchtenden Diamanten übergeben. Zu meinem Erstaunen hob er jedoch abwehrend die Hände und sagte mir, wir würden uns nun zu den Baumhöhlen begeben. Ich sollte die Wesen dann rufen, während Jesus den Energieraum um uns herum auflösen würde. Die

Kraft des Steines würde die Tierchen anziehen, denn sie sehnten sich nach der positiven Energie ihrer alten Welt. Wenn das geklappt hatte, würde Jesus uns ein Portal schaffen, das in einen von den Erzengeln bereiteten Raum führt. Dort wäre die Energie angenehm und die Geschöpfe könnten sich erholen. Anschließend würden dann andere Wesenheiten übernehmen, welche die Tierchen sicher in die Himmel überführten.

Als ich den Stein in meiner Hand drehte und ihn betrachtete, schoss mir wieder die Erinnerung mit Luceriel durch den Kopf. Ich schob sie schnell zur Seite und konzentrierte mich ganz auf meinen Auftrag. Als wir die Baumhöhlen erreicht hatten, löste Jesus den Raum auf und ich begann die Wesen zu rufen. Die Energie des Steines floss frei in die Welt hinein und nach kurzer Zeit kamen sie auch schon aus ihren Verstecken hervor. Zuerst waren sie unsicher. Doch als sie Jesus erblickten verloren sie jegliche Scheu und kamen in Windeseile auf uns zu. Der Messias schaffte derweilen das Portal, das die Tierwesen in den bereiteten Raum führen sollte. Er gab den Wesen ein Zeichen und sie liefen, so schnell sie konnten in den grün leuchtenden Kreis hinein. Am Ende traten Jesus und ich selbst durch das Portal hindurch und wurden sogleich in den besagten Raum gebracht. Hier waren die Tierchen bereits von Engeln und einigen Wächtern in Empfang genommen worden, die sich weiter um die Wesen kümmerten. Jesus nickte zufrieden und sagte dann, da er nun wisse, dass alles gut gegangen sei, könnten wir nun auch in die Himmel zurückkehren. Bevor wir allerdings ankamen, eröffnete Jesus mir noch, dass wir zügig weiterreisen würden. Es gäbe weitere Wesenheiten die unsere Hilfe benötigen würden und auf diese Art umgesiedelt werden sollten. Allerdings wäre es beim nächsten Mal weitaus gefährlicher als dieses Mal, und ich würde von Gott eine Rüstung erhalten.

Lemocarash

Lemocarash war die nächste Welt, die ich zusammen mit Jesus bereiste. Ich wusste, dass es dort kleine, hundeartige Tierwesen gab. Sie waren in der Lage sich in unterschiedliche Elemente zu wandeln. Das war in dieser Welt auch von Vorteil, denn sie war bekannt als die Welt der wandelnden Elemente. Dies bedeutete, dass aus dem nichts kräftige Windböen, reißende Wasserstrudel oder wütende Feuerstürme entstehen konnten. Auch das Auftauchen von plötzlichen Ranken und messerscharfen Blättern war keine Seltenheit. Schon alleine deswegen war ich sehr beruhigt, dass Gott uns für diesen Auftrag passende Ausrüstung gegeben hatte. Ich hatte Jesus bis zu diesem Moment noch nie in einer Rüstung gesehen und der Anblick war anfangs durchaus gewöhnungsbedürftig. Allerdings würden uns der spezielle weiße Webstoff und der verstärkte Brustharnisch vor den Folgen der Elementenumschwünge schützen.

Wir wussten aus Beschreibungen von anderen Wesen, die Lemocarash, seit ihrer Umstrukturierung bereits besucht hatten, dass die Elemente noch immer wüteten. Die Kapriolen waren sogar heftiger geworden. Früher musste man sich nur vor der Spontanität hüten, mit der die unterschiedlichen Phänomene auftraten. Sie bildeten sich schnell und verschwanden dann wieder. Mittlerweile schienen sie aber gezielt über bestimmte Wesen hereinzubrechen.

Auch die Geschöpfe dort hatten sich verändert. Aus den flauschigen, hundeartigen Beropans waren große Wölfe geworden. Sie waren sehr aggressiv. Mit Schaum vor dem Mund, gesträubtem schwarzen Fell, schwarzen Hörnern und gefletschten Zähnen kamen sie einen entgegen und setzten ihre Fähigkeit, die Elemente zu kontrollieren mit voller Wucht ein.

Durch dieses Wissen hatte ich viel Respekt davor dorthinzureisen. Jesus hatte allerdings gesagt, es wäre wichtig, denn es würde unter den Wesen dort einige geben, die unsere Hilfe bräuchten.

Fünf der Geschöpfe waren von dem Rudel verstoßen worden. Sie währten sich bis zuletzt gegen die Energien und wurden irgendwann von den anderen nicht mehr im Rudel akzeptiert. Sie hatten die Gruppe in eine dunkle Höhle auf die

Spitze des höchsten Berges in der Welt getrieben und die fünf trauten sich dort nicht mehr heraus. Sie wurden immer schwächer, denn es gab in der Welt für sie keine energetische und geistige Nahrung mehr.

Jesus wollte so vorgehen wie in dem Auftrag zuvor auch. Zuerst sollte ich einen Diamanten mit der DNA der Welt bestücken. Damit bewaffnet, würden wir dann zu den fünf Wesenheiten gehen und sie anlocken. Dieses Mal gab es allerdings ein Problem: die anderen Tierwesen. Ich fragte Jesus, ob sie nicht vielleicht Respekt vor dem göttlichen Licht hätten, das von ihm ausging, und den Rückzug antreten würden, wenn sie ihn erblickten. Immerhin hatten wir das in den vergangenen Aufträgen immer wieder erlebt.

Jesus schüttelte aber den Kopf und erklärte mir, dass der Schaum vor ihrem Mund ein Zeichen dafür sei, das die negative Energie sich zu schwarzer Materie verdichtet hatte. Jegliches Licht in ihrem Inneren war in Dunkelheit gestürzt worden und nun machten sie Jagd darauf. So sehr es auch schmerzte, waren diese Wesen nicht mehr ansprechbar und würden früher oder später sterben.

Diese Erkenntnis machte mich unendlich traurig. Jesus nickte, aber sagte, dass dies die Folge der Abkehr von Gott sei.

Wir erreichten nur wenig später die Stelle, an der ich meine Analyse durchführen sollte. Es war ein felsiges Plateau mit einigen dürren Sträuchern darin, die aber keine Früchte oder Beeren trugen. Dieses Gebiet war schon vor dem Umbruch sehr karg gewesen, da hier die heftigsten elementaren Umschwünge stattfanden.

Als ich meine Analyse beginnen wollte, vernahm ich ein aggressives Knurren aus mehreren Richtungen gleichzeitig. Das Rudel hatte bemerkt, das jemand gekommen war. Zehn Tiere waren es, die uns eingekreist hatten. Am nahegelegenen Waldrand erkannte ich noch einmal genauso viele, die sich näherten. Ohne weitere Vorwarnung schossen Flammen, Sturmfluten und sogar Blitze auf uns zu. Die Rüstungen waren durch spezielle Energiesteine, die im Brustbereich saßen, in der Lage, die Elementarenergien auszugleichen. Dies sorgte dafür, dass die Angriffe zerstreuten und uns kein Leid geschah. Als die Wesen das jedoch bemerkten, stürzten sie sich auf uns. Ich konnte sie mit meinem Stab auf Abstand halten, während

Jesus eine Kugel aus Licht formte. Schwarze Materie ernährte sich von Licht, also wollte er eine Quelle schaffen, an der sich die Wesenheiten laben konnten. Es funktionierte. Sie labten sich an der Lichtkugel. Ich nutzte die Gelegenheit und startete meine Analyse. Jesus ließ die Kugel hinfortschweben und lockte sie damit immer weiter von unseren Standpunkt weg. Ich konnte dadurch meine Arbeit abschließen und alle Informationen in den Diamanten einschließen. Nun konnten wir uns auf den Weg zu der Höhle machen, in der die fünf Tierwesen gefangen waren. Ich setzte wie besprochen den Stein ein, um sie hervorzulocken. Dies hatte allerdings den Effekt, dass die gefallenen Wölfe durch die freigesetzte Energie ebenfalls angelockt wurden. Jesus formte eine weitere Kugel, doch die Kraft des Diamanten schienen für sie attraktiver zu sein. Der Messias sagte, es müsse nun schnell gehen. Er baute das Portal, durch das wir die fünf Tierwesen in Sicherheit bringen wollten, während ich die Wölfe mit meinem Stab abwehrte. Zu meinem großen Erstaunen bekam ich Hilfe von den hundeähnlichen Wesen, die begannen die Wölfe ebenfalls zu bekämpfen. Als das Portal fertig war, gab ich den

Hunden ein Zeichen, hindurchzugehen, was sie auch befolgten. Ich und Jesus verschlossen dann allerdings den Durchgang wieder und sprangen direkt in die Himmel zurück, denn ein paar der Wölfe nahmen Kurs auf das Portal.

Als wir dort angekommen waren, überprüfte Jesus durch seinen Tisch im Arbeitszimmer, ob alles gut gegangen war. Ich ließ mich geschafft auf die Couch in seinem Wohnzimmer nieder und schlürfte erst einmal den Tee, den mir sein Assistent auf den Tisch gestellt hatte.

Jesus sagte dann, ich sollte mich ausruhen. Der nächste Auftrag würde noch etwas dauern. Ich war über die Nachricht nicht unglücklich und kehrte geschafft in mein Haus zurück.

Mittibecah

Mein nächster Auftrag sollte mich nach Mittibecah führen. Ich hatte einige Zeit in meinem Haus verbracht und versuchte, so gut es ging den Kopf freizukriegen. Was dem allerdings im Weg stand, war die Tatsache, dass im Himmel ein immer größeres Chaos ausbrach. In meinen Gedanken schwirrte das letzte Treffen mit Luceriel herum. Ich wusste noch nicht, warum ich an diesem Tag mit ihm zusammen unterwegs gewesen war und was das alles zu bedeuten hatte. Auch hatte ich noch nicht mit Jesus oder Gott darüber geredet. Am liebsten wollte ich dieses Treffen einfach vergessen. Leider gestaltete sich das aber schwerer als gedacht.

Während ich einmal wieder in Gedanken versunken war und nach Antworten suchte, klopfte es plötzlich an der Tür. Es war Jesus. Er lächelte mich an und sagte, es wäre nun Zeit für meine nächste Aufgabe. Ich nickte und war voller Elan und Zuversicht sie anzutreten. Jesus merkte an, es wäre gut, dass ich so energiegeladen sei, denn er würde mich nach Mittibecah bringen. Mein Herz sank augenblicklich. Mittibecah war die Welt der Prüfungen. Man wurde nur dorthingeschickt, wenn ein wichtiger Test anstand. Normalerweise wurde man aber davor informiert und nicht einfach hingeschickt. Jesus legte mir die Hand auf die Schulter und sagte, es wäre so gedacht gewesen, dass ich vorher nichts wissen darf. Die Information verwirrte mich, doch ich hatte Vertrauen und sagte zu.

Ich erstarrte, als wir ankamen und ich Luceriel dort erblickte. Große Unsicherheit pochte in meinen Gliedern und ich fragte Jesus, was er hier wollte. Der Messias eröffnete mir, dass ich die Prüfung mit ihm zusammen durchführen sollte. Mir klappte der Mund auf und mein Herzschlag beschleunigte sich deutlich. Als ich fragte warum, antwortete Jesus, dass wir bald zusammenarbeiten müssten und da momentan alles ziemlich schwierig war, würden sie sehen wollen wie wir uns anstellen.

In Luceriels Aura vernahm ich eine tiefe Freude. Sein Blick wirkte weich und liebevoll. Sofort stieg wieder dieses herrliche Kribbeln in meinen Bauch auf, aber ich versuchte es, so gut es ging, zu Seite zu schieben.

Wir sollten drei Aufgaben gestellt bekommen.

Die Erste bezog sich darauf, eine energetische Barriere bauen. Dafür war es notwendig, sehr nah zusammenzuarbeiten und die Harmonie zwischen uns musste gegeben sein, sonst würde es nicht funktionieren. Eigentlich hatte ich mir vorgenommen, energetisch wie emotional größtmöglichen Abstand zu ihm zu halten, doch das war nun bereits bei der ersten Aufgabe nicht möglich. Er suchte meinen Blick und zog mich nah zu sich. Dann verschränkten wir unsere Hände ineinander. Ich spürte, wie das Kribbeln in meinem Bauch immer weiter die Kontrolle übernahm und mein Herzschlag in den Ohren trommelte.

Er sagte, wir müssten unsere Energien synchronisieren, um sie bündeln zu können. Ich wusste, wie das Bauen der Barriere funktionierte. Man musste sich für den anderen öffnen, damit man erfolgreich sein konnte. Ich blickte in seine leuchtenden, ozeanblauen Augen, dann konzentrierte ich mich auf die Synchronisation und Zusammenführung. Ich spürte eine eigenartige, aber wohltuende Wärme, als sich unsere Energien miteinander verbanden.

Als wir den ersten Schritt beendet hatten, wurde Luceriels Blick sehr liebevoll und er verstärkte seinen Griff deutlich. Er setzte an, mich zu küssen, aber ich wandte ein, dass wir nur ein begrenztes Zeitfenster hätten, um die Barriere zu bauen. Er wirkte etwas traurig, doch nickte schließlich. Wir hockten uns auf den Boden und Luceriel zeichnete einen energetischen Kreis, indem wir beide unsere Siegel setzten. Zu unserer großen Überraschung verfärbte sich der Ring, der eigentlich grünlich schimmern sollte, weiß. Der Anblick verwirrte mich sehr und ich fragte mich, ob wir etwas falsch gemacht hatten. Jesus kam jedoch auf uns zu und verneinte dies. Er meinte, es wäre alles gut verlaufen und wir sollten die erste Aufgabe als bestanden ansehen.

Ich war erleichtert, doch Jesus sagte, es würde gleich weitergehen. Er brachte uns zu einer Schlucht. Dort befanden sich fünf hohe Steine. Jesus sagte uns, wir müssten auf den größten davon klettern, doch sollten uns vorsehen. Es wären Hindernisse dort eingebaut. Hindernisse, die man nur überwinden konnte, wenn man zusammenarbeitete. Auf dem Gipfel würden wir einen Stein finden. Den würden wir brauchen, um zur nächsten Aufgabe voranzuschreiten.

Luceriel griff meine Hand und drückte sie sanft, dann nahm sein Blick einen entschlossenen Ausdruck an. Er sagte, er würde zuerst gehen und auskundschaften, wie die Lage wäre. Ich hielt allerdings entgegen, dass ich die Umgebung analysieren könnte. Dann würden wir wissen, wo sich das Energieniveau ändert, und er müsste sich nicht unnötig in Gefahr begeben. Die Worte lösten eine Welle der Zuneigung in ihm aus und er trat zu mir. Er streichelte zärtlich über mein Gesicht und fragte, ob ich mir Sorgen um ihn machen würde. Ich senkte den Blick und merkte an, dass es uns Zeit sparen würde und dass sich niemand unnötig in Gefahr begeben sollte, wenn es nicht notwendig wäre. Sein Blick streichelte noch einen Moment über meine Haut, dann stimmte er zu.

Ich startete also eine Analyse und erkannte an drei Stellen, dass sich der Energiefluss änderte. Das war ein Zeichen, dass sich dort irgendetwas befand, allerdings konnte ich nicht bestimmen, um was es sich handelte. Ich zeigte Luceriel meine Ergebnisse und er beschloss, die entsprechenden

Stellen genauer zu untersuchen. Ich wollte jedoch nicht einfach zurückbleiben und startete mit ihm eine Diskussion. Ich sagte, ich würde nicht hierbleiben, doch er entgegnete, er wolle nicht das mir etwas passiert. Ich hielt dagegen, dass ich bei meinen Aufträgen auch dem Problem auf den Grund gehen würde und nicht wisse, was mich erwartete. Luceriel sagte, dass ich dort nicht alleine wäre und mit Gandolin zusammenarbeiten würde. Ich gab ihm recht, wies ihn aber darauf hin, dass ich immer bei der Fehlersuche mit dabei war. Luceriel gab schließlich nach, doch er beharrte darauf, dass ich hinter ihm bleiben sollte. Ich rief mir ins Gedächtnis, dass die Prüfung zeigen sollte, dass wir kooperieren können. Das würde auch bedeuten, dass wir Kompromisse eingehen mussten. Ich stimmte deswegen zu und wir erklommen hintereinander den Berg. Bald erreichten wir die erste Stelle, an der ich eine Änderung des Energieflusses festgestellt hatte. Luceriel bemerkte, dass sich dort ein energetischer Durchbruch befand. Das bedeutet, dass die Bereiche dahinter in einer anderen energetischen Zusammensetzung auftreten, als davor. Ich würde nur weiterklettern können, wenn Luceriel mich für die weitere Strecke synchronisierte. Er identifizierte also die Konstellation der Energien und sagte mir dann, ich solle zu ihm hinaufklettern. Er zog mich zu sich und synchronisierte meine Energien mit denen, die vor uns lagen. Ich musste mich dafür an ihm festhalten, was der kribbelnden Welle in meinen Inneren einen erneuten Stoß versetzte. Seine Augen verharrten in meinen und ich konnte nicht anders, als sein Gesicht zu streicheln. Er schien die Berührung mit all seinen Sinnen zu genießen. Dann aber besann ich mich auf unsere Aufgabe und löste mich von ihm. Wieder war da diese Traurigkeit, in seinem Blick, doch er kletterte schließlich weiter. Ich folgte ihm in geringen Abstand, während ich versuchte, meine Gefühle wieder zu ordnen. Plötzlich verharrte er in der Bewegung und ich fragte ihn, was los sei. Er sagte mir, dass vor uns eine schwer zu überwindende Wand liegen würde. Die Felsen die es ermöglichten sich abzustützen und Halt zu finden, lagen sehr weit auseinander. Er sagte, er hätte bedenken, dass ich mit meiner Größe dorthinauf käme. Wut stieg in meinen Bauch auf. Ich kletterte auf seine Höhe und sagte, ich würde ihm zeigen, dass ich alles schaffen würde. Er wollte mich festhalten und erwiderte, es wäre zu gefährlich. Ich entgegnete, dass er mir das nur nicht zutrauen würde. Ich riss mich los und überholte ihn seitlich. Als ein paar Meter zwischen uns lagen, stellte ich fest, dass er nicht untertrieben hatte. Die Steine waren wirklich sehr weit auseinander. Ich streckte mich, so gut ich konnte, aber verlor den Halt und rutschte ab. Luceriel fing mich auf und fragte, ob alles in Ordnung sei. Ich wartete darauf, dass er mir sagte, dass er recht gehabt hatte, aber er blickte mich einfach nur besorgt an. Ich ergriff schließlich die Initiative und musste zugeben, dass er wohl im Recht gewesen war. Er gab mir einen Kuss auf die Stirn und sagte mir, ich solle mich an ihm festhalten. Ich zögerte zuerst, denn mein Herzschlag schoss ins Unermessliche, doch ich hatte keine Wahl. Ich klammerte mich an seinen Körper und er kletterte weiter. Der süß-herbe Duft seines blonden Haares, das mein Gesicht immer wieder streifte, streichelte meine Sinne und machte es schwer, mich weiter auf die Aufgabe zu konzentrieren. Ich zwang mich jedoch, klar zu bleiben. Die Felsen lagen genau so weit auseinander, dass Luceriel sie gerade so erreichen konnte. Es war ein ganzes

Stück, das wir überwinden mussten, doch schließlich kamen wir auf dem Gipfel an. Wir blickten uns um, doch konnten den Stein nicht entdecken. Ich spürte jedoch eine starke Energiequelle ganz in der Nähe und beschloss, erneut eine Analyse zu starten. Der Stein befand sich tief im Erdreich. Ich blickte Luceriel an und wir beratschlagten, was wir nun tun sollten. Es würde nicht so einfach werden, an den Stein herankommen. Luceriel dachte zuerst daran, das Erdreich aufzubrechen, doch dabei bestand die Gefahr, das der Edelstein zerstört wurde. Ich blickte mich um und entdeckte einige weiße Diamanten in der Felswand, die allerdings keine Informationen in sich trugen. Ich erinnerte mich an das Auslesen der Weltenkerne und fragte mich, ob ich bei diesem Stein auch so verfahren könnte. Ich blickte zu Luceriel. Er kannte sich mit Energiesteinen aus und konnte mir sicher eine Antwort geben. Ich erzählte ihm von meiner Idee. Er überlegte kurz und sagte dann, dass es funktionieren könnte. Allerdings bräuchten wir einen Stein, dessen Beschaffenheit und Größe identisch wären. Er blickte sich um und sagte, er würde einen Passenden finden. Ich machte mich derweilen daran, den Stein, der im

Erdreich steckte, auszulesen. Es kostete mich eine Menge Energie, aber es funktionierte. Luceriel kam wenig später freudestrahlend zu mir und zeigte mir einen Stein, den er ausgesucht und zu einem Energiestein umgewandelt hatte. Er leuchtete in einem tiefem hellblau. Der Erzengel übergab ihn mir und ich speicherte die Informationen in den Stein ein. Luceriel überprüfte dann noch einmal, ob alles funktioniert hatte, und gab mir schließlich sein ok. Plötzlich bebte die Erde und die Erschütterung riss uns beinahe von den Beinen. Luceriel zog mich zu sich, als einige große Felsen auf uns herabstürzten. Er hielt seinen goldenen Stab über uns und formte so einen Schutzschirm. Als das Beben aufgehört hatte, erkannten wir, dass sich ein Spalt an der gegenüberliegenden Wand gebildet hatte. Er war gerade so breit, dass wir hindurchpassten. Wir blickten uns an und waren uns beide einig, dass der Weg uns zur dritten und letzten Aufgabe führen würde. Luceriel ging voraus und leuchtete uns mit seinem Stab den Weg. Er ließ meine Hand nicht los und drückte sie immer wieder sanft. Plötzlich kamen wir in einen kleinen Raum, der mit Fackeln an der Wand beleuchtet war. Dort wartete Jesus auf uns. Er sagte, wir hätten die zweite Prüfung gut gemeistert und müssten uns nun noch einer Dritten unterziehen. Er erklärte, wir sollten durch den Gang hinter ihm weitergehen, um ins Freie zu gelangen. Dazwischen lag eine Höhle, in der ein Drachen lebte. In dem Felsen, den er bewachte, wäre eine Einkerbung. Dorthinein müssten wir den Edelstein stecken, den wir gerade geholt hatten. Aber wir sollten uns vorsehen. Das Wesen hatte sehr schlechte Laune. Mir kam das merkwürdig vor, denn eigentlich waren Drachen sanfte Geschöpfe, auch wenn oft etwas anderes behauptet wurde. Es musste also irgendetwas passiert sein, wodurch er so reagierte. Ich hoffte inständig, dass es nichts mit der negativen Energie zu tun hatte, und wollte von Jesus wissen, ob er eine Ahnung hätte, was mit ihm los war. Als ich aber meinen Blick zu der Stelle an der er stand, zurückführte, war der Messias bereits verschwunden. Luceriel ging voraus durch den Spalt und fasste meine Hand wieder. In den Wänden steckten grüne Edelsteine und leuchteten uns den Weg. Als ein röhrendes Brüllen durch den Gang hallte, umklammerte der Erzengel reflexartig sein Schwert. Er sagte, ich solle hinter ihm bleiben. Nach wenigen Metern endete der Pfad an einem Durchbruch. Luceriel zog seine Waffe und stürzte hinein. Im Inneren befand sich ein großer Raum mit sieben golden leuchtenden Steinen in den Wänden. Vorne in der Mitte lag ein Felsen gebettet, auf dem ein roter Drache saß, der uns aus voller Kehle anbrüllte. Luceriel zückte sein Schwert und drohte dem Wesen mit einem Hieb. Der Drache fauchte laut auf und stürzte auf ihn los. Ich bemerkte allerdings das etwas mit seinem Flügel nicht stimmte. Er knickte immer wieder ab und das Tier konnte sich auch nur für kurze Zeit in der Luft halten. Luceriel verpasste ihm einen Hieb mit dem Schwert, doch prallte er an seinem harten Schuppenkleid ab. Das Wesen rieb sich kurz mit seiner Klaue über die Stelle, dann stürzte er erneut auf ihn zu. Dieses Mal, sah ich etwas in seinem Flügel aufblitzen. Ich sagte Luceriel, er solle seine Angriffe einstellen, ich würde versuchen, mit ihm zu reden. Der Erzengel war nicht begeistert von der Idee und behauptete, man könne mit diesem Wesen nicht sprechen, es wäre zu wütend. Ich widersprach ihm jedoch und beharrte darauf, dass ich es versuchen wollte. Ich stellte mich selbstbewusst vor ihm hin und begann mit dem Drachen zu sprechen. Ich sagte ihm, wer ich bin, dass ich die Sprache der Tiere verstehen würde und ich spürte, dass ihm etwas Schmerzen bereitete. Zuerst brüllte er mich an, doch dann hielt er inne und sagte, einer der Diamanten in der Decke hätte sich gelöst, als er geschlafen habe, und wäre auf ihn gestürzt. Er hätte sich in seinen Flügel gebohrt. Ich fragte ihn, ob ich es mir ansehen dürfte. Zuerst war er skeptisch, doch dann faltete er seine Schwinge auf. Der Diamant steckte noch in den Schuppen fest. Es gab nicht viel, was einen Drachen ernsthaft verletzten konnte, aber Diamant war eines davon. Der Stein funkelte in einem mystischen Rot. Ich sagte ihm, ich könnte ihm helfen, da ich die Gabe der Heilung hatte. Allerdings müsste Luceriel zuerst den Stein entfernen, den ich wusste nicht, ob er gefahrlos angefasst werden könnte. Der Drache war nicht begeistert von der Idee, denn der Erzengel hatte ihn zuvor einfach attackiert. Ich konnte ihn allerdings davon überzeugen, dass er nur aus Unsicherheit gehandelt hatte, und schließlich stimmte er meinem Angebot zu. Die Eigenenergie des Wesens, hatte sich auf den Stein übertragen, der dadurch sehr viel Macht bekommen hatte. Luceriel leitete die Energien zu dem Geschöpf zurück und entfernte anschließend den Stein aus seinem Flügel. Er fauchte kurz auf, als er ihn herauszog, doch dann war es geschafft. Nun musste ich noch seine Wunde verschließen. Ich tat mein Bestes und am Ende, war die Stelle beinahe wieder wie neu. Der Drache bedankte sich und fragte, ob er etwas für uns tun könnte. Ich zeigte ihm den Stein, den wir gehoben hatten, und sagte ihm, wir müssten ihn dort vorne in den Felsen setzen. Der Drache war fasziniert von dem hell leuchtenden Diamanten und gab mir die Erlaubnis ihn einzusetzen. Als er an der richtigen Stelle war, erbebte der Berg heftig und ein neuer Spalt entstand an der hinteren Wand. Wir zwängten uns durch einen weiteren schmalen Gang, der daran anschloss, und kamen dann auf einer bunt blühenden Wiese am Fuße des Felsens wieder heraus. Dort erstrahlte ein Portal, in das wir eintraten und das uns sogleich zurück in die Himmel beförderte.

Als wir angekommen waren, eröffnete uns Jesus, dass wir bestanden hätten und bald unsere gemeinsame Aufgabe annehmen sollten. Bis es aber soweit war, standen noch ein paar andere Aufträge an.

Litturenah

Mein nächster Auftrag führte mich nach Littu-renah. Eine Welt, die in der Gartox-Dimension liegt. Sie ist eine rein geistige Welt und weist eine Besonderheit auf: Durch die hochenergetischen Energien, die dort hindurchfließen, entstehen Spannungen. Entladen sich diese, kann man Blitz-lichter wahrnehmen, die unterschiedliche Töne von sich geben. Litturenah wird deswegen auch als die Welt der singenden Lichter bezeichnet. Auf ihr leben keine Wesenheiten, aber sie ist gut besucht.

Durch den Einfluss der negativen Energien hatte sich auch diese Welt grundlegend verändert. Die sonst so lieblichen Klänge wandelten sich in grauenvoll verzerrte Laute, die bis weit in die Dimension hinaus zu hören waren. Die Wesenhei-ten, die auf den umliegenden Welten lebten, fühl-ten sich dadurch erheblich gestört.

Meine Aufgabe war es nun, die Hauptquellen dieser Laute ausfindig zu machen und sie zu dokumentieren. Raphael würde sich dann darum kümmern.

Es gab allerdings noch ein weiteres Problem: Durch die negativen Energien hatten sich die anderen Welten in dieser Dimension ebenfalls verändert. Einige der Wesen waren bösartig geworden. Die Klänge nun, die aus Litturenah zu hören waren, versetzten manche der Geschöpfe in regelrechte Raserei. Sie gefährdeten sich selbst und andere, was man so schnell wie möglich abstellen musste.

Da es in dieser Welt ungeheuer laut war, stattete Gott mich mit einem passenden Gehörschutz aus. Die speziellen Ohrschützer würden die Klänge abfangen und und sie abschwächen. Sie waren innen mit weichem Stoff ausgekleidet, was das Tragen durchaus annehmbar machte. Der graue Metallbügel war verstellbar, sodass sie optimal anpassbar waren.

Jesus begleitete mich auf meiner Reise, denn ich sollte auch von dieser Welt die Informationen aus dem Kern auslesen und in einen Diamanten hochladen.

Da es eine rein geistige Welt war, reisten wir natürlich in feinstofflicher Form dorthin.

Jesus erklärte mir, dass bei rein geistigen Welten der Kern einfacher zu finden sei, als wenn sie sich materialisieren konnten. Dies stellte sich als wahr heraus. Es dauerte nur eine kurze Zeit, bis ich den Kern ausgemacht hatte. Allerdings musste ich zuerst eine oberflächliche Analyse durchführen, um die Punkte zu bestimmen, welche die schrecklichen Töne verursachten, ehe ich den Kern auslesen konnte. Dies gelang mir sehr schnell. Ich fand auf der ganzen Welt 64 Quellen, die für die Klänge verantwortlich waren und immer wieder Funken sprühten. Ich schrieb die genauen Punkte nieder und Jesus setzte dort energetische Markierungen, damit Raphael die Stellen rasch finden konnte. Nun gab es nur noch eines zu tun: das Auslesen des Weltenkerns. Es funktionierte alles ganz gut. Zumindest solange, bis ich versuchte, die Information aus dem Kern abzuspeichern. Die heulenden Klänge nahmen plötzlich extrem zu und es entstand ein ohrenbetäubendes Kreischen. Die Energien schienen sich dagegen zu wehren, dass ich den Kern auslesen wollte. Der Gehörschutz, den ich bekommen hatte, hielt nicht mehr stand und ein schrecklicher Schmerz schoss durch meinen Kopf, als die grauenvollen Klänge in meinen Gehörgang einbrachen. Jesus reagierte sofort und errichtete einen schützenden Kreis um uns herum. Die Gesänge prallten wie an einer Mauer daran ab und alle Geräusche rund herum wurden dumpf. Ich rieb über meine Ohren, als der Schmerz in meinem Kopf endlich nachließ. Der Messias sagte mir, ich solle meine Aufgabe nun fortführen, was ich auch tat. Dieses Mal funktionierte alles und wir konnten wenig später in die Himmel zurückkehren.

In Jesus Haus angekommen, leitete ich die Informationen aus Litturenah in einen weiteren Diamanten, der von dem Messias in ein neues Kästchen gelegt wurde. Auch wenn der Auftrag gefährlich und sehr anstrengend gewesen war, hatte er mir gutgetan, denn er lenkte mich davon ab über das nachzudenken, was ich mit Luceriel während der Prüfungen auf Mittibecah erlebt hatte. Ich hatte nochmals nachgefragt, um welchen gemeinsamen Auftrag es sich genau handelte, aber Jesus sagte mir nur, dass es mit der neuen Dimension zu tun hatte, die Gott erschaffen würde.

Der Messias bemerkte wohl, dass ich über die ganze Sache erneut nachdachte, denn er sprach mich an und sagte, dass ich sehr bald mehr erfahren würde. Gott würde mit mir sprechen wollen und ich sollte im Tempel erscheinen.

Ein mulmiges Gefühl schlich sich in meine Glieder. Irgendetwas sagte mir, dass etwas sehr Großes bevorstand.

Als ich mit Jesus zusammen den Tempel erreicht und mit Gott gesprochen hatte, sollte sich meine Vermutung bestätigen: Er schickte mich nach Axur, meine Schicksalsinsel. Im nächsten Kapitel werde ich ausführlicher über meinen Besuch dort berichten.

Axur

Axur ist keine Welt in dem klassischen Sinne, die in einer Dimension liegt, sondern sie ist eine der Schicksalsinseln die in den Himmeln existieren. Ich führe sie hier extra auf, den sie sind sehr eigen und haben eine wichtige Funktion.

Schicksalsinseln verbergen Prophezeiungen von bestimmten Wesenheiten und entstehen aufgrund des Wandels des entsprechenden Wesens. Axur wurde bei meiner Erschaffung geschaffen und ihre Beschaffenheit entspricht meinem Wesen und meinem Leben. In ihr verborgen, liegt die Prophezeiungen, die mein Leben betreffen. Sie wurden von Gott selbst dort hinterlegt.

Schicksalsinseln können nur von demjenigen gefunden werden, den sie gehören und dessen Prophezeiungen dort versiegelt sind.

Axur ist meine Schicksalsinsel. Sie ist westlich des Ufers, das sich am Waldrand in der Nähe des Tempels befindet zu finden.

Ich musste alleine dorthin aufbrechen. Nur eine kleine Hilfe war mir erlaubt. Als ich den Tempel verlies wartete auf dem großen Versammlungsplatz ein Esmoran, das freudig wieherte. Ich tätschelte seine Nüstern und flüsterte ihm zu, dass es den Weg kennen würde. Es war ein treuer Freund und hatte mich schon öfter nach Axur begleitet. Das Pferdewesen stampfte mit den Hufen, dann ließ es sich nieder, damit ich auf seinem Rücken platznehmen konnte. Als ich mich bereitgemacht hatte, brausten wir in Windeseile davon. Sein leuchtender Körper verschmolz mit dem Licht des Himmels und wir waren beinahe unsichtbar als wir über die traumhaften Wiesen und Wälder dahinflogen.

Esmorane sind wahnsinnig schnell und können sich mit dem Wind und dem Licht bewegen. Ihre pferdeähnliche Gestalt scheint wie Licht und sie können Flügel ausbilden, die sie aber nur erscheinen lassen, wenn sie in die Lüfte aufsteigen. Die Tierwesen werden von den Engeln als zuverlässige Reittiere eingesetzt.

Wir benötigten nicht lange, um Axur zu erreichen. Die Insel ist nur für mich sichtbar oder jene, denen ich mein Wissen weitergebe. Das Esmoran und ich waren eng befreundet, deswegen hatte ich ihm gezeigt, wo sich Axur befand. Es war ihm allerdings dennoch nicht möglich, ohne mich dorthinzugelangen. Die Insel zeigt sich nur, wenn sie denjenigen spürt, aus dessen Energien sie geschaffen wurde.

Das Esmoran landete an dem weißen Sandstrand der Insel. Ich kletterte von seinem Rücken und bedankte mich bei ihm, indem ich seine Nüstern tätschelte. Es legte sich auf den Boden und sagte, es würde auf mich warten. Hinter uns befand sich eine große Höhle. Dort drinnen würde Gott mich erwarten. Ich betrat den Vorraum und wurde sogleich von drei katzenartigen Wesen begrüßt. Ihr Name ist Vurome und sie wachten über diesen Ort. Sie kannten mich bereits und schnurrten um meine Beine herum. Plötzlich durchdrang Gottes Stimme mein Herz. Er sagte, ich solle in die Mitte des Raumes gehen. Dort angekommen, leuchtete ein Zeichen auf den Boden auf. Es war eine nach oben geöffnete Sichel, die in einem nach unten zeigenden Pfeil saß. Gott sagte zu mir, ich solle mein Siegel dorthineinsetzen. Ich tat, was er verlangte, doch dann begann der Boden zu beben. Erschrocken sprang ich zurück. Vor mir öffnete sich eine Bodenplatte und ein steinerner Sockel fuhr daraus hervor. Auf ihm gebetet befand sich eine Truhe. Gott gab mir die Wörter ein, die ich brauchte, um das silberne Schloss zu öffnen. Als sich die Kiste entriegelt hatte, klappte ich den schweren Deckel nach hinten. Aus ihr heraus schwebten zwei Kugeln, die ich schon einmal gesehen hatte. Es waren eine silberne und eine goldene Lichtkugel. Dieselben Gebilde waren um das Modell der neuen Dimension auf Luxenricah gekreist, die Gott erschaffen wollte. Die Kugeln umkreisten und verbanden sich, trennten sich wieder, nur um am Ende erneut miteinander zu verschmelzen.

Ich fragte Gott, was das zu bedeuten hatte. Er sagte mir, dass dies der Verlauf der beiden Lichter sei, die in der neuen Dimension existieren würden. Die Kugeln begannen daraufhin ihren Lauf wieder von vorn. Gott sagte, sie würden über die Galaxie wachen und sie führen und lehren. Sie würden eine Zeit lang einen gewissen Abstand zueinander halten, aber am Ende würden sie sich vereinen und daraus etwas Neues entstehen. Vorher jedoch würden sie sich gegenüberstehen und gegeneinander arbeiten.

Das Kleinere der Lichter schwebte plötzlich auf mich zu und blieb kurz vor meiner Brust stehen. Gott fragte mich, ob ich bereit wäre, meine neue

Aufgabe anzunehmen. Mein Herzschlag beschleunigte sich deutlich, doch ich sagte zu. Tief in mir spürte ich, dass es so sein sollte und richtig war.

Die Lichtkugel verschwand daraufhin in meiner Brust und ein warmes Gefühl durchzog meinen Leib. Gott sagte mir, dass ich nun zurückkehren sollte, es würde eine weitere Aufgabe auf mich warten.

Ich bedankte und verneigte mich, dann kehrte ich zum Höhleneingang zurück. Das Esmoran hatte wie angegeben, am Strand auf mich gewartet und fragte neugierig, was in der Höhle passiert war. Ich erwiderte nur, dass ich eine neue wichtige Aufgabe bekommen hätte, aber noch nicht genau wüsste, um was es sich handelte. Das Esmoran war ebenso verwirrt wie ich, jedoch hatte ich das Gefühl, dass diese Begebenheit nicht unbekannt für es war. Ich sagte ihm, dass ich zurück zum Festland musste, und wir machten uns auf den Weg. Als wir allerdings über das Meer flogen, entdeckte ich, dass sich dort eine weitere Insel zeigte, die nicht weit von Axur entfernt lag. Wie ungewöhnlich. Die Inseln, die hier lagen, konnten nur von dem gesehen und besucht werden dem sie betrafen.

Ich vernahm plötzlich Gottes Stimme in meinem Herzen und er sagte mir, ich solle dorthinfliegen. Ich war zuerst verwirrt und erwiderte, dass er mir gesagt hatte, ich hätte noch eine Aufgabe. Er bejahte dies und eröffnete mir dann, das mein erster Auftrag mich dorthinführen würde. Ich sagte also dem Esmoran Bescheid und wir nahmen Kurs auf die Insel.

Xyn

Ich stieg vorsichtig von dem Rücken des Esmoran und blickte mich auf der Insel um. Sie ähnelte Axur sehr, nur dass sie um einiges größer war. Ich erblickte vor mir eine Höhle mit einem breiten Eingang. Ich zögerte, dort hineinzugehen. Es war nicht meine Insel und man konnte nie wissen, welche Schutzmechanismen es gab. Immerhin richteten sich diese immer nach dem Wesen, dem die Insel gehörte.

Ich erschrak heftig, als ich plötzlich angesprochen wurde. Mein Herz setzte kurz aus. Es war Luceriel der hinter mir stand. Seine Augen strahlten tiefe Verwunderung aus und er fragte mich, was ich hier tun würde. Es geschah nicht oft, dass mir die Worte fehlten, doch in diesem Moment wusste ich nicht im Geringsten, was ich sagen sollte. Ich zuckte nur hilflos mit den Schultern und sagte, ich wisse es nicht. Er zog eine Augenbraue nach oben, dann lächelte er und bot mir seinen Arm an, um mich in die Höhle zu führen. Ich zögerte aber und erwiderte, dass wir nicht einfach die Insel von jemand betreten könnten. Wir wüssten ja gar nicht, welche Gefahren dort lauerten, außerdem gehöre sich das nicht. Luceriel grinste nur und sagte, dass er den Inhaber sehr gut kenne und das kein Problem darstellen würde. Ich zögerte noch immer, aber Gott flüsterte mir ins Herz, ich solle mit ihm gehen.

Ich ergriff also seinen Arm und ließ mich von ihm in die Höhle führen. In ihrem Innren waren jede Menge unterschiedliche Edelsteine in den Wänden, der Decke und den Boden eingefasst. Zwei blau leuchtende Steine versperrten dort den weiteren Durchgang. Ich kannte sie. Luceriel trug einen sehr Ähnlichen davon auf seinem goldenen Stab. Er nahm sich die Waffe zur Hand und hielt seinen Stein an die Stelle, an der sich die beiden großen Edelstein kreuzten. Mit einem kräftigen Beben wurden sie in die Erde versenkt und gaben den Weg frei. In der Mitte befand sich ein Symbol, ähnlich einem nach oben zeigenden Pfeil, indem ein Kreis mit einem Punkt eingefasst war. Dort blieb Luceriel stehen und sagte etwas in himmlischer Sprache, während er sein Siegel hineinsetzte. Wie zuvor auf meiner Insel öffnete sich eine Platte auf dem Boden und ein steinerner Sims wurde in die Höhe gefahren. Darauf befand sich eine Truhe. Luceriel öffnete das goldene Schloss mit einem Passwort und zwei Lichtkugeln schwebten daraus hervor, nachdem er den Deckel aufgeklappt hatte. Erst jetzt dämmerte mir, was hier gerade passierte: Es war Luceriels Insel Xyn, auf der wir uns hier befanden, und er empfing seine nächste Aufgabe. Und ... Sie ähnelte in erschreckender Weise der, welche ich auf meiner Insel empfangen hatte. Ich hörte nicht, was Gott mit ihm redete, aber ich sah, dass die beiden Lichter die gleichen Manöver vollzogen, wie die Kugeln auf meiner Insel. Luceriels Blick wurde weich, dann traurig, aber am Ende hoffnungsvoll. Die größere, goldene Kugel schwebte auf ihn zu und versank schließlich in seiner Brust. Als alles vorbei war, fasste er meine Hände, und sein Blick wurde liebevoll, was eine kribbelnde Welle der Wärme durch meinen Körper trieb.

Er streichelte meine Finger und sagte mir, dass er sich schon freue, mit mir zu arbeiten. Ich senkte den Blick und antwortete, ich würde mich auch freuen, aber ich wüsste noch nicht, um was es genau ginge. Er lächelte und erklärte, wir würden es bald erfahren. Er streichelte mir über die Wange und sagte, er müsse weiter. Ich hielt ihn jedoch fest und bat ihn, noch kurz zu warten. Die Reaktion ließ seine Augen freudig aufblitzen und er zog mich an sich. Mein Herz machte einen Sprung, als ich in seine hell leuchtenden Augen blickte, die zärtlich über mein Gesicht tasteten. Er sagte mir, dass er mich liebte, dann küsste er mich. Das Kribbeln in meinem Inneren steigerte sich ins Unermessliche. Ich fuhr durch seine Haare und legte meine Arme um seinen Hals. Dann aber erschütterte ein mächtiges Erdbeben die Insel. Wir liefen erschrocken nach draußen und sahen, dass sich ein Steg zwischen Axur und Xyn gebildet hatte. Luceriel zog mich nochmals zu sich und küsste mich, sagte aber dann, er müsse jetzt los. Ich wollte ihn aufhalten, doch im nächsten Moment war er auch schon verschwunden. Total verwirrt von dem eben Erlebten und meinen Gefühlen lief ich am Strand auf und ab. Dann kontaktierte mich Jesus und sagte mir, dass er einen wichtigen Auftrag für mich hätte und ich in den großen Versammlungsraum kommen sollte.

Saronco

Mein nächster Auftrag führte mich nach Saronco. In dieser Zwischenwelt sollte ich einen meiner engsten Freunde und treusten Begleiter über alle Zeiten hinweg kennenlernen. Jesus sagte mir, dass die Ausgänge zu der Zwischenwelt blockiert worden waren, damit sich die negative Energie dort nicht ausbreiten konnte. Allerdings war ein Tierwesen darin gefangen. Eines, das normalerweise in den Himmeln beheimatet war. Es war dort gewesen, um in einer der dort angrenzenden Welten Beeren zu fressen. Es trug den Namen Makural und war sehr scheu. Genau da lag auch das Problem. Es war nicht einfach, es zurück in die Himmel zu bringen. Es war verängstigt, und die immer stärker werdende negative Energie verwirrten das Geschöpf. Außerdem zeigte sich das Wesen nicht jedem, sondern hielt sich versteckt.

Jesus nun, hatte die Idee, dass ich ihm erklären sollte, dass es in das Portal gehen müsse, dass die Engel dort errichtet hatten. Anders würde es nicht mehr nach Hause kommen.

Große Aufregung stieg in mir auf, als ich erfuhr, um welches Wesen es sich handelte. Es war eine Ehre, wenn sich das weißleuchtende Hirschwesen einem zeigte. Es lebte in den Wäldern in den Himmeln und war sehr schreckhaft. Ich hatte es bis zu diesem Zeitpunkt noch nie gesehen. Es wurde als strahlendes Wesen aus Licht beschrieben, das in seinem Geweih Ranken und Blumen trug. Es sollte extrem groß aber sehr sanft sein.

Ich hatte Respekt vor dieser Aufgabe, doch ich freute mich auch darauf.

Als wir auf Saronco ankamen, war die wüstenartige Landschaft leer. Jesus begleitete mich bei meinem Auftrag, gesellte sich aber dann zu der Gruppe von Engeln, die an dem gebauten Portal versuchten das Wesen anzulocken. Ich war erstaunt, doch Jesus meinte, ich sollte alleine versuchen, mit ihm zu sprechen. Dann wär die Wahrscheinlichkeit viel höher das es sich zeigte.

Ich vertraute seiner Einschätzung und startete eine Analyse, um herauszufinden, wo sich das Wesen befand. Sein Energiefluss war nur sehr schwach wahrnehmbar, was mit seiner Fähigkeit zu tun hatte, sich zu verbergen. Allerdings konnte ich es hinter ein paar der wenigen Botamusträucher entdecken. Dies war nicht ungewöhnlich, denn soweit ich informiert war, mochte das Wesen den Geruch der Blüten des Gewächses. Ich sprang zu einem großen Felsen, der sich dort in der Nähe befand, und ging die letzte Strecke zu Fuß, um es nicht zu erschrecken. Als ich einige Meter von den Sträuchern entfernt stand, beschloss ich, es anzusprechen. Es reagierte sofort, allerdings anders als ich gehofft hatte. Es ergriff schnellstens die Flucht und ich musste es wieder ausfindig machen. Ich wiederholte meine Taktik, doch dieses Mal ging ich nicht so nah ran und versuchte es zu beruhigen. Es reagierte jedoch schnell und floh erneut. Das ganze passierte noch zwei weitere Male, doch dann, als ich ihm wieder hinterhergesprungen war, sagte ich ihm gleich, das es in Gefahr war und ich ihm nichts Böses wolle. Es solle nur in das Portal gehen, das die Engel gebaut haben, sonst würde es nicht mehr nach Hause kommen. Ich sagte ihm auch, dass wir uns jetzt zurückziehen würden.

Ich sprang zurück zu Jesus und erzählte ihm, was passiert war. Er nickte und sagte, wir würden zurückgehen und später noch einmal schauen, ob es geklappt hätte.

Es dauerte nach unserer Rückkehr allerdings nicht lange, bis wir Rückmeldung erhielten. Das Wesen war kurz, nachdem wir aufgebrochen waren, in das Portal gegangen und in die Himmel zurückgekehrt. Raphael selbst, hatte am Hologramm die Situation überwacht und es beobachtet. Ich freute mich sehr und beschloss, einen Waldspaziergang zu machen, nachdem der Bericht fertig verfasst war. Als ich in einer Lichtung im Utakuwald saß und ein paar der blauen, ovalen Boruma-Früchte vom Baum herunter angelte, vernahm ich plötzlich ein schrilles Heulen in der Ferne. Ich blickte auf und erkannte ein hell leuchtendes Hirschwesen mit vielen wunderschönen Blumen und Ranken im Geweih. Es war das Makural, das sich bedanken wollte. Ich lächelte ihm kurz zu und im nächsten Augenblick preschte es durch den Wald davon. Seit diesem Moment hatte ich regelmäßig Kontakt zu ihm und mittlerweile sind wir sehr eng miteinander befreundet. Ich kann es streicheln und sogar auf ihm reiten. Es hat mir bei einigen meiner Aufträge geholfen und ist ein treuer und sehr sensibler Begleiter. Es freut mich, dass es mir sein Herz geöffnet hat und wir uns so gut verstehen. Auch Jesus war erfreut über diese

Entwicklung und eröffnete mir, das Makural eine wichtige Aufgabe hatte: er verkörperte nämlich das Gleichgewicht der Natur in den Welten. Je weiter sich das Chaos allerdings ausbreiten würde, desto mehr wäre es in Gefahr. Ich verstand zu damaliger Zeit Jesus Worte noch nicht, spürte jedoch eine zähe Traurigkeit in mir aufsteigen. Er legte mir die Hand auf die Schulter und sagte, es gäbe dafür eine Lösung, die aber in der fernen Zukunft liegen würde. Ich solle mich nun bereitmachen. Er hätte einen neuen wichtigen Auftrag. Von diesem erzählt das folgende Kapitel.

Allaxena

Allaxena ist eine besondere Welt. Sie ist eine geistige Welt mit Möglichkeit der Materialisation und liegt in der Uburs-Dimension. Sie hat eine spezielle Beschaffenheit und wird als Wechselwelt bezeichnet. Das bedeutet, sie kann sich auf mehrere Arten zeigen. Wovon ihre Erscheinung jeweils abhängt, ist schwer zu bestimmen. Es ist deshalb auch sehr gefährlich, sie zu bereisen, da sie jederzeit ihre Form ändern kann.

Ich bin mit Jesus zusammen dorthingereist, denn er brauchte eine sehr genaue Analyse. Seit der Ausbreitung der negativen Energie wechselte die Welt alle paar Sekunden ihre Form und kam nicht mehr zum Stillstand. Wie man sich sicher denken kann, war die Welt unbelebt, denn die stetig ändernden Bedingungen machten es schwierig sich dauerhaft eine Bleibe zu schaffen. Die Landschaft variierte von Blatt und nahrungsreichen Tälern und Wäldern, über seltsame Nebelwüsten ohne festen Grund bis hin zu Oberflächen mit weitläufigen Meeren darauf.

Seit der Kosmos ins Chaos gestürzt worden war, konnte die Beschaffenheit der Welt nicht mehr bestimmt werden, weil sich ihr Aussehen rasend schnell änderte.

Jesus hoffte nun, dass ich mit meiner Analyse eine genauere Bestimmung schaffen konnte. Es gab dabei allerdings ein Problem: Wir würden Probleme haben die Welt zu betreten, denn ich musste mein Energieniveau anpassen, um mich darin zu bewegen. Dies war aber nicht möglich, weil sie ständig ihre Form änderte.

Jesus wäre jedoch nicht Jesus, wenn er nicht auch für dieses Problem eine Lösung gehabt hätte:

Er beschloss, mich in seinen Energiefluss miteinzubinden und eng an meiner Seite zu bleiben. So würde ich mich in der Energie von Jesus bewegen. Das war gut und sehr angenehm, allerdings würde es die Analyse der Welt erheblich erschweren. Immerhin musste ich ja die Energien spüren, um sie zu analysieren. Das ging aber nicht, wenn Jesus mich mit seiner Energie abschirmen würde. Der Messias sagte, wir würden es versuchen, alles andere würde sich ergeben.

Sich auf der Welt fortzubewegen war an sich allein schon eine Herausforderung. Der Untergrund war mal weich, dann hart, im nächsten Moment zur Gänze verschwunden. Jesus versuchte das Energieniveau, um uns herum so stabil wie möglich zu halten, und brachte uns zu einem mittigen Punkt in der Wechselwelt. Er sagte mir, ich solle meine Analyse nun starten und versuchen die Informationen über ihn laufen zu lassen. Er würde die Energien abfangen und ich sollte sie analysieren. Ich hatte das bis jetzt noch nie gemacht und war skeptisch, ob das funktionieren würde. Jesus redete mir allerdings gut zu und so versuchte ich, so gut es ging, die Analyse über ihn laufen zu lassen.

Die Arbeit war mühsam, denn ich musste die Informationen alle separieren. Auch kostete diese Art der Analyse einiges an Zeit. Trotzdem gelang es mir, ein Energieprofil zu erzielen.

Als ich mit Jesus in die Himmel zurückgekehrt war, werteten wir im großen Versammlungsraum das Ergebnis aus. Es stellte sich so dar, dass die Wechselwelt immer bestrebt war, Unregelmäßigkeiten auszugleichen und sich an die Umgebung anzupassen. Da die negative Energie sich weiter verbreitete, strebte sie nach Ausgleich und die Welt wechselte deshalb alle paar Sekunden ihre

Form und war nicht mehr in der Lage die Gestalt über längere Zeit aufrecht zu erhalten.

Jesus sagte, man könnte versuchen, Energien dort einzuspeisen, um sie in gewisser Weise bei der Wandlung und dem Halten des Energieniveaus zu unterstützen. Allerdings merkte er an, dass Allaxena von Grund auf eine energetisch sehr anfällige und instabile Welt war, und die Maßnahme wohl nicht lange erfolgreich sein würde. So bitter die Erkenntnis auch war, aber es gab für diese Welt kein Zurück mehr. Sie war zerstört und stellte durch ihre Beschaffenheit eine große Gefahr für den Kosmos dar, da sie sich zu einer angreifenden Welt entwickeln könnte. Jesus sagte, er würde die Erzengel damit beauftragen, sie im Auge zu behalten.

Für mich war der Auftrag nun vorbei. Ich fragte Jesus dann, ob er Zeit hätte, mit mir zu reden. Die Erlebnisse, die ich mit Luceriel gehabt hatte, beschäftigten mich sehr und ich hoffte, mit ihm ein paar Dinge klären zu können. Jesus fasste meine Hand und sagte, er würde mir etwas zeigen. Wir würden dazu nach Phenophal reisen.

Phenophal

Es war eine Ehre, nach Phenophal zu reisen. Normalerweise besuchte diesen Ort nur Jesus selbst. Er war wie die Schicksalsinseln keine Welt in dem Sinne, sondern eine besondere Gegend, die im dritten Himmel lag. Es wurde gemunkelt, dass Jesus und Gott dort Besprechungen abhielten und der Messias an diesem Platz Informationen von seinem Vater erhielt. Der Ort galt als heilig und lag direkt hinter dem Tempelgebäude.

Mein Herz schlug mir bis zum Hals als wir das silberfarbenen Doppeltor passierten, das in einen wunderschönen Garten führte. Das Licht schien sich hier drinnen noch einmal deutlich zu verstärken und war mit dem in Gottes Tempel vergleichbar. Ich spürte in meinem ganzen Leib, dass Gott an diesem Ort wirkte und präsent war. Diese Gewissheit ließ eine große Ehrfurcht in mir aufsteigen und ich hielt den Kopf dauerhaft gesenkt.

Jesus führte mich zu einer Quelle, aus der etwas wie glänzendes Metall hervorsprudelte. Er kniete sich davor und gab mir ein Zeichen, es ihm gleichzutun. In mir loderte noch immer tiefe Ehrfurcht, weshalb ich mich nur zögerlich setzte.

Jesus nahm meine Hand, dann berührte er die Wasseroberfläche der Quelle. Im selben Moment klarte sie auf und man konnte wie durch eine Öffnung hindurchsehen. Auf der anderen Seite bildete sich eine Szene.

Mein Bauch begann heftig zu kribbeln als ich mich und Luceriel erkannte. Wir saßen zusammen auf einer Decke mitten auf einer blühenden Wiese und lachten.

Jesus sagte, dass wir eine große Aufgabe bekommen hätten. Dann fuhr er mit seiner Hand über die Oberfläche und Luceriel verschwand. Mit gesenktem Blick erklärte er mir, dass es eine große Prüfung geben werde. Eine Bewährungsprobe, die nicht nur für uns, sondern für die ganze Schöpfung eine Rolle spielen werde. Er streichelte meine Hand und sagte, der freie Wille würde bedeuten, dass wir Entscheidungen treffen konnten, die uns nicht guttun. Uns und denjenigen, die wir lieben. Allerdings würde es Zeit brauchen, um zu begreifen, dass diese Entscheidungen schlecht waren und um zu erkennen, was sie anrichten. Jesus sagte, dass schlechte Entscheidungen zuerst gut anmuten können, weil jede Entscheidung mit Veränderung einhergeht. Allerdings wird mit der Zeit ersichtlich, wohin sie führt. Wenn die Entscheidung nicht als schlecht erkannt wird, werden daraus weitere schlechte Entscheidungen folgen, bis die Lage immer schwieriger wird. Erst wenn man erkannt hat, welche Entscheidung es war, die auf diesen Weg führte, kann die Heilung beginnen und man begreift, was wirklich gut ist und was schlecht.

Ich bin mir im Klaren darüber, wie schwierig sich diese Zeilen anhören müssen. Ich habe sie damals ebenowenig verstanden.

Jesus legte mir die Hand auf die Schulter und sagte, dass viele Veränderungen auf uns zukommen würden. Dann strich er mit seiner Hand erneut über die Oberfläche und die Szene änderte sich. Ich sah nun eine Welt. Sie war sehr fruchtbar. Viele unterschiedliche Pflanzen und auch Tierwesen lebten dort verteilt. Es gab riesige Wälder, Seen, Wiesen, Täler und Berge. Außerdem sah ich humanoide Wesen, die miteinander redeten. Interessanterweise waren es zwei unterschiedliche Arten. Eine hatte eine ausgeprägtere Muskulatur und trug Haare im Gesicht, was ich ziemlich amüsant fand. Die andere Art war etwas kleiner und hatte zwei Brüste und breitere Hüften. Außerdem sah ich langes Haar, das über die Schultern des Wesens fiel. Ich betrachtete mein Spiegelbild in einem der Diamanten, die sich an der Quelle befanden. Irgendwie hatte dieses zweite kleinere Wesen eine gewisse Ähnlichkeit mit mir. Das Ganze machte mich sehr neugierig. Es gab sonst keine anderen Geschöpfe, die so aussahen wie ich. Alle anderen humanoiden Wesenheiten egal welcher Art, hatten kräftigere Züge, einen breiteren Rumpf und waren größer. Sollte sich das nun ändern? Auf zwei hohen Bergen, die alles andere in der Welt überragten und sich gegenüberstanden, erkannte ich Luceriel und mich. Wir blickten auf die Welt hinunter und beobachteten das Treiben dort. Dann wischte Jesus erneut über die Fläche und ließ mich nochmals darauf blicken. Mein Blut gefror beinahe vor Entsetzen:

Die Beschaffenheit der Welt und auch der Dimension, in der sie lag, hatte sich verändert. Sie war in eine andere Ebene gefallen. In die Letzte, die existierte: die Physische. Dadurch wurde alles schwer und eine Wandlung in die geistige Ebene war nicht mehr möglich. Auf der Welt herrschte Geschrei und Verwüstung. Die Lebewesen, die dort lebten, attackierten sich mit seltsamen Geräten. Feuer, Erdbeben und Gewitter wüteten. Die Meere waren rot gefärbt und tote Körper trieben darauf. Ich begann heftig zu zittern und hielt mir mit einem lauten Schrei die Hände vor die Augen und flehte, es möge aufhören.

Jesus strich dann ein weiteres Mal mit seiner Hand über die Oberfläche und die Szene verlor sich. Er nahm mich in den Arm, um mich zu beruhigen, doch die Bilder hatten sich in meinem Kopf festgesetzt. Ich fragte ihn, was das gewesen war. Er erklärte, dass dies die Folgen von Entscheidungen sind, die getroffen wurden und noch getroffen werden. Eine tiefe Furcht steig in meine Glieder auf. Ich fragte ihn, ob es keine Möglichkeit gäbe, das abzuwenden, doch er erwiderte, dass es so geschehen müsse. Die Weichen wären bereits gestellt und es war unausweichlich, damit das, was nach der Heilung kommen würde, dauerhaft sein könnte. Ich fragte, ob es nach diesem ganzen Grauen wirklich eine Heilung geben werde. Jesus lächelte und sagte ja. Es würde eine lange Zeit des Leidens und der Lehre vorausgehen, aber all das Leid würde zur Heilung und zur dauerhaften Liebe führen.

Diese Worte beruhigten mich etwas, obwohl ich nach wie vor die schrecklichen Szenen nicht ablegen konnte.

Jesus drückte mich fest und sagte dann, ich solle mich etwas ausruhen. Er würde mich später abholen um mich auf meine neue Aufgabe, vorzubereiten.

Wicizenka

Einige Zeit nach dem Besuch in Phenophal, klopfte Jesus wie angekündigt an meine Tür. Er begrüßte mich mit einem Lächeln und eröffnete mir, dass unser nächstens Ziel Wicizenka sein sollte. Ich war gleichsam aufgeregt wie erstaunt, weil es sich dabei um eine Welt handelte, die in erster Linie zum Trainieren genutzt wurde.

Jesus sagte, es wäre nun an der Zeit, dass ich auf meine zukünftige Aufgabe in der neuen Galaxie vorbereitet wurde. Ich war gespannt und wir machten uns sogleich auf den Weg.

Diese Welt war eine der Ersten, die von den Erzengeln abgesichert worden war, als die negative Energie begann sich zu verbreiten. Die Barrieren waren stark und bis zu diesem Zeitpunkt hielten sie stand.

Sie war mehr eine große Insel als eine Welt und lag nicht weit von den Himmeln entfernt in einer eigenen Dimension. Dort befanden sich unterschiedliche Areale, in denen meistens ein bestimmtes Element vorherrschte.

Ich machte mich mit Jesus auf den Weg in das Areal Nummer 3, indem in erster Linie das Element Erde vorherrschte. Die Landschaft war kahl und der Boden hart. Einzelne Felsen ragten dort empor.

Mir wurde ein bisschen mulmig zumute. Was hatte Jesus vor, dass mich mein Training hierherbringen sollte?

Er spürte in diesem Moment wie so oft meine Bedenken und legte mir die Hand auf die Schulter. Er sagte, ich müsse mir keine Sorgen machen. Wir wären in erster Linie hier, weil wir viel Platz bräuchten. Zu meiner Überraschung gab er mir dann die Anweisung, mich auf den Boden zu setzen. Ich war verwirrt, da ich damit gerechnet hatte, kämpfen zu müssen. Jesus aber schüttelte den Kopf und sagte mir, mein Training wäre heute anderer Art. Er setzte sich zu mir und streckte mir die Hände entgegen. Ich nahm sie auf, dann erklärte er, ich würde gleich in unterschiedliche Situationen versetzt werden und müsse darauf reagieren. Für den Anfang hatte er drei verschiedene Szenarien ausgewählt.

Ich kannte diese Art von Training noch nicht und war sehr aufgeregt, nickte aber trotzdem.

Bald darauf veränderte sich die Umgebung um uns herum. Meterhohe Bäume mit spitzen Nadeln brachen aus dem Erdboden hervor. Der Wald war bald so dicht, dass beinahe kein Licht mehr hindurchdrang. Plötzlich drang ein Wimmern an meine Ohren. Ich blickte mich um und entdeckte ein kleines humanoides Wesen auf der Erde. Es war nicht einmal halb so groß wie ich und trug eine schmutzige schwarze Hose und ein löchriges rotes Hemd. Die braunen Haare waren zerzaust und das Gesicht gerötet und geschwollen. Es weinte und rief immer wieder Mama. Plötzlich hörte ich seltsame Knallgeräusche aus der Ferne und das Wesen begann zu schreien. Vor uns erstreckte sich der düstere Wald und hinter uns bebte die Erde. Das kleine Geschöpf weinte immer mehr und der Krach um uns herum nahm zu. Plötzlich erkannte ich hinter uns ein riesiges Gefährt mit Ketten, das mit hoher Geschwindigkeit auf ins zu donnerte. Ich überlegte nicht lange. Ich stürzte auf das kleine Wesen zu, packte es und lief, so schnell ich konnte, in den Wald hinein. Das Geschöpf schrie und weinte weiter, doch ich drückte es fest an mich und versuchte, es mit meiner Stimme zu beruhigen. Als das monströse

Gefährt abdrehte, lief ich noch ein paar Meter weiter, dann blickte ich das kleine Wesen an und streichelte ihm über den Kopf. Es sagte immer wieder es wolle zu seiner Mama, doch ich wusste nicht, was es damit meinte. Es zeigte in eine Richtung und sagte dann, das seine Eltern dorthin gelaufen sein, aber es wäre gestolpert und hingefallen und dadurch hätte es den Anschluss verloren. Es sagte nochmals es wolle zu seinen Eltern und begann wieder zu weinen. Ich wusste noch immer nicht, was es genau mit Eltern meinte, aber ich hatte verstanden, dass es sich wohl dabei um seine Art handeln musste. Ich nahm es auf und sagte zu ihm, ich würde es dorthinbringen, und es müsse nicht mehr weinen, es würde alles gut werden. Es schniefte und antwortete mir, dass es Angst habe. Ich fragte es, ob es Lust hätte, mit mir zu singen, das würde mir helfen, wenn es mir nicht gut ginge. Es wusste wohl nicht, was ich wollte, also fing ich an zu singen. Nach einiger Zeit sang das kleine Wesen mit mir und ich trug es ein ganzes Stück durch den Wald. Plötzlich vernahm ich Stimmen, die mir einen Schreck einjagten, doch das kleine Wesen stieß einen Freudenschrei aus und schrie aus Leibeskräften wieder den Namen Mama. Ich setzte es ab und sah in der Ferne zwei Wesen in dem Wald umherstreifen, die der Gestalt des kleinen Geschöpfs sehr ähnlich waren. Allerdings waren sie um einiges größer und ich erkannte, dass sie verschiedenartig waren. Sie erinnerten mich an die Art der beiden Gestalten, die ich in der neuen Welt gesehen hatte, die Jesus mir gezeigt hatte. Auch hier war eines kleiner und hatte lange Haare, zwei Brüste und eher breite Hüften, während das zweite breite Schultern, ausgeprägte Muskeln und diese lustigen Haare im Gesicht hatte. Die zwei umarmten das kleine Wesen und liefen mit ihm in die tiefe des Waldes hinein. Kaum hatte ich sie aus dem Blickfeld verloren, verschwanden die Konturen der Landschaft und ich saß mit Jesus wieder auf dem felsigen Plateau. Ich fragte ihn, was das gewesen war, und er erklärte mir, dass ich gerade die Hauptbewohner der neuen Welt kennengelernt hatte. Oder das, was aus ihnen werden würde. Ich fragte ihn, ob es sich um unterschiedliche Arten handeln würde, da sie so verschieden aber doch irgendwie vergleichbar aussahen. Ich merkte auch zögerlich an, dass eines davon meiner Gestalt sehr ähnlich gewesen war, und wollte wissen, was es damit auf sich hatte. Jesus lächelte und sagte mir, dass dies mit einer besonderen Eigenheit zu tun hatte. Etwas, das Gott geplant hatte, aber noch nicht eingetreten ist. Ich war verwirrt und fragte ihn, wie er das meine, doch er sagte, es gäbe zuerst weitere Situationen die auf mich warten würden.

Im nächsten Moment, begann die Umgebung sich wieder zu verformen und ich fand mich inmitten einer Stadt in einer großen Menge wieder. Nebenan verliefen geteerte Wege, auf denen seltsame Kugeln umher düsten. Links und rechts ragten große Wolkenkratzer in den Himmel und merkwürdige Laternen hingen über den Straßen und wechselten die Farben. Wieder sah ich diese zwei Arten von humanoiden Wesen. Auch ein paar Kleinere kamen mir entgegen. Sie waren meist in Gruppen unterwegs und trugen schrille Kleidung in bunten Farben. Ein paar der Wesen, die mir ähnlich sahen, hatten auch Kleider an, so wie ich das von mir selbst kannte. Allerdings waren ihre Gesichter seltsam angemalt und sie wirkten alle sehr künstlich, fast wie Puppen. Die Wesen hetzten an mir vorbei und schienen mich nicht zu beachten. Einige starrten auf rechteckige

Kästen mit Bildschirmen, die sie in den Händen hielten und hatten irgendwelche merkwürdigen Pfropfen in den Ohren. Ich sah eine der größeren maskulinen Gestalten an der Straßenecke stehen. Es hatte etwas in der Hand, das wie eine Zeitung aussah, nur dass sich darin nichts bewegte, so wie ich das aus den Himmeln kannte, sondern alles starr blieb. Ich stellte mich neben es und fragte, was es denn Neues gäbe. Sein Blick traf mich wie ein Schlag ins Gesicht. Es schimpfte, dass ich es in Ruhe lassen und nicht nerven solle und mir doch gefälligst selber etwas kaufen soll, wenn ich es wissen will. Außerdem bezeichnete es mich als Hexe und drehte sich dann weg. Ich war total überfahren von der Situation und fühlte mich wie geschlagen. Ich hatte ihm doch nur eine Frage gestellt. Auf der anderen Straßenseite in einem schmutzigen Hauseingang fiel mir dann plötzlich etwas anderes ins Auge: Es war eine große Gestalt, mit einem weißen Gewand, die hell leuchtete und zwei bauschige Flügel besaß. Das war definitiv ein Engel! Ich lief auf ihn zu, um ihn zu begrüßen, doch er warf mir nur einen kalten Blick zu und ging kommentarlos weiter. Einige der humanoiden Wesen blickten mich seltsam an und sagten, ich wäre ein verrücktes Weib. Ich wusste nicht, was das heißen sollte, aber ich spürte, dass es nichts Gutes zu bedeuten hatte. In dieser Welt herrschte eine eisige Stimmung. Ich beobachtete die Wesen untereinander und stellte fest, dass sie sehr herzlos miteinander umgingen. Ich ging die Straße entlang und erblickte eines der Geschöpfe, das dort am Straßenrand hockte und nur einen dünnen Mantel trug. Ich wollte zu ihm gehen, doch da entdeckte ich zwei weitere Wesen, die ich noch nie zuvor gesehen hatte. Sie waren groß und scheinend wie Engel hatten aber auch etwas von den anderen humanoiden Wesen an sich. Zwei davon packten das kauernde Geschöpf und brachten es weg. Wie schön dachte ich, es gibt doch noch etwas Herzlichkeit in dieser Welt. Dann aber wechselte die Szene. Ich sah die zwei Wesen wie sie das andere, kleinere Geschöpf in eine Kammer mit weißen Wänden führten. Dort wartete ein Mann mit Kittel, der ihm eine Spritze verpasste, woraufhin es erschlaffte und weggeschleift wurde. Ich hielt mir vor Entsetzen die Augen zu, dann lösten sich die Konturen auf und ich saß Jesus wieder gegenüber. Mir liefen die Tränen über die Wange und ich fragte ihn, was dort gerade passiert war. Er sagte mir, dass in der neuen Welt, die erschaffen werden sollte, etwas die Kontrolle übernehmen würde, das uns jetzt noch unbekannt ist. Er streichelte mir über die Wange und sagte, ich hätte eine letzte Situation vor mir. Ich hatte Angst aufgrund dessen, was mir bisher widerfahren war, doch ich gab Jesus wieder meine Hände, in dem Vertrauen, dass es wichtig war, das alles zu erleben.

Kaum berührten sich unsere Finger, änderte sich die Umgebung erneut. Dieses Mal war ich in einem Zimmer und offenbar allein. Ich saß auf einem Stuhl und vor mir befand sich ein seltsames rechteckiges Objekt. Ich blickte darauf und sah ein großes Display. Es zeigte mein Bild, was mich zuerst erschrecken ließ. Bei genauerer Betrachtung stellte ich fest, dass in diesem Ding wohl eine Kamera verbaut war. Die Oberfläche war durch Berührung zu bedienen, ähnlich wie ich das bei den Hologrammen in den Himmeln kannte. Ich drückte auf den einzigen Knopf auf der rechten Seite und die Kamera begann aufzuzeichnen. Ich spürte wie der Geist Gottes mich durchströmte und fing an, über Gott und Jesus zu reden und ein Lied zu singen. Dann änderte sich die Szene erneut und ich saß vor einem großen Bildschirm. Zu meinem Schreck lief dort das Video, das ich aufgenommen hatte und darunter erschienen Schriftleisten und Videos von anderen, die sich über das, was ich sagte, lustig machten und mich sogar beleidigten. Ich begann zu weinen, dann wurde ich zu Jesus zurückgebracht. Ich fiel in seine Arme und weinte. Ich fühlte mich angegriffen, schlecht behandelt und zerrissen. Ich fragte Jesus, was das gewesen war, und er erklärte mir, dass dies eines von vielen Probleme wäre, mit dem ich in ferner Zukunft konfrontiert sein würde. Ich fragte Jesus, was meine Aufgabe sein würde und er sagte, er würde es mir offenbaren, wenn ich meine letzte Reise vor dem Antritt meines neuen Auftrags angetreten hätte. Er nahm meine Hand und fuhr über meinen Zeitenring. Wir würden nach Uporuv reisen und danach, so sagte er, würde ich seine Bedeutung verstehen und könnte den wichtigsten und schwierigsten aller meiner Aufträge antreten.

Uporuv

Mein nächster Auftrag sollte mich nach Uporuv führen. Sie war keine Welt, indem Sinne, sondern ein von Gott geschaffener Raum, der jenseits
von der Zeit existiert. In ihm ist es möglich, wenn
man die entsprechenden Fähigkeiten besitzt, in
unterschiedliche Zeitalter zu blicken oder auch
dorthinzureisen. Dazu muss man wissen, dass
Geschehnisse die in der Vergangenheit liegen klar
ersichtlich und nicht änderbar sind, während
Ereignisse in der Zukunft oft von einem trüben
Nebel bedeckt werden. Nur bestimmte Stellen
sind klar sichtbar. Es sind die Ereignisse, die passieren werden, ganz egal wie die Entscheidungen
vorher auch ausfallen. Andere Geschehnisse
hängen an Entscheidungen. Sie sind möglich,
müssen aber nicht eintreten. Es gibt nur wenige
Wesen, denen die Fähigkeit gegeben ist, in der
Zeit zu reisen, denn es bringt eine große Verantwortung mit sich.
Jesus begleitete mich in den Raum. Kaum waren
wir eingetreten und die Türen verschlossen,
begann der fliederfarbene Edelstein in meinem

Ring zu leuchten und der Dunst in seinem Inneren lichtete sich. Jesus sagte, ich soll nun zu den unterschiedlichen Portalen gehen, die sich an Wänden des Raumes befanden. Das Rechte führte in die Vergangenheit und über dem Torbogen thronte ein roter Edelstein. Das Linke konnte einen in die Zukunft schicken und zeigte über den Kreisbogen einen blauen Edelstein. Das an der Wand vor uns leitete in die Gegenwart und man erkannte darüber einen weißen Edelstein. Ich sollte meinen Ring an jeden der Edelsteine halten, dann rief mich Jesus zu sich zurück in die Mitte des Raumes. Der Stein an meinem Zeitenring begann nun schnell zu blicken und ein lilafarbener Nebel bildete sich um uns herum. Plötzlich verschwanden die Wände des Raumes und ein langer , violett leuchtender Fluss wurde sichtbar. Das war der Zeitstrom. Jesus erklärte mir, dass es nun möglich war innerhalb meiner Existenzzeit in der Zeit vor oder zurückzureisen. Ich müsste dabei nur an ein Ereignis denken, wenn ich in die Vergangenheit reisen wollen würde. Oder aber, mich auf die leuchtenden Sterne innerhalb des Stromes konzentrieren, die vor mir lagen, um in die Zukunft zu springen. Allerdings könnte es sein, dass ich bestimmte Dinge nur verschwommen wahrnehmen würde, weil es nicht sicher war, wie es passieren wird. Ich durchstreifte unterschiedliche Erinnerungen in meinem Kopf. Jedes Mal wurde die Szene, an die ich dachte, neben mir auf den Zeitstrom abgebildet. Die vielen Erlebnisse mit Luceriel, die vor meinen Augen vorbeizogen, ließen Tränen über meine Wangen laufen. Wir hatten zusammen Spaziergänge gemacht, Beeren und Früchte geerntet, waren schwimmen gewesen, hatte bei ihm zuhause vor dem Kamin Bücher gelesen und ... Zusammen gepicknickt. Die Erinnerung, in der ich seinen Antrag abgelehnt hatte, tauchte vor mir auf und ließ große Traurigkeit in mir aufsteigen. Wir waren uns so nah. Es war so schön gewesen. Warum musste sich alles nur so entwickeln? Jesus legte mir seine Hand auf die Schulter. Er sagte, dass der Zeitpunkt kommen würde, an dem ich es verstand. Bis dahin musste ich allerdings stark sein. Er zeigte mit seiner Hand auf einige hell leuchtende Punkte und sagte, ich müsste mich nun, auf die zukünftigen Ereignisse konzentrieren. Es gäbe noch etwas, das ich sehen sollte.

Ich fixierte mich auf einen der Lichtpunkte und sogleich erblickte ich eine Szene in dem Strom. Ich sah eine Stadt vor mir und ein großes ovales Luftschiff mit weißen Segeln, das dort darüber flog und auf die Welt feuerte. Ich hörte Schreie und sah, wie riesige Gestalten aus einem nahegelegenen Wald hetzten. Sie trugen Speeren in ihren Händen und waren den Engeln vom Äußeren ähnlich. Nur viel klobiger und nicht so scheinend. Dann erkannte ich humanoide Wesen in Rüstungen, die jedoch unscharf wirkten. Nach einem kurzen Aufleuchten verschwand sie Szene und Jesus hielt meine Hand. Ich spürte eine schreckliche Mattheit in meinen Körper aufsteigen. Der Messias nickte und sagte, dass es sehr anstrengend wäre in der Zeit zu reisen und es für heute genügen würde. Das Nächste, was bevorstand, war der Antritt für meine Aufgabe und die Annahme dessen, was Gott für mich vorgesehen hatte. Der Strom wich allmählich wieder dem Raum der Zeit und der Nebel um uns herum lichtete sich. Jesus brachte mich nach Hause, damit ich mich auf die Aufgabe vorbereiten konnte, die mein ganzes Leben für immer verändern sollte.

Der irdische Auftrag

In diesem Kapitel erzähle ich von den Aufgaben, die ich in der neuen Dimension erhalten habe, die Gott geschaffen hat. Ich werde diese Aufträge etwas unterteilen, weil sie sich von einender unterscheiden aber wichtig sind, um zu verstehen.

Als Erstes möchte ich davon berichten, was passiert ist, nachdem ich Uporuv besucht hatte.

Es herrschte eine große Aufregung in den Himmeln, als wir wieder zurückgekommen waren. Ich fragte Jesus, was los ist. Er antwortete mit freudigem Blick, dass es nun losginge: Gott würde die neue Dimension schaffen. An unterschiedlichen Plätzen in den Himmeln konnte dieser Prozess beobachtet werden.

Ich begab mich in das große Versammlungsgebäude an das Hologramm, denn auch da sollte eine Übertragung stattfinden. Ich bekam relativ weit vorne einen Platz und das, obwohl schon sehr viele Engel dort versammelt waren.

Zuerst sah man nichts außer Finsternis, doch dann durchzog ein Flackern die Dunkelheit. Gott erschuf einige unförmige Kugeln aus buntem Licht, die sich schnell drehten. Daraus formten sich langsam runde Welten, die in unterschiedlichen Farben leuchteten. Zuerst lagen sie alle sehr nah beieinander, doch dann schossen sie auseinander. Einige blieben näher zusammen, aber andere drifteten weit voneinander weg. Zuerst waren es nur hell leuchtende Kugeln und die Energien, aus denen sie bestanden, waren nur grob geordnet. Dann aber begannen die Welten langsam Formen anzunehmen und sich zu festen Kugeln zu bilden. Erst materialisierten sie sich in geistiger Form, so wie ich das von vielen anderen Welten und Dimensionen auch kannte. Es entstanden hüglige Felsenlandschaften und trockene Wüsten. Dann jedoch geschah etwas, was es so zuvor noch nicht gegeben hatte: Die Welten begannen damit, eine physische Form anzunehmen. Die sandigen, trockenen Landschaften wurden von ihrer geistigen, geordneten Form in die physische Form überführt. Ich zählte 18 Welten, die in der Dimension umher kreisten und diese Form aufwiesen. Dann erstrahlte ein riesiges, goldenes Licht in der Mitte der Dimension. Es formte sich zu einer glühenden Kugel und versorgte alle Welten mit Licht. Um diesen Riesen herum sammelten sich weitere kleine Lichter an, die in unterschiedlichen Gruppen um die Welten angeordnet wurden. Ein Teil des großen Lichtes jedoch spaltete sich ab und wurde zu einem kleineren silberfarbenen Licht. Es nahm Kurs auf eine der Welten und begann sie zu umkreisen. Diese eine Welt geriet dann ganz besonders in den Fokus. Sie war nicht die Größte, aber auch nicht die Kleinste in der Dimension. Jesus, der sich zu mir gesellt hatte, sagte, dies würde die Welt werden, die eine zentrale Rolle für den ganzen Kosmos einnehmen sollte. Gespannt starrten wir auf das Hologramm, was weiter passieren würde.

Zuerst ergoss sich ein weitläufiger Ozean über die Welt. Das Wasser war so viel, dass die ganze Kugel damit bedeckt wurde.

Als Nächstes stieg etwas von dem Wasser nach oben und es formten sich Wolken und eine Atmosphäre, die bläulich schimmerte. Durch das Wasser, dass sich oben gesammelt hatte, zeigte sich nun trockenes Land auf der Oberfläche der Welt. Als Nächstes ergossen sich heftige Regenfälle über die Welt und unterschiedliche Pflanzen brachen aus dem Erdreich hervor. Große üppige

Bäume, kleinere Büsche, würzige Kräuter und bunte Blumen nahen das trockene Land ein. Nur einige Berge blieben unbewachsen. Leider war es nicht möglich, durch das Hologramm Gerüche wahrzunehmen. Es musste eine herrliche Süße und Frische in der Luft liegen.

Der nächste Schritt war die Erschaffung von Tierwesen auf der Erde. Unterschiedlichste Energien sammelten sich und formten Wesen mit Hufen und Pfoten, mit Feder, mit Flossen und mit Krabbelbeinen. Sie bevölkerten die ganze Erde an Land, in der Luft, im Wasser, in den Bäumen und unter der Erde. Es waren so viele verschiedene Arten, dass man sie nicht zählen konnte.

Nun aber, sagte Jesus, würde gleich der Hauptschöpfungsakt folgen.

Wieder blickten wir gespannt auf das Hologramm. In der Mitte der Welt pflanzte Gott einen Garten an. Dort ließ er besonders viele Bäume und Sträucher erblühen und legte eine glasklare Quelle an. Dann formte er aus der Erde eine humanoide Gestalt und hauchte ihr Leben ein. Das Wesen erstrahlte in hellem Licht und erwachte. Gott sprach zu dem Geschöpf und sagte: Du bist Adam, der erste, deiner Art. dies war in mehrerlei Hinsicht die Wahrheit, denn das Geschöpf war aus physischer Erde und geistigem Atem erschaffen worden. Deshalb würde es im Stande sein, nicht nur eine geistige geordnete Form anzunehmen, sondern auch eine physische.

In der Zwischenzeit war Luceriel an meine Seite getreten und blickte das Wesen neugierig an.

Gott sagte dann zu Adam, er könne sich in dem Garten frei bewegen und dort leben. Er war sehr geschickt und baute sich eine Hütte. Auch sammelte er einige Früchte und lagerte sie.

Gott schuf in der Zwischenzeit auf den anderen Welten in der Dimension unterschiedliche Landschaften mit Vulkanen, Eiswüsten und einigen Wiesen und Seen jedoch kein weiteres komplexes Leben. Nur die eine Welt sollte artenreich belebt sein. Als Gott diesen Schritt beendet hatte, rief er Adam zu sich. Er sollte sich im Garten niederlegen. Als er einen tiefen Schlaf über ihn gelegt hatte, nahm er einen Teil seines Fleisches und füllte ihn mit einem Teil des Geistes, den er ihm verliehen hatte. Aus einem erst unförmigen Gebilde formte sich plötzlich ein zweites Geschöpf. Mir klappte der Mund auf: Es war kleiner als Adam, hatte breite Hüften, zwei Brüste, lange braune Haare und war von schmalerer Gestalt. Es blinzelte Adam zögerlich an. Dieser nahm seine Hand und begutachtete es.

Gott sagte zu ihm, dies sei seine Frau Eva und er habe die beiden füreinander geschaffen. Er solle für sie sorgen und sie solle ihn unterstützen. Er gab ihnen die Aufgabe, sich um den Garten zu kümmern, und sagte ihnen, dass sie sehr bald von den himmlischen Boten Unterstützung erhalten würden und unterwiesen wurden.

Jesus wandte sich dann an mich und Luceriel und sagte, das würde eine unserer Aufgaben darstellen: Wir sollten die beiden unterrichten. Ich verspürte eine große Freude über diese Nachricht, doch Luceriel wirkte irgendwie unsicher und blickte immer wieder zu den beiden Geschöpfen hinunter.

Ich mochte meine neue Aufgabe. Ich lehrte den beiden einiges über Energien und Zeiten. Sie waren sehr wissbegierig und schlau. Luceriel erklärte ihnen, was es mit den Edelsteinen auf sich hatte, und für was sie benutzt werden konnten. Einige Themen unterrichteten wir auch gemeinsam, was anfangs sehr gut funktionierte. Als es allerdings darum ging, Gott zu vertrauen und sich von ihm Führen zu lassen, drifteten unsere Meinungen sehr weit auseinander und es entbrannte ein heftiger Streit zwischen uns, der sich jedes Mal neu entfachte, wenn das Thema erneut aufkam.

Ich versuchte, so gut es ging, mit ihm auszukommen, doch wir gerieten immer wieder aneinander. Einige der Engel, die ebenfalls unterrichteten, hatten deswegen Bedenken geäußert und wir wurden zu Gott vorgeladen. Wir beschlossen, das Thema jemand anderen zu überlassen, und durften so vorläufig weiter unterrichten. Das zeigte zuerst tatsächlich Wirkung und wir führten unsere Aufgabe fort.

Adam und Eva lernten schnell und schienen sich sehr gut zu verstehen.

Eines Tages dann, entdeckte ich, wie sie zusammen im Gras saßen und sich küssten. Ich freute mich und spürte, wie mein Herz einen Sprung machte. Luceriel tauchte dann hinter mir auf. Ich fragte ihn, ob er das eben auch mitbekommen hatte. Er nickte und nahm meine Hand auf. In seinen Augen lag eine tiefe Sehnsucht. Er sagte, dass es ihm leidtue, dass wir so oft streiten würden und dass er das nicht wolle.

Dann streichelte er mir zärtlich über das Gesicht und versuchte, mich zu küssen. Ich wandte mich jedoch von ihm ab, denn mir gingen unsere Diskussionen durch den Kopf, die wir die letzte Zeit geführt hatten. Ich fand seine Einstellung nicht richtig und ich konnte nicht so tun, als wäre nichts passiert. Er veränderte sich immer mehr und so, wie ich das beurteilen würde, nicht zum Positiven.

Der Sehnsucht in seinen Augen wich Traurigkeit und er versuchte, mich festzuhalten. Ich trat jedoch von ihm zurück und sagte, dass ich das so nicht könnte. Wir könnten unsere Aufgabe zusammen erledigen, aber ich würde im Moment einfach nicht mehr zulassen können. Dieses ständige Hin und Her zwischen uns würde mir nicht guttun und ich bräuchte Abstand. Ich erkannte Tränen in seinen Augen und er fragte mich, ob ich das ernst meinte. Ich spürte, wie der Schmerz in meinem Inneren brannte, doch ich sagte ja und rannte davon. Ich kehrte in die Himmel in mein Haus zurück und weinte. Zu der Zeit hatte ich noch keine Ahnung davon, welche Auswirkungen dieses Gespräch haben sollte.

Einige Zeit später erfuhr ich, dass Gott einen Test durchführen lassen wollte. Ich war verwirrt und wusste noch nichts Genaues darüber, also ging ich zu Jesus und fragte ihn. Er zeigte mir auf seinem Tisch die neu geschaffene Welt mit den beiden Geschöpfen darauf. Sie waren fröhlich und einander sehr zugetan. Jesus deutete auf eine Höhle. Darin waren drei Bücher versteckt. In diesen war Wissen niedergeschrieben, dass die beiden Wesen nicht besitzen durften, weil sie die Zusammenhänge noch nicht verstehen und falsche Schlüsse daraus ziehen würden. Die Aussage verwirrte mich, denn mir war nicht klar, warum dort etwas verborgen war, das nicht offenbar werden durfte. Jesus erklärte mir dann weiter, dass den beiden Wesen gesagt worden war, dass sie diese Bücher nicht lesen sollten, weil sie sonst sterben müssten. Nun ginge es darum, ob sie dem Wort Gottes glauben schenkten und ihm vertrauten oder nicht. Ich beobachtete sie immer wieder und wurde auch weiter zu ihnen geschickt, um sie zu unterrichten. Sie fragten nicht nach den Büchern und schienen sich in keiner Weise dafür zu interessieren was darin stand. Wie schön, dachte ich, sie werden den Test mit Sicherheit bestehen. Dann jedoch erfuhr ich, dass große Aufruhr in der neuen Welt herrschte. Ich eilte wie viele andere an das Hologramm, um einen Blick darauf zu werfen. Kaltes Entsetzen erschütterte meinen Körper: Die wunderschön idyllische Welt war nicht mehr wiederzuerkennen: Es wuchsen Dornen und Disteln aus dem Boden, die Früchte verdarben und die Quelle im Inneren des Gartens war versiegt. Ich hielt Ausschau nach den beiden Geschöpfen. Sie waren aus dem Garten vertrieben worden und nicht mehr wiederzuerkennen: Ihre Leiber hatten den Glanz verloren, sie waren schmutzig und trugen Lendenschurze aus Fell um ihre Hüften. Ein heftiges Gewitter zog über die Welt und schien die beiden zu verfolgen, wohin sie auch gingen. Mein Leib begann zu zittern, so sehr schockierten mich die Szenen. Ich spürte dann, wie sich ein Arm um mich legte. Es war Jesus. Ich fragte ihn unter Tränen, was passiert war. Der Messias erklärte mir, dass die beiden die Bücher gefunden und gelesen hätten. Damit hätten sie gegen Gottes Anweisung verstoßen und den Test nicht bestanden. Ich konnte diese Worte gar nicht fassen und erzählte ihm, dass alles so gut gelaufen sei und sie kein Interesse an den Büchern gehabt hätten. Jesus nickte schwerfällig und sagte, es wäre ihnen schmackhaft gemacht worden. Ich verstand die Worte nicht. Er erklärte, dass einer der Engel Anmerkungen gemacht habe, wo sich die Bücher befinden und dass sehr umfangreiches Wissen in ihnen stecken würde, die es Adam und Eva ermöglichen würde, ihre Fähigkeiten zu schärfen und genauso clever wie die Engel und am Ende sogar wie Gott selbst zu werden. Mir blieb bei diesen Worten der Atem weg. Wie bei aller Welt konnte jemand so etwas erzählen? Jesus sagte, der einzige Grund wäre gewesen, sie neugierig zu machen. Als die Wesen erwiderten, dass Gott es ihnen verboten hatte, merkte der Engel an, dass er das nur getan hätte, weil Gott Angst vor Konkurrenz hatte, wenn sie über dieses Wissen verfügen würden.

Meine Beine sackten unter mir zusammen, aber Jesus fing mich auf. Ich schüttelte immer wieder den Kopf und wollte diese Worte nicht glauben. Ich fragte ihn, welcher Engel es war, der das getan hatte. Jesus erzählte, es wäre Bukarenajuel, kurz Buka gewesen. Er war einer der lehrenden Engel und unterstand Luceriel. Ein zähes Gefühl schlich in meinen Leib. Ich hatte eine sehr böse Vorahnung. Ich fragte Jesus, wo Luceriel sei. Er sagte mir, dass er gerade auf den Weg zum Tempel sei, da Gott mit ihm sprechen wolle.

Ich brach auf, um ihn zu suchen. Jesus rief mir noch hinterher, ich solle mich beherrschen. Ich versuchte, seine Worte so gut es ging zu verinnerlichen, doch als ich ihn sah, überkamen mich blanke Wut und Entsetzen. Ich lief auf ihn zu und gab ihm eine kräftige Ohrfeige. Er fasste sich auf die Wange und blickte mich erschrocken an, dann fragte er, was in mich gefahren war. Ich konnte diese Worte nicht glauben und schrie ihn an, dass ich genau wisse, dass er dahinter stecke und er Buka vorgeschickt habe. Sein Blick wurde daraufhin dunkel und er erwiderte, dass er nur ein Gespräch mit ihm geführt habe. Für das, was er tue, könne er nichts. Ich hatte gute Lust, ihn noch eine zu verpassen, aber ich besann mich auf die Worte, die Jesus zu mir gesagt hatte. Ich sagte zu ihm, er hätte genau gewusst, wie sich das Gespräch mit Buka auswirken würde, und wäre hinterlistig. Diese Worte ließen seinen Blick starr werden und Fassungslosigkeit durchflutete seine Aura. Ich setzte nach, dass ich nichts mehr mit ihm zu tun haben will und er sich fernhalten soll.

Ich weinte und wollte nach Hause laufen, aber er hielt mich fest und sagte, ich könne das nicht tun. Ich riss mich los und schrie ihn an, dass ich das schon viel früher hätte tun sollen, dann rannte ich zu meinem Haus. Auf den Weg dorthin lief ich Jesus in die Arme, der mich umarmte und tröstete. Er sagte, er wisse, dass es wehtue, aber es wäre unvermeidlich gewesen. Der Messias begleitete mich in mein Haus und eröffnete mir dort, dass meine Aufgabe in dieser neuen Welt erst begonnen hätte. Ich würde eine wichtige Funktion übernehmen, die eine große Portion Verantwortung mit sich bringen würde.

Jesus sagte mir, dass meine neue Aufgabe darin bestehen würde, unterschiedliche Leben in dieser Welt zu durchleben. Ich würde in einen physischen Körper geboren werden, dort aufwachsen und mein Leben auf dieser Welt meistern bis Gott mich wieder zurückholen würde. Das Ganze würde sich in unregelmäßigen Abständen wiederholen und ich hätte immer die gleiche Aufgabe: Den Geschöpfen, die nun Menschen genannt wurden von Gott zu erzählen und ihnen die Wahrheit der Welt und des Kosmos nahe zu bringen. In jedem dieser Leben würde ich keine

Erinnerung daran besitzen, wer ich wirklich war, und müsste so mein Vertrauen auf Gott immer wieder beweisen und könnte leichter in der Welt leben. Ich hörte mir an, was Jesus erzählte, während mein Herz immer schneller zu schlagen begann. Unterwegs in einer fremden, immer kälter werdenden Welt, ganz allein und ohne zu wissen, wer ich war, und das auch noch über mehrere lange Zeiträume hinweg? Konnte das gutgehen? Jesus nahm meine Hand und sagte mir, dass er Engel und einen Bewahrer mit auf meinen Weg schicken würde, die mich energetisch unterstützen. Er sagte, dass in Zukunft immer mal wieder Wesenheiten dorthingeschickt werden würden, doch sie wären meistens gut getarnt oder würden ebenfalls nichts von ihrer wahren Beschaffenheit wissen. In gewisser Weise beruhigte mich das. Auf der anderen Seite jedoch hatte ich nach wie vor Angst vor dieser Aufgabe. Jesus sagte, dass die Wesen die mich bei der Aufgabe begleiteten freiwillig mitkommen würden. Es sollte sehr bald die Auswahl stattfinden, aber es würde noch etwas dauern, bis ich meinen ersten Auftrag antreten würde.

Es war eine Gruppe von insgesamt 50 Engeln, die ausgewählt wurden, mich zu begleiten. Sie sollten mir helfen, mich vor den bösen Mächten, die sich immer weiter offenbaren würden, schützen und mir Zuspruch leisten. Gandolin erklärte sich als mein Bewahrer bereit, mich zu begleiten, auch wenn das bedeutete, dass er ebenso wie ich jedes Mal in die Welt hineingeboren werden würde. Er würde nämlich die Rolle des Seelenpartners übernehmen, die ein universelles Gesetz darstellt.

Meinen ersten Auftrag bekam ich erst einige Jahre danach. Ich lebte als Mädchen in einer Bauernfamilie, die sehr gottesfürchtig war. Es war die Zeit, ehe die Riesen die Erde bevölkerten und Gott zu ihrer Ausrottung die Sintflut schickte. Zu der Zeit, wussten die Menschen noch mehr von Gott, doch das falsch verstandene Wissen aus den drei Büchern führte dazu, dass sie sich immer weiter von ihm entfernten.

Als die Riesen über die Erde zogen, lebte ich ein weiteres Leben. Dort erlebte ich, wie sich die Geschichte, des Sündenfalls zu wiederholen schien, denn Azaziel brachte erneut Lehren in die Welt, die von den Menschen nicht verstanden werden konnten. Sie bauten auf dem vorherigen

Wissen auf, dass sie jedoch auch nicht begriffen hatten.

So lebte ich bis zu diesem Zeitpunkt, indem dieses Buch entsteht, 45 Leben auf der Erde, wobei ich nie länger als 35 Jahre hier war, ehe mich Gott wieder zurückholte.

Meine Leben führten mich durch mehrere Kämpfe der Orden, die sich als Nachfahren der Engelväter sehen. Ich war Zeuge der großen Vertuschung nach dem Konzil und habe erlebt wie die Lügen der Welt aufgebaut und die Wahrheit vertuscht wurde. Ich habe gesehen, wie die Gründung der unterschiedlichen Religionen vonstattenging und wie sich die Menschen immer weiter von Gott entfernt haben. Ich kam meinem Auftrag nach, habe immer wieder die Wahrheit aufgedeckt und verkündet. Doch schon wenige Jahre nachdem ich gewirkt hatte, wurde sie wieder versteckt und das Geschehene verdreht und die Wahrheit verborgen.

Jedes Leben lebte ich unter anderem Namen und mit anderen Voraussetzungen. Aber alles in allem war ich immer dort, wo gerade am meisten los war. Ich werde immer zu den dunkelsten Zeiten auf die Erde gesandt. Dann, wenn die Finsternis am dichtesten ist. Ich bin das kleine silberne Licht, das die Finsternis durchdringt. Doch das Scheinen des Lichtes nimmt immer wieder ab, so wie es durch die Mondphasen gezeigt wird. Währenddessen dokumentiere ich alles, was energetisch passiert. Diese Informationen werden am Ende für das große Endgericht benötigt. Wenn ich mein letztes Leben auf der Erde lebe, werde ich meine Erinnerungen zur Gänze zurückbekommen, um den Menschen vollumfänglich zu offenbaren, was war, was ist und was sein wird.

Dies stellt die allerwichtigste Aufgabe dar, die ich zu erfüllen habe. Mein irdischer Auftrag ist also noch nicht beendet und ich hoffe, dass ich auch in Zukunft etwas Licht in die Dunkelheit der Zeiten bringen kann.

Verabschiedung und Dank

Zum Schluss, möchte ich mich noch kurz bei allen bedanken, die dieses Buch gelesen haben. Ich hoffe, ich konnte euch einige der geistigen Welten und meine Arbeit etwas näher bringen. Natürlich stellt es nur einen Ausschnitt aller existierenden Welten dar, doch mein Hauptziel war es zu zeigen, wie sich die Welten durch die Rebellion verändert haben. Im Anhang findet ihr eine Liste der erwähnten Bücher und eine Erklärung einiger Begriffe, die vielleicht schwer zu verstehen sind. Ich hoffe, ich konnte euren Horizont etwas erweitern und einige Fragen klären.

Ich wünsche Euch Gottes Segen und ein gutes Gelingen bei allem, was ihr zu tun habt.

Eure Luraja

Begriffserklärungen

Gesammtenergieniveau:

Das gesamte Energieniveau, also das
Zusammenwirken der Energien des Kosmos. Es ist
sehr empfindlich. Alles ist dort miteinander
abgestimmt. Je mehr Welten und Dimensionen ins
Ungleichgewicht stürzen, desto mehr gerät das
Gesammtenergieniveau ins Wanken.

Energieniveau (einer Welt und eines Wesens):

Das Zusammenspiel und das Mischverhältnis der
Energien, die in einem Wesen oder aber in einer Welt
vorherrschen. Auch die Dichte der Energien spielt
dabei eine wichtige Rolle.

Analyse (analysieren):

Die Ermittlung der Zusammensetzung von
verschiedenen Energien, die immer einem bestimmten
Ziel folgt, das aber unterschiedlich sein kann.

Energiestein (bei der Synchronisation):

Ein Edelstein, der durch die Hinzugabe von
bestimmten Energien, oder der Aktivierung,
bestimmter Stoffe in seinem Inneren, dazu befähigt

wird, zu speichern. Es gibt sehr viele unterschiedliche Energiesteine und ihr Einsatzfeld ist sehr umfangreich.

Synchronisation (von Wesnheiten):
Das Angleichen der Energien von Wesenheiten an eine andere Welt oder Dimension.

Energetische Ordnung:
Unumstößliche Ordnung, die von Gott so festgesetzt ist. Sie ist nicht änderbar. Sie regelt, welches Wesen an welcher Stelle steht. Das hat etwas mit den Energien zu tun, aus dem die unterschiedlichen Wesen geschaffen sind.

Geistig, physisch, feinstofflich, feststofflich:
Unterschiedliche Existenzebenen, in denen Welten oder Wesen existieren können.
Geistig: *existent in feinstofflicher Form, entweder geordnet oder ungeordnet.*
Physisch: *existent in feststofflicher Form immer geordnet.*

Siegel:

Eine Markierung, die anzeigt, dass alles überprüft wurde und in Ordnung ist. Jedes Lichtwesen in einer höheren Position besitzt sein eigenes Siegel.

Zwischenwelt:

Spezielle Welten, die am Rande oder zwischen unterschiedlichen Dimensionen liegen. Sie verbinden unterschiedliche Dimensionen miteinander und bieten einen Ort, an dem sich Wesenheiten, die in andere Dimensionen reisen möchten an diese energetisch anpassen können.

Übergänge (in Zwischenwelten):

Tore in Zwischenwelten, die in die entsprechenden Tunnel zu den unterschiedlichen Dimensionen und Welten führen. Der Energiefluss ist dort meist bereits an das Energieniveau der angestrebten Dimension angepasst.

Mehrströmig und einströmig:

Aufbau von Energien. In manchen Welten fließen unterschiedliche Arten von Energie. Sie sind mehrströmig aufgebaut. In anderen Welten fließt *hingegen nur eine Art von Energie. Sie sind einströmig aufgebaut.*

Rein energetische Welten:
Welten, die oft den Sinn haben, das energetische Gleichgewicht in einer Dimension aufrecht zu halten. Auf ihnen liegen wichtige energetische Quellen und Punkte.

Zusammensetzung (von Energien in Welten):
Die Beschaffenheit von den unterschiedlichen Energien und Energieströmen. Das bezieht sich auf ihren Aufbau und ihre energetische Signatur.

Arbeiter (auf Welten):
Wesenheiten, die auf (in erster Linie Zwischenwelten) leben oder sich die meiste Zeit ihres Lebens dort aufhalten und die immer eine ganz bestimmte Aufgabe erfüllen. Meistens bezieht sich diese darauf, die Wesen, die in andere Dimensionen reisen wollen, bei der Angleichung und Wandlung ihrer Energien zu unterstützen.

Energiebahnen oder Ströme:
Verdichtete Energien mit einer festen Fließrichtung.

Springen, mehrdimensionale Teleportation:

Die Bündelung und Übertragung aller Informationen eines Wesens von einem Ort zum anderen, um schnell dort hinzugelangen.

Grundenergieniveau (einer Welt oder Wesens):

Das grundlegende Energielevel einer Welt oder eines Wesens ohne energetische Einflussnahme.

Harmonie und Disharmonie (von Energien oder Wesen):

Die Ausgeglichenheit oder Unausgeglichenheit der unterschiedlichen Energien innerhalb einer Welt, eines Wesens oder auch zwischen zwei Wesenheiten.

Trägerenergien:

Energien, auf denen andere Energien aufbauen. Man kann sie sich ähnlich wie die Säulen einer Welt vorstellen. Geraten sie ins Wanken, gerät die Welt schnell aus dem Gleichgewicht.

Materialisation (von Welten und Wesen in geistiger oder physischer Form):

Die Fähigkeit von Welten oder Wesen, sich in geordneter Form zu zeigen. Das heißt, alle

Bestandteile der Welt oder des Wesens treten in einer festgelegten Form, also Erscheinung auf. Es gibt eine feinstoffliche, also geistige Materialisation, und eine feststoffliche, also physische Materialisation.

Energiefeld (von Wesen und Welten):
Die Ausstrahlung und Wirkung, die ein Wesen oder auch eine Welt auf ihr Umfeld auswirkt. Oft auch als Aura bezeichnet.

Fixsterne (von Energien):
Punkte an denen unterschiedliche Energien zusammenlaufen.

Richtpunkte (von Energien):
Feste Punkte, an denen Energien in eine bestimmte Richtung gebracht werden.

Berührungspunkte von Energien:
Stellen an denen sich zwei meistens starke Energiestränge berühren. Oft entstehen dort Funken.

Hochenergetisch:

Sagt aus, dass ein Ort oder auch ein Wesen eine sehr hohe Dichte von starken Energien aufweist, die nicht jeder händeln kann.

Elementarenergien oder Kräfte:

Die Energien, aus denen sich die fünf Hauptelemente Feuer, Wasser, Luft, Erde und Geist bilden. Sie gehören zu den Grundenergien im Kosmos.

Energetischer Ausgleich:

Die Angleichung der Energien eines Wesens, um in eine andere Welt oder Dimension zu gelangen.

Energetische DNA:

Der grundlegende Aufbau aller Grundenergien einer Welt oder auch eines Wesens.

Barrieren:

Energetische Absicherungen, meist in der Form eines Netzes oder einer Mauer.

Bereinigung/Stabilisierung von Energien:

Das Filtern aller Bestandteile, die nicht in die entsprechende Energie gehören. Meist übernehmen

das die Wesenheiten, die dafür eingesetzt sind. Sie
neutralisieren die gefährlichen Bestandteile.

Versiegelung (Eines Tores oder einer Welt):
Absperrung eines Tores oder einer Welt aufgrund von
Arbeiten oder aber einer Gefahrensituation.

Triadeneinheit:
Ein festgelegter Bereich und eine festgelegte Gruppe
innerhalb einer Dimension. Dimensionen sind immer
in Einheiten unterteilt. Die Sterne stehen für Engel,
die Mitglieder innerhalb einer Einheit zählen als
Gruppe und arbeiten zusammen.

Richtwelten:
Welten die Energien in Dimensionen ausgleichen.

Fix und Wandelpunkte:
Punkte auf Richtwelten zum Ausgleich für Energien.

Multifixstern:
Verbindet unterschiedliche Energien mehrerer
Dimensionen miteinander.

Energieüberbrückung:

Wird für die Fernanalyse benötigt. Dabei fängt ein höherfrequentes Wesen die Energien einer Welt ab und leitet sie dann in für den Wanderer erträglicher Form weiter.

Schutzbereich (des Bewahrers):

Ein energetisch angepasster Bereich, der den Wanderer vor starken energetischen Umschwüngen schützt.

Ordnungsenergien:

Grundlegende Energien in einer Welt oder auch des Kosmos, auf denen alles aufbaut, auch Grundenergien genannt.

Schnelle Wirkungsweise (bei Welten):

Die Fähigkeit einer Welt ihrer Aufgabe in der Dimension (zum Beispiel der Umwandlung von Energien) schnell nachzukommen.

Aurenenergien:

Bezeichnet die Wirkung und den Einfluss von Welten oder Wesenheiten nach außen.

Energiering:

Zusätzliche energetische Absicherung die meistens in Form eines Ringes um eine Barriere errichtet wird um diese zusätzlich zu schützen. Meist besteht sie aus göttlichem Licht.

Energietransfer:

Die Übertragung von Energien auf Wesenheiten oder Welten, um ihnen bei der Anpassung zu helfen.

Energieeinspeisung:

Das Einleiten von Energien in eine Welt oder in eine Wesenheit.

Energieblockade:

Eine energetische Blockade, die den Sinn hat, bestimmte Energien auszusperren oder einzugrenzen.

Spiegelwelt:

Welten, die einen großen Einfluss auf die Welten um sie herum haben. Sie dienen oft dem energetischen Ausgleich und sind sehr wichtig für das Gleichgewicht im Kosmos. Deshalb gelten sie als besonders schützenswert.

Energetischer Durchbruch:

Ort einer starken Änderung des Energieniveaus innerhalb einer Welt.

Wechselwelt:

Welt, die sich immer verschieden zeigt und keine feste Materialisierungsform besitzt.

Universelles Gesetz:

Energetische Gesetzmäßigkeit, die über alle Ebenen hindurch gültig und nicht änderbar ist. Sie muss immer erfüllt werden.

Verzeichnis der himmlischen Bücher

- Die Chronik der geistigen Tiere von Raphael
- Der große Führer der Wesenheiten von Raphael
- Die Konstellation des Kosmos von Uriel
- Die himmlische Hausapotheke von Faronel

Über dieses Buch

Es handelt sich bei diesem Buch um ein **Bei-Buch** der **The Dark Truth Reihe.**

Es befasst sich mit der Thematik der geistigen Welten, die in dem vierten Teil der Hauptreihe:

The Dark Truth – Drangon Fight,

erstmals angesprochen wird.

Das Bei-Buch:

Die Chronik der geistigen Welten,

Handelt von Luraja, der Königin der Wanderer. Sie erzählt in diesem Buch ihre Erlebnisse in den unterschiedlichen geistigen Welten und stellt dar, wie sich diese vor und während der Rebellion entwickelt haben.

Lust auf noch mehr himmlisch gute Geschichten?

Die The Dark Truth Reihe:

Forgotten Reality

Der Schlüssel der Zeiten

Meine Hörbücher:

Geschichten auf Youtube:

Future Love

Du willst noch mehr über mich und meine Projekte wissen?

Dann besucht meine Internetseite:

jennypelinkaauthor.com

& folgt mir auf meine Seiten & meinen Kanal:

Facebook: Jenny Pelinka Author
Instagram: jennypelinkaauthor
Youtube: Lichtbotschaft

Ihr könnt mir auch gerne schreiben:

jenny.pelinka_author@aol.com

Ich danke Euch vielmals für Eure Unterstützung!
Gott segne Euch!

ACHTUNG!

PELINKA LIGHT PRODUCTION

heißt jetzt:

Lichtbotschaft